CW01627567

Phœbe Hadjimarkos Clarke

Collection du seum

TABOR

isbn
978-2-
492352-
02-7

Dépôt
légal
Février
2021

Éditions le Sabot

L'étreinte se relâche d'elle-même. Le mouvement semble neutre. Parti de nulle part : où commencent les gestes qui gouvernent les membres se laissant retomber, ces torses glissant de part et d'autre, ces poitrines s'immobilisant dans des respirations ralenties et conscientes de l'être, jusqu'à ce que l'air et les battements du cœur ne soient plus que de minuscules soulèvements de la peau ?

Bon : c'est terminé et le monde revient à la normale. Leurs corps reviennent à la normale. Sous leur dos ils sentent à nouveau la piqûre des aiguilles de pins, l'inconfort des racines et de l'humidité, ces choses qui pendant une poignée de minutes, guère plus, ont disparu.

L'attirer à l'écart, dans la forêt, n'a pas été particulièrement difficile. Il dirait que tout s'est fait naturellement, bien qu'il n'en sache rien, car ce qui est naturel ou ce qui ne l'est pas, ça a des limites floues. Il s'est d'abord méfié, craignant d'avoir été découvert et qu'elle ne sorte un couteau, une machette, un flingue (bien que la possession d'armes à feu par des civils soit rare), enfin quelque chose pour le tuer, lui, alors qu'il serait au pinacle du plaisir et qu'il ne se douterait de rien. Il est resté sur ses gardes presque tout le long, presque jusqu'au bout, jusqu'au dénouement.

Il s'est laissé aller tout de même. Et puis : rien, rien de grave.

Elle a ratissé son dos avec ses ongles. Il en a légèrement souffert, d'autant plus qu'il est justement allongé sur le dos et qu'elle a trouvé le désagréable moyen de coincer ses bras sous son corps. C'est d'ailleurs d'être mal installé qui lui a tant plu. Cet inconfort l'a emmené ailleurs, lui a permis de penser tout à fait à autre chose et même d'oublier la raison de sa présence ici. Ne plus songer à ce qu'il doit y accomplir, au fait que tout à l'heure, dans quinze-vingt minutes, il faudra retourner au village et reprendre son rôle auprès des autres, pour peu que certains d'entre eux ne soient pas rentrés dormir comme des pouilleux dans leurs cabanes débiles. Ce sera à reprendre demain, de toute façon, et ça le désole. Non pas par respect pour les gens d'ici ou amabilité générale envers l'humanité, mais simplement parce que c'est fatigant et qu'il aurait préféré faire autre chose de sa vie, mais que plus rien n'est pareil maintenant et qu'on ne peut même plus se poser la question de savoir si le choix ou la préférence existent, si tant est qu'ils aient existé un jour.

Parfois cette indétermination lui fait chercher, en pleine panique, une explication totalisante, du genre j'ai une destinée spéciale ou une mission. Les choses n'arrivent pas pour rien ni par hasard, c'est sûr. La vie n'a jamais été une partie de plaisir. Il y a eu de la souffrance et de l'exploitation, il y en a toujours. Mais autrefois, elles étaient réparties de manière si inégale que l'on pouvait espérer y échapper, et c'est ce qu'il regrette le plus, cette possibilité même imaginaire de ne pas en baver. La vie lui réserve une part de souffrances à laquelle il ne pourra pas se soustraire. Et cette peine inéluctable, elle aussi, lui donne envie de trouver une raison définitive au merdier qu'est le monde.

Mais, pense-t-il à présent, il y a aussi ça, ce que je viens de faire, il y a toujours faire l'amour.

Il se sent gêné par sa propre nigauderie et replonge aussitôt dans la bestialité de ce que signifie la copulation, c'est-à-dire la bestialité de ce qu'il vient de faire. Il est alors traversé par une énergie, un truc presque cruel, sa force décuplée dans des proportions surnaturelles, son sexe qui redurcit. Ça a quelque chose de magique et il éprouve une vive connexion aux éléments et au monde en général. Il est séduit.

Tout à l'heure, il a entendu des bruits dans les fourrés, non loin, a cru sentir sur sa nuque un regard. Et soudain cette bouffée de puissance – il est le dépositaire d'un secret, quelque chose d'occulte, que lui a probablement évoqué le fait de baiser avec une inconnue, dans une forêt hantée, toxique.

C'est même le côté sombre et vénéneux de l'épisode qui l'excite légèrement plus que tout le reste. Il se tourne vers la femme, pour voir s'il y a moyen de remettre ça, mais elle ne le regarde même pas, plongée dans ses pensées.

Pauli a en effet la tête ailleurs. Cet acte n'a pas été désintéressé et elle espère en tirer un bénéfice. Sans doute faudra-t-il recommencer quelquefois pour être tout à fait sûre, mais il y a le temps, elle verra bien ce qui découlera de cette première rencontre. Il faudra vraisemblablement entretenir la flamme de ce jeune homme au visage blanc, mais s'il faut en passer par là, elle en passera par là. Si Mona se rendait compte de quoi que ce soit, pourtant, elle serait dévastée : Pauli ne l'a pas à proprement parler consultée sur ce point. Elle ne manquera pas de concevoir du chagrin si elle apprend la vérité : Pauli lui ment.

Il ne faut pas tarder à rentrer pour ne pas éveiller les soupçons. Pauli et le type ont prétexté pour s'éloigner la visite du réservoir creusé à l'automne par des équipes se relayant, un travail long, harassant, probablement nécessaire pour préparer la saison chaude : personne ne peut prédire quelles seront les conditions météorologiques, et l'été dernier a été particulièrement dur. Comme on fait tout à tâtons, en priant pour que ça fonctionne (et une fois sur deux, ce n'est pas le cas), le réservoir pourrait tout autant se révéler une idée contre-productive, voire carrément stupide. Néanmoins, on l'a fait. On se dit : qui ne tente rien n'a rien, et puis on ne pourra jamais savoir si on n'essaye pas, etc. – ce genre de choses.

Pauli a montré le réservoir au nouvel arrivant, lui a parlé du projet d'aqueduc, encore hypothétique, ambitieux, irréalisable peut-être ; en lui exposant le tracé imaginaire ils se sont enfoncés dans les bois, et pendant ce temps elle a calculé à chaque pas comment elle pourrait l'entraîner plus loin, puis encore un peu plus loin, comment être sûre qu'il accepte ce rapport (c'est ainsi qu'elle désigne intérieurement ce qui devra arriver). Elle a trébuché ou peut-être est-ce lui, leurs bras se sont emmêlés, leurs corps insensiblement rapprochés, quelques pas encore vers la pénombre plus épaisse de la forêt, et la respiration de Pauli s'est faite haletante, elle a aimé ce jeu de la séduction, c'est facile et drôle. Au fond pourtant il y a une trame grave, l'impression que se déroule dans ces mimiques et ces subtilités sonores un théâtre triste et sans fin. C'est la séduction vouée à la décharge mutuelle, à l'oubli, à un éternel recommencement. Un état resté à jamais irrésolu, propagé à travers les générations, délivré dans la tête d'épingle de la jouissance, reprenant son travail sourd dès que les spasmes sont terminés, réintégrant la vie tout de suite. C'est chiant.

C'est également la joie mêlée à la tristesse qu'elle a aimé dans la séduction de ce type, qu'il tombe en un instant dans le panneau, que lui-même accélère sa respiration, lui jette des regards en coin alors qu'ils s'avancent entre les arbres, qu'il s'arrête enfin tout à fait pour se tourner vers elle, lui prenant, étrangement, les coudes avant d'incliner la tête pour, confus de sa propre témérité, lui suçoter le gras du cou. Alors elle l'a poussé, une première fois et il a perdu l'équilibre sans tomber, une deuxième fois et il s'est écrasé par terre, sourdement, sur les aiguilles de pin et ils ont niqué comme des bêtes sauvages, parce que c'était le jeu. Elle a arraché ses vêtements, a mordillé sa peau, sa voix se crevant d'émotion dans les gémissements qui de feints sont devenus presque honnêtes. Ses genoux s'enfoncent dans la terre en rythme. Elle l'a giflé et griffé, sans comprendre ce qui lui a pris. C'est venu comme ça, elle a eu envie de le faire, de voir souffrir ce mec, elle n'a pas réfléchi avant d'agir mais il a accepté.

Cette première fois n'aura probablement pas servi à grand-chose et elle espère qu'il ne faudra guère de séances supplémentaires, mais tant que ce sera nécessaire, elle sera au rendez-vous, et elle aimerait donc que tout se passe au mieux, qu'il soit possible de s'amuser, qu'elle puisse regarder son visage blême et simple se chiffonner de plaisir au moment crucial ou sous ses coups.

Elle est calme à présent, et toujours allongée remonte son pantalon en rentrant le ventre, le ferme, boucle sa ceinture, ajuste son bonnet, se tourne vers lui. Impossible de se souvenir de son prénom mais ce n'est pas grave, elle aura le temps de l'entendre interpellé dans les prochains jours, peut-être même ce soir. Elle saura alors comment penser à lui et à cette première séance dans les bois, elle pourra se projeter : bientôt je devrai retourner faire l'amour avec X, elle pourra y songer même à des moments sans aucun rapport et sans aucun plan, réfléchir à ce qu'ils ont fait ensemble, dans l'humidité des bois et à l'écart, alors que le repas est terminé, que les autres se couchent et qu'il y a, parmi eux, Mona qu'elle aime et qui ne sait rien.

Elle pourra penser à cette chose que Mona ne sait pas, qu'elle ne pourra jamais deviner parce que c'est inimaginable, et secrètement Pauli s'en réjouit : Mona ne sait pas tout, elle ignore ce qu'il se passe dans les bois, ce qui est arrivé et arrivera à nouveau. Il est plaisant d'avoir une vie autre, se dit-elle, d'aimer une personne mais de participer avec le reste du monde à une humanité commune, dont l'être aimé est exclu parce qu'il est toujours un peu inhumain. Il est plaisant de partager des secrets avec des étrangers.

Elle se tourne à présent vers le jeune type toujours dans les vapes, sa chemise remontée sur ses côtes saillantes, un téton caoutchouteux brille par pulsations ; dans la pénombre, son sexe redevenu flaccide pend mollement sur sa cuisse molle. Sa bite est plus foncée que le reste de son corps, la même teinte que l'inutile mamelle. Pauli amusée aimerait toucher la peau flasque du prépuce, la faire rebondir comme un élastique. Mais ce serait faire preuve d'une privauté déplacée, après tout ils ne se connaissent que depuis quelques heures, et rien dans ce laps de temps n'a appelé à la familiarité, à part le sexe, certes, mais on sait ce que c'est que le sexe dans ce genre-là. En somme, il ne s'est tissé aucune complicité, rien, et elle ne voudrait pas le faire fuir d'un geste malvenu. Le jeune homme – Jérémy ? Jimmy ? Joseph ? – ouvre les yeux, ses cils papillonnent, il sourit à Pauli et tend le bras vers sa taille, où déjà assise, elle tolère qu'il le pose un instant. C'est pas le moment, mais pourquoi pas.

Ensuite, il se dandine car les aiguilles de pin lui grattent le cul et il finit de lui-même par la lâcher et se relever, directement debout, il se baisse pour récupérer son pantalon et son caleçon à ses chevilles, il tire tout ça, boutonne, agrafe, rentre divers pans où ils se doivent d'être rentrés, réajuste son manteau. Il est prêt à partir et déjà il s'éloigne. Pauli se lève, le rattrape et tous les deux se dirigent vers les maisons. Pauli montre à l'homme où il peut dormir, c'est une cabane, en plutôt bon état et un peu à l'écart, celle de Jeanne qui est morte récemment (de vieillesse, suppose-t-on). Le lit y est confortable et chaud paraît-il. C'est une cabane modeste, un lieu pour une personne seule, branlant mais sûr. Un lieu agréable. Pauli lui désigne la bâtisse de loin avec le doigt tendu, puis sans même s'en rendre compte, suivant la trajectoire qu'elle-même a abstraitement dessinée, l'amène à la porte, puis l'installe carrément. Là, elle lui montre les différentes commodités du lieu, les tiroirs cachés sous le lit, la fenêtre, la porte et comment la fermer, etc. Des choses inutiles et évidentes. Elle raconte l'histoire (fausse) de la construction de la cabane. Elle brode et invente une multitude de détails qu'elle débite précipitamment. Elle voit bien qu'elle éprouve de désagréables difficultés à se détacher de lui. Mais lorsqu'il lui prend la main avec dans les yeux de la tendresse, au moment de se dire au revoir pour de bon, elle serre la paluche comme on serrerait celle d'un collègue ou d'une vague connaissance avec qui l'on ne partagerait que des choses minimes, pas du tout celles qui créent ou appellent l'intimité ; elle lui serre la main même un peu froidement, c'est à peine cordial, et ses yeux aussi sont froids.

Quand elle rentre chez elle, Mona somnole déjà dans le lit et son corps est chaud et doux. Avec ses bras assoupis, elle enveloppe Pauli, la tire contre elle, la ceinture de ses jambes. Pauli ne peut plus bouger et elle se sent assez bien, mais elle craint que Mona ne renifle sur elle une odeur peu reconnaissable (ou au contraire beaucoup trop). Elle se dégage et va se laver dans un coin de la pièce, où un broc et une bassine sont posés à côté de la cheminée : l'eau est tiède. Pauli ne fait que s'éponger rapidement. Lorsqu'elle a terminé, elle jette irrationnellement la flotte par la porte d'entrée : elle a pu prendre l'odeur du type, de ces traînées visqueuses qui coulent le long de ses cuisses en y dessinant des lignes claires. Elle frotte à nouveau ses jambes avec un chiffon. Mona ne doit rien sentir, rien toucher, rien voir. Mona ne doit se douter de rien. À travers le secret, Pauli conservera sa secrète autonomie.

L'homme se prénomme apparemment Jonas. Pauli le revoit souvent. Mais ce n'est pas immédiatement qu'elle l'entraîne dans les bois – ou bien qu'ils s'entraînent mutuellement car tous deux courent à une vitesse égale, ou comparable du moins, et il serait impossible de dire qui tire qui par la manche ou par la main, ils courent vraiment pour pouvoir coucher ensemble plus vite, c'est fou.

Et comme ils ne se rendent pas tout de suite sous les pins pour réitérer leur première entrevue, celle-ci acquiert, par conséquent et dans l'intervalle, un caractère fantomatique lui conférant une valeur dangereuse.

Ils participent ensemble aux travaux collectifs et imperceptiblement, alors, leurs regards se croisent, et c'est comme une légère secousse à chaque fois, remarque Pauli, à mille lieux de s'imaginer ce genre de conséquences et n'en demandant pas tant. Lorsqu'elle voit le large visage de Jonas, elle a la surprise de sentir son sexe se contracter comme si elle voulait sincèrement recoucher avec lui, et qu'il ne s'agissait pas d'un simple moyen en vue d'une fin. Presque chaque jour, ils se retrouvent par un heureux hasard à accomplir ensemble une tâche ou une autre, et à cette occasion se frôlent, se toisent, peinent à réprimer des sourires. L'air froid, lorsqu'ils sont aux champs, embellit Pauli, ses joues sont roses et elle parait une très jeune femme, ses quelques mèches prématurément blanches sont rangées sous son bonnet, ses yeux brillent et elle se sent assez audacieuse pour lancer un véritable sourire à Jonas, qui bredouille une espèce de rictus. Elle fait parader son corps, qu'elle sent compact, plein et désirable. Pourtant, on aurait tort de penser que ce n'est qu'une affaire de corps. Ce n'est pas ça, pas seulement la question du plaisir tiré, qui augmente avec la distance dans le temps, ni du plaisir anticipé qu'il y a dans l'observation froide de la chair, a posteriori. Il y a quelque chose de plus, et c'est la contemplation presque désintéressée de l'existence de l'autre, de cette personne, de cet animal humain qui vous a prêté cette attention suffisante, sexuelle, totale, et qui continue à exister, bestiale et vivante, une fois ce moment passé.

2 Tabor

Les tâches accomplissant la fin de l'hiver font advenir le printemps. On ne sait pas tout à fait si on fait ça bien ou si c'est utile. D'ailleurs on s'est souvent trompé, on a fait n'importe quoi, on a perdu du temps, des vivres, des récoltes entières gâchées par l'ignorance – mais on les accomplit avec tout le dévouement de la nécessité.

Aux champs, au grenier, à la maison, partout où Pauli s'est rendue, pour donner un coup de main ou discuter, elle a vu, entraperçu seulement parfois, le visage de Jonas.

C'est aussi parce que Jonas a mis dès les premiers jours un point d'honneur à être partout, à parler à tous, à s'en faire aimer ou du moins connaître. Il est arrivé une fin d'après-midi, la nuit tombait déjà et il a gravi la colline, on l'a vu arriver de loin, il était seul, portant juste un sac de taille modeste, un bâton de marche, mais rasé de près.

On en avait rencontré pas mal, des solitaires comme lui qui allaient d'un campement à l'autre. Ils mangeaient à leur faim ou presque, aidaient à divers travaux, puis repartaient. Ça convient à certains, ceux qui ne veulent pas se fixer à un groupe, qui préfèrent la solitude. À plusieurs reprises, des personnes se sont déclarées – auprès de nous, comme si on pouvait y faire quelque chose – traumatisées, trop meurtries, ne pouvant plus vivre avec qui que ce soit parce que c'est trop douloureux ou parce qu'elles se savent dangereuses à présent, des bêtes blessées qui griffent et mordent la main qui les nourrit. On n'en demande alors pas davantage, on se tait un instant et chacun pense à sa propre histoire, ce qui a été vécu, vu, subi, au cours de ces jours qui ont tout fait basculer, dont le résultat est cette vie.

Les voyageurs restent puis s'en vont. Ils dorment dans les lits qu'on leur offre, mais bien souvent ils préfèrent le sol : ils se couchent par terre, enroulés dans des couvertures à côté du feu, heureux de la chaleur, réticents à l'idée de se trouver enfermés dans un lit. Être dans une pièce close, c'est difficile, et d'ailleurs les lits ne leur semblent plus aussi confortables depuis qu'ils connaissent le sol, sa solidité tellurique, son amabilité. Le sol ne vous laisse pas tomber, il existe partout : dans les chambres en dur, percées de portes et de fenêtres certes, mais ramassées malgré tout et hermétiques ; et aussi bien le sol existe sur les chemins, ceux qui miraculeusement demeurent et sont restés visibles, et ceux que, peu à peu, on a créé de nos propres pas. Le sol existe près des rivières, dans les prairies et dans les forêts, il existe partout où on l'accepte, où il sera le seul compagnon. Il accueille quiconque souhaite s'y reposer, le sol n'est pas regardant, il vous berce en lui, il est dur mais bon, froid mais éternellement présent, infaillible, gratuit. Bientôt il recevra définitivement le corps fatigué, il se refermera sur lui et ce sera très bien comme ça.

Il y a d'autres visiteurs réguliers mais moins appréciés au campement. Des individus vêtus de combinaisons de protection, qui arrivent dans des blindés. Ils ne parlent jamais, parfois ils larguent simplement des cargaisons depuis le ciel. Les gros paquets contiennent des ballots de vêtements de seconde main, des biscuits, des conserves, des packs d'eau, des masques de protection. Ça s'entasse dans le campement.

Nous vivons dans un village abandonné, relativement intact, que nous n'arrivons pas à appeler autrement que *campement*, malgré les mois ou les années passés ici et le caractère supposément définitif de notre installation. On appelle aussi ce lieu : Tabor. C'est le nom d'un mont hébreu épargné par le Déluge, dans le temps – ça nous a donc paru de circonstance. Ce qui est drôle, c'est qu'un vagabond qui venait de ces coins-là nous a dit que *tabor* signifie « campement » dans une quelconque langue slave. Et justement, Tabor, c'est le nom d'une ville fondée par des révolutionnaires fous au Moyen Âge. En Bohême. Ça, c'est Mona qui nous l'a appris. Elle s'était particulièrement intéressée à ces questions de groupes anarcho-mystiques, à l'époque où les informations circulaient encore librement, et où l'on pouvait se pencher sur autre chose que l'immédiateté de son existence. Ça l'avait passionnée, ces histoires de pauvres qui reprennent leur vie en main, qui fondent quelque chose de nouveau et d'immédiat, sans rien demander à personne, en attendant un temps nouveau. En arrivant ici, elle a donc su trouver le nom parfait, plein de toutes les imbrications nécessaires. Mais enfin, on peut tout aussi bien ne pas le nommer, cet endroit, c'est un espace *sans titre*, n'appartenant à personne, ce n'est plus nulle part mais c'est au centre de nos vies. Si on parle, on parle d'ici.

Notre Tabor est un petit village situé au sommet d'une très haute colline qui annonce plus loin de véritables montagnes que nous n'avons jamais explorées. Aux quelques maisons sont venues se joindre, au fur et à mesure des arrivées, des cabanes construites de bric et de broc, plus ou moins solides et plus ou moins belles. On y vit seul ou à plusieurs, dans des unités amoureuses ou familiales improvisées. Avec notre vision spirituelle des choses, qui découle de ce que nous raconte Mona (ou peut-être est-ce l'inverse). On aime à penser qu'on a inventé des manières d'exister nouvelles et meilleures, plus libres.

Ainsi, lorsque les personnages grimés en combi entrent dans le campement – plutôt que de nous espionner par la voie des airs, zonant au-dessus de nous comme des moucherons au-dessus d'un cadavre – et qu'ils nous distribuent à chacun des pastilles, on ne s'y plie pas, on n'avale pas, on fait semblant, on crache derrière leurs dos. On ne sait pas vraiment ce que sont ces comprimés. De l'iode, des antibiotiques, des vermifuges, des vitamines ? Est-ce vraiment pour nous aider ?

On a entendu parler, par divers canaux (les vagabonds, les rêves, les rumeurs qui viennent d'on ne sait où), de maladies, de carences, d'infestations, et puis d'incidents à répétition qui ont lieu dans des centrales. Rien de précis, cependant. On ne sait pas si les choses sont sous contrôle, on ne sait pas où l'on se situe géographiquement par rapport aux foyers, aux zones mortes, empoisonnées. On ne sait même pas où l'on est. On a atterri ici, on ne sait plus trop comment, ça aurait pu être ailleurs pour ce que ça change, on a perdu les cartes et celles que l'on possède encore, à quoi correspondent-elles, on ne sait pas, le paysage s'est désaxé, il ne ressemble plus à rien, plus à ce qu'il était autrefois : destructions, effondrements, séismes, glissements de terrain, etc., enfin peut-être, on suppose, quoi. Les centrales et le reste, on ne sait donc pas, sans doute pas loin, on n'était jamais bien loin à l'époque, loin de rien ; on le savait déjà mais on s'en est profondément rendu compte au moment des catastrophes, lorsque soudain leur omniprésence sur le territoire s'est démultipliée en points ardents, en signaux d'alerte dans les cartes mentales qui seules perdurent, on a vu comment elles tissent sur le territoire un maillage serré de danger, et on s'est frappé le front en s'auto-accusant, coupables : « oh les cons ».

Mais il était déjà trop tard.

Quant aux pastilles refusées : on n'a pas remarqué d'effets, avec ou sans. Ça revient au même. Comme d'hab, comme tout. De manière générale, impossible de faire confiance à ce qui a trait à l'officiel : aux individus en costume ou en combinaison, aux discours et aux décisions d'un hypothétique gouvernement d'urgence (dont les nébuleuses rumeurs nous apportent les échos). Ce gouvernement, on ne sait pas où il se trouve ni qui pourrait y officier, ni encore quel serait son périmètre, ni même, en fin de compte, s'il existe vraiment. Il publie régulièrement des décrets et des édits, nous dit-on cependant, des décisions sans objet, colportées, déformées et incompréhensibles, avec des semaines voire des mois de retard.

Parfois, de grosses voitures qui ne s'arrêtent jamais font lentement des tours en contrebas. Le gouvernement d'urgence aurait-il à sa disposition des véhicules aussi élégants ? Ou alors il s'agit d'un service complètement différent, dont les membres sont si mystérieux qu'ils ne peuvent pas se montrer corporellement, préférant circuler secrètement dans le paysage, soulevant des nuages de poussière à leur suite.

Il nous arrive de tenter d'adresser la parole aux types en combinaison. On leur pose des questions : quelles sont les nouvelles de la ville, si d'ailleurs les villes existent encore, si le pays, tant qu'on y est, est encore une entité opérante, ici et même dans le monde puisqu'on n'a aucune nouvelle vérifiée de ce qui a pu se dérouler ailleurs ; rien, on ne sait rien. Mais ces questions se heurtent aux visages impassibles et masqués. Ça ne parle pas, ça regarde à peine en face, jamais dans les yeux.

On voit cependant parfois jouer sur les visages de nos visiteurs les plis irrépressibles qui précèdent un fou rire, qui, lui, ne vient jamais, mais qui sait si une fois rembarqués dans leurs camions, ils ne rient pas à gorge déployée, se tapant mutuellement sur les cuisses, jetant en arrière leurs têtes sur lesquelles s'agitent de magnifiques chevelures saines et brillantes, fluant au rythme des éclats toujours plus vifs de gaieté, certains s'étouffent ou sanglotent, qu'est-ce que c'est amusant, ah ah ah, vraiment, on se marre. Une fois seulement, quelqu'un a rigolé devant nous. C'était plus exactement un soufflement sec et rapide des narines. On pouvait supposer une lueur sardonique dans les yeux, un pli amer à la bouche. Le monde s'est figé un instant, tout le monde a regardé le rieur sans rien dire, avant que ne reprennent les activités de distribution, les mesures, les prises de notes, comme si de rien n'était.

Globalement, on se soumet à ces intrusions. On n'a ni l'énergie ni les moyens de résister quand il s'agit de prendre notre température et notre poids, plus rarement notre sang. On imagine que ce n'est pas très grave et que cela ne peut pas mener à un grand mal, puisqu'en contrepartie on obtient tout de même des vivres. Mais parmi nous, certaines voix nous accusent de veulerie. C'est se soumettre, capituler. De plus en plus souvent, lorsqu'arrivent les intrus, des rebelles détalent dans les bois et se cachent le temps qu'il faut en observant notre traîtrise à nous autres en bas, pestant sans doute ; et si par hasard on nous interroge sur leur absence – car il semblerait que les sénéchaux de cette puissance inconnue aient une idée assez précise de nos nombres et même de nos identités – on raconte qu'ils gardent les chèvres, qu'ils coupent du bois, ou même qu'ils ont déserté, qu'ils ont succombé à la dysenterie ou la grippe – non, nous autres n'avons pas été contaminés, on a brûlé le corps. Au loin les meutes de chiens sauvages aboient.

Mona et Pauli regardent un grand alambic qui croupissait au fond d'une grange, un truc de paysan pour distiller clandestinement de l'alcool de prunes. Kader et Mumu ont décidé de le réparer, et même de l'améliorer. D'abord parce que ça occupe, ensuite pour transformer une partie des déchets végétaux générés par le campement et ainsi alimenter en carburant une machine sur laquelle est indiqué en grosses lettres noires sur fond jaune : bioéthanol. Les personnages en combinaison nous l'ont offerte en même temps qu'un grand carton rempli d'ampoules, comme pour voir ce qu'on allait bien pouvoir en faire, nous les cocasses hominidés auxquels on fournit des outils difficiles à maîtriser.

La plupart des maisons préexistantes à notre arrivée sont raccordées à l'électricité mais il semblerait que nous n'ayons pas le courant. À ce sujet, en réalité, on n'a aucune certitude. On se fie à ce qu'on nous a dit. Quelqu'un a dû essayer une fois, sans résultat, de brancher un téléphone, ça n'a pas fonctionné, et des conclusions générales en ont été tirées. On s'imagine quelque chose comme ça. On s'en accommode. On vit sans. On oublie. Faire fonctionner ces objets devenus incompréhensibles était loin d'être une priorité, mais maintenant que les expériences avec l'alambic font miroiter cette possibilité, avec l'assurance que l'énergie sera pure puisqu'entièrement générée par nos soins, on se dit que même si ça marche, on n'aura que très peu de courant. Et puis pour quoi faire. La radio n'émet plus, ou en tout cas pas par ici : on ne capte rien. On a essayé avec un poste à piles qui fonctionnait encore, ça devait être dans les premiers jours, quand on n'avait pas encore complètement abandonné nos habitudes d'autrefois. La radio n'a diffusé, pendant les longues minutes au cours desquelles on a frénétiquement tourné ses boutons, qu'un désespérant bruit blanc. Le monde s'estompe dans les proverbiales brumes du souvenir, on a du mal à se remémorer de quoi il s'agissait exactement, je veux dire, de ce que ça pouvait signifier, ce monde-là.

Mona et Pauli regardent l'alambic en se tenant par la main, s'appuient l'une contre l'autre, trouvant dans la solidité du corps familier un réconfort agréable. Pauli est particulièrement brûlante d'amour ces jours-ci, la proximité seule de Mona lui cause de l'excitation émotionnelle et sensorielle. Elle n'arrive pas à en détacher les yeux et le seul son de sa voix lui liquéfie le ventre. Pauli se répète en boucle, et même avec une sorte d'application, qu'elle irait avec plaisir à la mort pour elle.

Il ne lui vient jamais à l'esprit qu'il pourrait y avoir là-dedans de la culpabilité pour certaines choses qu'elle fait dans son dos et sans son accord même implicite, et c'est qu'il n'entre probablement aucune mesquinerie dans ses considérations. Pauli n'est pas du genre à être consciemment duplice. Son genre à elle, ce serait : suivre son cœur sans jamais se retourner, comme dans une mauvaise chanson d'amour, parce qu'elle est aveugle à autre chose qu'à elle-même.

Mona quant à elle est préoccupée. Souvent silencieuse, le front plissé, la tête lourde, ses sourires alors sont étourdissants, et même pas si rares. Pauli aime qu'elle soit aussi impénétrable, elle aime sa mélancolie, la manière dont ses seins eux aussi dans leur inclinaison prennent un air parfois abattu mais charmant. Sa tristesse supposée n'est qu'un facteur de plus dans l'excitation animale que Pauli flaire sur la peau de sa meuf, qu'elle flaire partout comme une énergie magique.

*

Cela fait longtemps que le campement grossit. Au départ seules quelques pièces des maisons du hameau étaient occupées, à la fois parce qu'il ne fallait pas plus d'espace mais aussi parce que les maisons elles-mêmes étaient souvent en mauvais état. Quelques-unes – six ou sept sur la quinzaine qui forme le hameau – semblaient avoir été habitées récemment, quant aux autres, elles ont été abandonnées il y a bien longtemps déjà, aux rythmes des exodes ruraux, des morts, des sinistres économiques. Avant même que les catastrophes ne le vident définitivement, ce lieu était déjà un village fantôme, hanté par les reliquats d'époques finies : des rideaux vieillis, des almanachs, des vêtements absurdes et rigidifiés, abandonnés dans des granges ; la poussière de paille pourrie.

Les cabanes que nous avons construites offrent un surprenant contraste avec les vieux corps de ferme et les restes des vies d'autrefois. Ces dernières parsèment encore les lieux comme des cicatrices, se superposant aux marques d'un autre passé, doublement révolu, dans l'étourdissante consécution des ères, pour lesquelles nos existences ne sont rien de plus que des projections spectrales : machines agricoles, jouets d'enfants que l'on retrouve parfois dans des lieux improbables, des monceaux et des monceaux de plastique échoué dont on ne sait que faire. On l'entasse dans un coin un peu reculé du hameau, derrière les maisons, avec les vieux appareils électriques que l'on hésite à brûler un jour. Pour le moment, en tout cas, on met tout au même endroit, ça ne nous encombre pas, on oublie progressivement et le tas se couvre de plantes et de fleurs (un fait qui nous semble moralement plaisant), mais si jamais un jour le vent tourne, si l'électricité fait à nouveau partie de nos vies, on saura où chercher.

On ne mesure pas vraiment le temps ici, ou alors différemment – en tout cas, voilà longtemps que Mona et Pauli vivent ici, c'est la seule certitude. Peut-être depuis des années. Mona l'ignore, et s'attriste quelquefois de ne pas savoir depuis quand Pauli est devenue une évidence dans sa vie. Les saisons passent, elles sont un flux cyclique bien que troublé – quelque chose semble brisé dans la logique de leur succession. Elles sont un raccordement infini, et on n'a pas songé à les mesurer, tant on est absorbé par l'expérience même que l'on en fait ; et donc, puisque tout se ressemble, impossible de calculer et de savoir.

Leur rencontre date d'avant, ça, bien sûr, elle s'en souvient parfaitement. Et leur amour est né dans les circonstances plus ou moins normales de la vie qu'elles connaissaient alors (deux personnes qui irrépressiblement tombent dans l'orbite l'une de l'autre, se rapprochant toujours plus au fil de journées passées dans des villes : dans des rues, des cafés, des lits). Mais en même temps, comme contenu en puissance dès l'embryon de leur attirance, l'amour provient de la panique, de l'étourdissement, de la découverte du monde qui se créait sous leurs yeux en même temps qu'un attachement plus vif et, semble-t-il, indéfectible se nouait entre elles.

Et en effet, jamais Mona n'a imaginé depuis que sa vie aurait pu être meilleure. Seules les circonstances présentes lui ont permis de former des sentiments aussi puissants, un bonheur aussi étourdissant. Elle aime Pauli avec une plénitude simple, elle aime travailler à ses côtés, elle aime la regarder, parler ou manger avec elle, elle aime les goûts de sa sueur et de son sexe qui se ressemblent subtilement, elle aime sa voix. Ces fractions de son amour total, et son amour total lui-même, illuminent sa vie, qui est plutôt boueuse et parfois assez morne mais profonde comme rien ne l'a jamais été auparavant.

Et donc, ainsi, enlacées et contemplant l'alambic qui frémit et siffle en chauffant, c'est un bonheur authentique qu'elles ressentent et se communiquent par sympathie, en espérant peut-être que Kader et Mumu leur apportent la lumière.

Soudain, Jonas entre dans la grange, ses yeux lancent des éclairs, et Pauli est parcourue d'un frémissement long et doux, ce que sent probablement Mona qui ne laisse rien paraître. Pauli sait que ce soir, elle retournera dans les bois avec lui.

Il fait nuit à nouveau mais le temps s'est adouci, il est possible désormais de rester allongée un peu plus longtemps sur la mousse et les épines, à demi-nue, on a froid mais à peine, rien qu'un pan de vêtement tiré à soi ne puisse résoudre. L'humidité végétale du sol est d'ailleurs presque agréable et Pauli se rapproche du corps de Jonas, pas tant pour profiter de sa chaleur que du confort qu'il lui offre. Son caractère confortable est quelque chose qu'elle apprécie franchement.

Jonas se sent en paix, il admire entre les branches des pins la nuit étoilée, les montagnes qui paraissent encore plus massives dans la pénombre, lourdes, un peu menaçantes mais d'une menace abstraite, une menace que conjure l'aube ou la raison, une menace de cauchemar, mais à qui sait dominer le cauchemar, elle n'est rien. La nature lui paraît infinie, il est au milieu de nulle part, au cœur de rien, et de cette nullité géographique éclot une espèce de liberté. Jonas se dit, « je n'ai jamais été libre jusqu'à présent », et, « je n'ai jamais porté de si lourdes chaînes » ; il pense à la vie telle qu'elle se présente désormais à chacun, ou à personne, ou à lui en particulier, avec ses attaches et ses promesses mystérieuses, avec ce qu'il doit accomplir, mais aussi avec ce plaisir nouveau qu'il découvre avec Pauli, le plaisir de souffrir. Ça, il n'y aurait jamais cru si on le lui avait dit deux ou trois ans plus tôt, par exemple. Mais peut-être que ce nouveau plaisir, ou ce plaisir insoupçonné, vient de ce qu'il se sent *devoir* souffrir, souffrir davantage, souffrir plus que les autres, plus que ces autres spécifiques dont il partage la vie, que bientôt, ou un jour à venir en tout cas, il va probablement trahir.

C'est parce que chacun désormais porte en soi une souffrance basse et continue, et que Jonas jouit paradoxalement de sa situation secrète et des avantages qu'elle lui offre (qu'il ne peut révéler à personne ici et à laquelle il ne veut même pas penser de peur de laisser instantanément échapper ce secret qui le démange) c'est pour cela que la souffrance infligée par Pauli est bonne et le libère. Elle l'absout du peu de souffrance que, dans la grande balance du monde tel qu'il est désormais, il aura subi. Elle l'absout aussi de celle qu'il va infliger, qu'il inflige déjà en puissance.

Ça y est, l'impression de paix s'est estompée et Jonas est nerveux et triste. Il se sent différent ces temps-ci, depuis cette première fois dans les bois avec Pauli. C'est comme si sa personnalité se dédoublait, comme s'il n'avait plus le contrôle de son esprit ; par flashes il se sent à nouveau investi d'une fonction capitale, différente de celle qu'on lui a confié et qu'il dissimule ici, quelque chose de plus grand et de plus grave. Cette idée provoque en lui un inconfort encore plus aigu que tout ce qu'il a pu ressentir jusqu'à présent. Il veut partir, mais voilà que Pauli l'enlace. Elle a perdu ce corps monstrueux et cruel qui le fait trembler, qu'elle avait voilà dix minutes à peine. Elle n'est plus qu'une personne à la chair souple et charnue qui se colle à lui, sa peau elle-même est collante de sueur et de sperme. Jonas est dégoûté mais aussi ravi.

Pauli, en fait, a envie de parler, une envie irrépressible, elle veut retenir Jonas, lui raconter sa vie, parce qu'ici cela n'intéresse personne, cela ne peut intéresser qui que ce soit, un accord tacite fait qu'on n'évoque pas vraiment son passé, du moins pas dans les détails. On ne discute que de choses communes dont on peut se souvenir ensemble de manière neutre et dans les grandes lignes : un comédien, une chanteuse, des bonnes gens que tous connaissaient, qui ne sont les marqueurs de rien, que sûrement on ne regrette même pas.

Parce que Jonas lui pose d'incessantes questions (sur la manière dont fonctionne Tabor, sur qui y vit, sur les dynamiques des groupes et sur les récoltes, la terre, la forêt environnante), il a ouvert une brèche pour la parole.

Elle a envie de raconter ce moment dépassé, inondé, lorsqu'elle a rencontré Mona, lorsqu'elle est tombée amoureuse, que sa vie a basculé.

Bien sûr, elles en discutent parfois ensemble, le soir avant de dormir, encaissées l'une dans l'autre. Ou bien lorsqu'elles marchent longtemps, pour récolter des herbes nécessaires aux remèdes que confectionne Mona, par exemple. Un rayon de soleil illumine les cheveux noirs de Mona et fait de chaque mèche un millier de minuscules miroirs prismatiques. Mona le sait et elle lance un regard à Pauli, qui, piégée, recommence comme à chaque fois à lui déclarer son amour, et comme la route est longue, le soleil vif, leur amour aussi, elles en viennent à discuter de ce genre de choses, que cent fois on ne se lasse pas de répéter, et alors ce sont toutes les deux qui énoncent : ce que j'ai pensé la première fois que je t'ai vue, ce coup dans ma poitrine, cet essoufflement soudain, incontrôlable ; comment j'ai voulu te séduire, ma nervosité au premier baiser, l'étourdissement du cul la première fois, toutes les fois suivantes, la panique des premiers aveux de tendresse, le doute et la tristesse, la corde de l'amour qui enserre nos deux tailles et les lie pour toujours et malgré nous peut-être. Même si le sentiment amoureux ne dure pas toute une vie, l'amour, lui, est une puissance autonome et ombrageuse, et quiconque a aimé un jour se retrouve à jamais pris dans ses filets, ligoté jusqu'à la mort (bien que ce soit parfois uniquement en pensée) aux êtres un jour aimés.

Mais ça n'intéresse qu'elles. Pourtant ce plaisir à deux n'est rien s'il ne se répercute pas dans les oreilles d'un tiers, tiers qui n'a pas existé jusqu'à présent mais que Pauli tient maintenant, qu'elle tient bien entre ses cuisses moites, qu'elle ne laissera pas s'échapper avant qu'elle n'ait tout raconté.

Ainsi :

Je ne sais plus trop ce que je faisais à ce moment-là, rien de spécial probablement, je traînais, je devais traîner, je traînais tout le temps à cette époque, j'allais de cuite en cuite et ça me convenait pas mal, c'était la vie de la ville, une vie marrante, nonchalante, je dormais chez des copines, je travaillais de temps à autre, rien de spécial, histoire de me faire un peu d'argent, je ne sais plus, des trucs d'intérim ou des applications mobiles où les gens t'embauchaient pour que tu fasses leur ménage (mais on avait de plus en plus cessé de me solliciter car je torchais le travail et j'étais odieuse : les notes qu'on me donnait sur l'application et qui conditionnaient la fréquence et même le fait de mes recrutements, étaient scandaleusement basses. J'étais mauvaise) ; j'y allais avec la gueule de bois, j'attendais juste le soir afin de pouvoir à nouveau boire à m'en rendre débile, à oublier comment je m'appelais (pas si souvent tout de même) ou l'endroit où j'habitais (plus facile parce que je n'habitais justement nulle part, et donc parfois, lorsque je ne me rappelais plus qui m'accueillait cette semaine-là, dans quel appartement j'avais laissé mon gros sac à dos bleu, j'appelais toutes mes amies une par une pour savoir chez laquelle d'entre elles je dormais, je les réveillais et elles boudaient ou riaient, elles me rappelaient leur adresse, elles raccrochaient en baillant).

Je n'étais pas précisément au top de la forme. Je répétais à tout le monde que j'allais très bien. Question de point de vue j'imagine. Mais le problème au fond c'est que personne ne voulait de moi, j'étais aigre, méchante et surtout tout le temps ivre. On a vu mieux. Pour les douceurs de l'amour, on repassera. Je parvenais bien à tirer mon coup de temps en temps, surtout avec des nanas que je rencontrais sur internet et que j'emmenais boire dans tel ou tel bar, on se soûlait et on allait baiser chez elles, je me montrais parfaitement infecte tout le long du rencard, j'oubliais un peu mes soucis au moment de coucher avec, je ne sais pas comment j'arrivais à mes fins d'ailleurs, j'étais pas agréable à fréquenter ni même à regarder, mes mauvaises habitudes se lisaient sur mon corps. Généralement on ne se revoyait plus, peut-être un rendez-vous ou deux mais après, plus de nouvelles. Quand j'étais particulièrement ivre (c'est-à-dire souvent) et que je n'avais personne sous la main, j'en rappelais une au hasard, et je la suppliais de bien vouloir coucher avec moi. Ça ne marchait pas, ça ne marchait jamais, et pourtant, à chaque fois, mécanisme bien huilé, circularité des ivrognes, je recommençais.

Ça allait aussi. En même temps. Ça allait et ça n'allait pas, et j'avais accepté que tout et son contraire puissent exister en même temps. Il n'y a rien de très difficile à imaginer là-dedans. C'est même une évidence lorsqu'on regarde un peu autour de soi et qu'on fait attention au monde, on ne peut qu'en être frappé. Alors du monde à moi, il n'y avait qu'un pas, et je ne vois pas pourquoi on n'aurait pas pu le franchir. Rien d'extraordinaire. Ça allait et ça n'allait pas.

J'avais un cafard permanent et une petite voix (ou même une grosse voix, une voix tonitruante qui braillait en permanence) qui me répétait que ça ne servait à rien, que ça ne servait à rien, que c'était la voie de toute chose de se péter la gueule et de manière générale c'était ma vision de la vie à cette époque-là, que tout se pétait la gueule, lentement mais sûrement, qu'il n'y avait qu'un intérêt limité à faire des efforts pour tenter d'être heureuse ou de sauver les meubles. Mais prendre la peine de faire toutes les démarches pour se suicider me paraissait épuisant et puis tellement de drame, à quoi bon. J'avais plutôt pour projet de m'abrutir de boisson jusqu'au point où je m'éteindrai, hop, je mourrai, étouffée dans mon vomi par exemple, ou renversée par une voiture, enfin ce n'était vraiment rien de dramatique, simplement ça m'emmerdait, tout demandait beaucoup trop d'efforts et ça m'emmerdait, ça m'emmerdait qu'on ne puisse pas se laisser vivre un peu pépouze en picolant, qu'il faille rendre des comptes, être présentable, guérir de ses chagrins d'amour et faire la cuisine. Ça ne m'intéressait pas.

J'errais donc dans la vie comme j'errais dans la ville : de bar en bar. Je vomissais. Je prenais le chemin du travail. Ma vie suivait très précisément l'itinéraire de mes pas. Je dis ça parce que c'est notable, parce qu'il arrive parfois que la vie nous transporte bien plus loin que nos pieds ou que les murs qui nous entourent. Je ne parle même pas seulement des rêves que l'on fait la nuit, mais de tout ce que fait la vie, indépendamment de nous, elle nous met devant le fait accompli après avoir couru loin en avant, comme un bon chien qui s'excite et détale et revient la gueule souriante, tu vois ? Il me semble que c'est exactement ça que fait la vie parfois. Elle double, elle complote, elle file à l'anglaise pendant qu'on a le dos tourné. Bon, tu vois l'idée. La mienne, non. La mienne était très précisément contenue dans mon corps : mes pieds, mes jambes, mon estomac, mes bras et mon cerveau. Ma vie était paradoxalement tirée au cordeau.

Que le monde courût à sa perte était une évidence que je ne prenais même pas la peine d'énoncer. J'y réfléchissais pas spécialement non plus. Mais ça me confortait dans l'idée qu'il valait mieux ne pas faire de plan sur la comète, il ne valait mieux s'installer nulle part, n'aimer personne, ne rien entreprendre ou projeter.

Petit à petit, je commençais à boire de plus en plus seule. Une amie partie en voyage m'avait laissé son studio : une chambre de taille modeste augmentée d'un coin cuisine étroit. J'y vivais depuis déjà un mois, et je ne prenais plus guère la peine de sortir, sauf pour aller jouer les caissières dans un quelconque magasin ou faire le ménage dans des bureaux (mes deux spécialités professionnelles). Je passais le plus clair de mon temps assise sur le lit, à boire de tout petits verres de vin rouge ou des canettes de bière légère, pour que l'ivresse me dure le plus longtemps possible, soit la plus douce, la moins invasive, que je ne m'endorme qu'au bout de plusieurs heures. Quand je sentais le sommeil me gagner, j'éteignais ma cigarette si j'en fumais une, je finissais en une gorgée ma boisson et je me laissais couler sur le lit, qui m'accueillait comme des bras aimants, un rêve de douceur, un nuage, je sombrais dans le sommeil vite, instantanément, et le lit ne tanguait qu'un tout petit peu car j'avais été immobile, mon ivresse avait été immobile, silencieuse et sans objet. C'était des ivresses qui ne me dérangeaient pas, qui servaient juste à passer le temps et ne pas s'ennuyer, car il m'était impossible de me concentrer sur quoi que ce soit. Les mots sur les pages des livres dérapaient après trois lignes, je ne m'y retrouvais plus, je ne savais même plus de quoi il s'agissait ; au cinéma, les scènes ne se rattachaient pas les unes aux autres, je redécouvrais les intrigues et les visages à chaque minute, ce n'était pas tenable, je ne pouvais faire rien, strictement rien. Tout foutait le camp, ça c'était la seule certitude que j'avais.

Je me disais : comment faire pour vivre, vivre vraiment, lorsque c'était si pénible ? Je buvais donc toujours plus, toujours plus seule, j'avais du mal à aller au travail lorsque l'on me proposait une mission, et de fait on m'en proposait de moins en moins, tout comme je ne recevais plus aucune demande sur l'application mobile. Je m'étais taillée une sale réputation à l'agence d'intérim. Jacqueline, mon interlocutrice principale chez First'Employ (une agence au nom et aux prétentions absurdes), ne m'appelait plus que rarement, alors que j'avais été l'un des poulains les plus prometteurs du département ménage de bureaux. Mais me lever à quatre heures et demi ou cinq heures pour aller passer l'aspirateur dans des open spaces me paraissait excessivement difficile lorsque j'avais bu deux bouteilles de vin la veille, on se l'imagine. Je n'y allais plus trop donc, et les appels de Jacqueline, qui croyait encore en moi, ou plus probablement qui n'avait personne d'autre sous la main, s'espacèrent, pour finalement cesser complètement.

Je ne fréquentais plus d'amis, le monde me paraissait si abrupt et hostile, leurs voix jacassant autour de moi m'étaient insupportables, leurs préoccupations dérisoires. Je ne faisais jamais rien de spécial à la place, j'avais souvent la gueule de bois et je traînais au lit longtemps, je sortais marcher en fin d'après-midi le long des rues humides. Les jours raccourcissaient et les rues étaient mouillées (pour des raisons qui n'avaient pas nécessairement trait au temps qu'il faisait mais aussi au nettoyage, tu te souviens quand les employés municipaux ouvraient grand les vannes des tuyaux qui couraient le long des trottoirs et que des ruisseaux d'eau fraîche couraient sous nos pieds ?). Les rues étaient par ailleurs de plus en plus sombres, les branches nues gouttaient et j'avais froid en marchant, même si cet automne était particulièrement doux, même trop doux. Mes semelles étaient fendues et prenaient l'eau, j'avais le mal de crâne, le vague à l'âme des lendemains de cuite, et je retournais vite m'asseoir sur le lit après être passée au supermarché m'acheter de l'alcool et des chips. C'était spécialement douloureux le dimanche soir car je devais alors me rendre dans le seul supermarché ouvert du quartier, un établissement où j'avais autrefois travaillé. Mes anciennes collègues, des

Sri Lankaises aux divers degrés de parenté, me reconnaissaient, me saluaient avec ce que je ne pouvais que lire comme une certaine crainte dans leurs voix ou dans leurs yeux fuyants, elles passaient mes articles en silence, balbutiaient un au revoir, sans doute pouffaient de rire lorsque je partais ou se regardaient avec des yeux ronds, du style : tu as vu ce qu'elle est devenue, ça craint. Cela m'était assez égal du reste et je ne m'embarrassais plus trop de convenances, ne rechignant pas à acheter trois bouteilles de rouge, des tranches de fromage industriel et du papier toilette sans honte aucune. C'était de voir leur propre crainte qui me causait du souci.

Le problème avec tout ça, c'est que je n'avais évidemment plus beaucoup d'argent. Je ne travaillais plus, mes économies passaient en alcool et en cigarettes. Certes je ne payais pas de loyer, mais tout va très vite lorsqu'il s'agit de dépenser le fric qu'on ne possède pas.

Et l'inévitable se produisit : mon amie rentra d'où elle était partie, de ses vacances prolongées, ou de son stage, un truc du genre, je ne sais plus. Ça s'est passé comme ça. Une après-midi que je paressais dans le lit (Son lit ? Mon lit ? Les délimitations ne me semblaient pas si complexes à l'époque), on sonna à la porte avec acharnement. Au bout de la troisième itération, je ne m'étais toujours pas levée, et on entreprit alors de sonner en continu et très vigoureusement. J'étais à moitié nue, je pris donc le temps, dans ce tintamarre assourdissant, de revêtir au moins un pantalon, un exercice déplaisant lorsque l'on est soumis à un tel stress extérieur. Un peu comme s'habiller quand il y a le feu, c'est à la fois superflu et nécessaire, donc relou. Par conséquent, j'étais irritée lorsque je soulevai le combiné de l'interphone, mais pas autant que Sonia qui était positivement furieuse. Pourquoi n'avais-je pas répondu à ses appels ? Ni à ses mails, ni à ses textos, ni à ceux de nos amis communs ? Elle m'enjoignit à la laisser entrer, ce que je fis, et en attendant qu'elle monte je m'allumai une cigarette et contemplai son appartement. Elle n'allait pas être contente, je le sentais. Je ne vais pas prendre la peine de décrire exactement l'état dans lequel se trouvait la chambre, il suffit de dire qu'il était mauvais. Cela faisait un moment que j'avais cessé de m'intéresser au ménage. Il était illusoire de vouloir rattraper des semaines de laisser-aller dans les quelques minutes qui me séparaient maintenant du retour de Sonia chez elle, et je pris donc le parti de finir ma cigarette, appuyée contre le mur à contempler le désastre, avec, peut-être, une certaine nonchalance, qu'elle qualifia par la suite d'insolente, mais c'était loin d'être mon intention.

Son entrée fut explosive. Sonia possédait une voix dont la particularité était d'avoir à la fois beaucoup d'ampleur mais aussi une certaine stridence. Je restai immobile pendant qu'elle virevoltait en furie dans le studio, flanquant parfois des coups de pied dans les tas d'objets hétéroclites qui s'étaient formés de manière quasi-autonome ici ou là sur le sol. Je ne sais pas trop pourquoi telle combinaison lui déplaisait plutôt qu'une autre (pourquoi la balle de tennis, les magazines, les chaussettes dépareillées et les canettes de bière plutôt que la housse de couette, le chargeur de téléphone et les quatre cintres ?), mais certaines éveillaient vraiment en elle une colère que je n'aurais jamais soupçonnée. J'avais toujours pensé que Sonia était un être assez paisible. Je découvrais au pire moment qu'il n'en était rien. Il s'avéra qu'elle tentait de me contacter depuis des semaines, à propos d'un problème de nature financière qu'elle avait rencontré pendant son voyage et pour lequel apparemment j'aurais pu l'aider, dieu seul sait comment car je n'avais pas un sou vaillant en poche, et je ne me gênai pas pour le faire remarquer à Sonia (en ces termes), qui n'en devint que plus profondément furieuse.

Elle se tourna vers moi avec des yeux fous et me hurla qu'elle avait vécu un enfer, un véritable enfer, que c'était par ma faute, que j'avais transformé son appartement en porcherie, qu'il m'aurait simplement suffi de faire je ne sais quelle manipulation sur internet grâce à des documents qui se trouvaient ici-même, mais que quelque chose d'aussi simple j'en étais apparemment incapable, etc. Elle balbutiait de colère, incohérente. Mon propre état de confusion générale ne me permettait pas de saisir tout à fait quels étaient les enjeux de ses reproches, de ce qu'elle voulait de moi. Elle ne semblait pas comprendre que j'aie pu ne pas *vouloir* répondre au téléphone, aux messages, aux e-mails, à la porte, alors que c'était d'une simplicité enfantine. Je n'en avais ni la force ni le désir. Je lui précisai qu'elle avait eu de la chance ce jour-là car j'aurais pu tout aussi bien choisir d'ignorer la sonnette et de me rendormir. J'en aurais été entièrement capable, même si elle avait sonné non-stop pendant deux heures, lui révélai-je avec une certaine fierté.

Peut-être tout simplement que j'avais dû me lever car j'avais rendez-vous avec mon destin, pour ainsi dire, et il est des rendez-vous qu'on ne saurait manquer. À l'époque, évidemment, je n'imaginais pas ce genre de choses, et Sonia n'eut donc pas l'opportunité de voir la situation sous cet angle, peut-être en aurait-elle été adoucie.

En l'occurrence, elle me demanda, avec un calme exagéré qui sonnait faux, de prendre mes affaires et de me tirer. J'avais dix minutes. Elle ne souhaitait pas que je range, ni que je descende les poubelles, ni même le verre. La vaisselle, elle en ferait son affaire. Elle ne voulait pas que je l'aide à faire quoi que ce soit. C'était assez injuste, car enfin comment me racheter ou lui prouver ma bonne foi ? Du reste je n'en avais évidemment pas particulièrement envie, mais je suis une créature humaine comme les autres, cela me peine d'avoir peiné, et il m'arrive de tenter de réparer ma faute. Cependant je n'en avais pas une envie absolument impérieuse ce jour-là, j'étais fatiguée et je me fis la réflexion que le meilleur – et, à vrai dire, le seul – moyen de montrer à Sonia que j'avais encore une once de respect pour elle était sans doute de plier bagage le plus rapidement possible. Dont acte.

Sonia sanglotait assise sur son fauteuil de bureau à roulettes, entourée de ses plantes vertes (devenues gris-jaune anémié sous mon gouvernement) et je voyais que de véritables larmes coulaient sur ses joues.

J'avais passé un certain nombre de soirées agréables assise sur ce fauteuil, à me déplacer lentement dans la pièce et à pivoter d'un côté ou de l'autre, ou même à faire des tours complets assez rapides (lorsque je n'avais pas encore trop bu – ce jeu devenait dangereux passé un certain seuil). C'était distrayant et cela assurait une alternative parfois bienvenue aux longues après-midis sur le lit. Les accoudoirs étaient parsemés çà et là de brûlures de cigarette, le tissu de taches diverses. J'étais légèrement ébahie de constater, à travers les yeux de Sonia, à quel point, et à quelle vitesse, je m'étais laissée aller pendant ces quelques dernières semaines. Je la regardais. À une époque nous avions eu une histoire sentimentale. Et la voilà assise sur ce fauteuil le regard vide et triste, et moi indifférente qui l'observait pendant un court instant, jusqu'à ce qu'elle relève la tête et que je me détourne pour ramasser mes affaires.

« J'avais confiance en toi », dit-elle en se tournant une fois de plus vers ses plantes crevées comme pour me les désigner, comme si elles étaient une sorte de métaphore du peu de soin que j'avais pris à la vie, du peu d'attention que j'accordais à qui que ce soit.

Et c'était vrai. Dans la rue, je commençais à marcher sans savoir où aller, et pour cause, j'avais délaissé mes amis et mes connaissances, j'avais fermé mon cœur. Je me sentais bête. J'avançais à l'aveugle, déjà le soleil déclinait et je savais que je n'avais nulle part où dormir ce soir, ni le soir suivant, ni jamais, plus jamais et que dans peu de temps je n'aurais plus d'argent du tout. Ma première idée fut de tout boire ce soir et d'en finir mais en y réfléchissant un peu plus j'eus la sagesse de m'asseoir sur un banc devant Le Dit-Vin Luron, un bar au nom de funeste augure, dont la décoration, que j'apercevais juste derrière des vitres embuées dans la nuit, ne laissait rien présager de meilleur – je m'égare, mais je dois dire que les enseignes aux noms ratés, surtout les calembours irréfléchis comme celui-là, ces trucs qui ne renvoyaient à rien, ça me manque.

Je m'assis donc, dans la nuit et dans le froid, avec aux lèvres la saveur d'une grande tristesse et d'une grande lassitude, et une envie de mourir simple et authentique (et apercevoir ainsi la décoration merdique du Dit-Vin Luron n'avait fait qu'accroître mon désir de quitter cette vie) ; et sur ce banc dont les lattes me gelaient le cul, malgré le temps étonnamment doux pour la saison, tu t'en souviens sûrement, de cet automne enchanté; je sortis mon téléphone et je tentai de déterminer qui, dans mon répertoire, je n'avais pas encore appelé pour demander l'hospitalité. La liste était courte. Il y avait Julie, Dominique, M ??? et Basilio. Julie était une très bonne amie de Sonia, mais seulement une vague connaissance à moi, ce qui ne me permettait pas vraiment de demander à ce qu'elle m'accueille, d'autant plus que si elle n'était pas déjà au courant du scandale chez Sonia, elle le serait bientôt. De toute façon, j'étais sûre qu'elle faisait partie du mystérieux consortium qui avait soi-disant tenté de me contacter pour me prévenir des déboires de notre amie, et qu'elle m'en voudrait déjà au moins pour ça : je ne pouvais donc pas lui demander quoi que ce soit. Dominique était une amie de ma mère que je connaissais mal mais qui avait déjà fait preuve de gentillesse envers moi, comme le font les adultes avec les enfants faibles, sans défense et sans ressources. Il y a longtemps, elle m'avait proposé de partager un trajet en voiture jusqu'à Toulouse où je me rendais pour une raison qui m'échappe pour le moment mais qui avait sûrement à voir avec une fille que je devais y retrouver.

Lorsque je lui avais donné de l'argent pour l'essence, elle s'était récriée et avait secoué la tête avec une énergie remarquable et peut-être un peu excessive, je me souviens de ses boucles noires qui s'agitaient dans la voiture devant la gare Matabiau au petit matin, alors que nous venions d'arriver après une nuit de pleine tempête sombre et, dans mon souvenir, vraiment féroce. Pendant le trajet, nous avions parlé un peu, j'avais dormi, Dominique conduisait comme si elle était habitée par une force animale, de manière acharnée, agressive, luttant contre les trombes d'eau, le vent. J'avais eu un peu peur, car elle roulait trop vite, et je l'entendais par moments grogner. Je pouvais sans doute demander à Dominique, d'autant plus qu'elle avait un grand appartement, je le savais. En revanche, je n'avais aucune idée de qui était M ???, et malgré tous mes efforts il m'était impossible de m'en souvenir. Quant à Basilio, c'était un ancien collègue que j'avais revu quelquefois, pour lequel j'avais des sentiments neutres qui étaient sans doute partagés, et des doutes sérieux quant à sa volonté de m'accueillir.

Je commençai par appeler Dominique qui ne répondit pas. J'attendis un moment sur le banc et il ne faisait pas plus chaud que tout à l'heure (mais pas tellement froid non plus, et ce fait alimentait toutes les conversations, c'était un véritable émerveillement que les gens ressentaient face à la douceur de la température pour novembre, de ce qui allait être, pour beaucoup d'entre eux, mais ils ne le savaient pas encore, leurs derniers jours, et alors tant mieux s'ils avaient bien aimé la météo). Je me sentais soudain vraiment fatiguée en plus de la tristesse, comme si je préférais cent fois à toute autre solution m'allonger là sur le banc pour faire un petit somme, même si je savais bien que c'était foncièrement stupide. Je réessayai Dominique, mais toujours pas de réponse. Je ne voulais pas lui laisser de message parce que rien n'était plus facile à ignorer qu'un message vocal, et puis de l'autre côté on était là et on attendait une réponse et la réponse ne venait jamais et l'attente était désagréable comme un acouphène ou une douleur de basse intensité dans les reins, quelque chose qui ne s'en allait jamais, on attendait, on attendait, mais rien ; et bref, non, pas de message pour Dominique. J'appelai donc Basilio, qui répondit presque immédiatement et à qui j'exposai ma situation, légèrement embellie voire trafiquée (je venais de me séparer de Sonia, elle m'avait flanquée à la porte, mes amis dans le même temps m'avaient tourné le dos, ce qui était vrai si on ne s'embarrassait pas trop d'exactitude chronologique), aurait-il un coin de canapé pour moi le temps que je me reprenne en main ? Basilio m'écouta patiemment, je l'entendis soupirer presque imperceptiblement, et me dit de passer chez lui en me donnant l'adresse.

Basilio m'accueillit avec un air à la fois concerné et froid, parce que, paix à son âme, il voulait tout de suite établir les limites, nous n'étions pas amis, il savait qu'il était mon dernier choix et sans doute qu'il trouvait ça vexant. Il m'accueillit avec cette expression faciale mi-figue mi-raisin et m'annonça sans préambule qu'il ne pouvait m'héberger qu'une semaine. Ensuite sa copine venait lui rendre visite et il avait l'intention de profiter des bons plaisirs de la vie avec elle. Il ne me voulait pas dans ses pattes. En d'autres termes, mon répit ne serait que de courte durée et il fallait que je continue à chercher.

Le lendemain je me présentai tôt chez First'Employ, où Jacqueline m'accueillit avec un petit caquètement déplaisant. « Oh ! Une revenante ! » s'exclama-t-elle, et la platitude conne de cette remarque renouvela en moi le désir de mourir pour toujours. Je souris néanmoins en bredouillant que j'avais traversé une période difficile, mais que j'étais prête à travailler à nouveau, avait-elle des missions pour moi car j'en avais grandement besoin. Il se trouvait que je tombais à pic. Une de ses *cleaners* comme elle aimait à nous appeler, l'avait lâchée ce matin même, sans doute à cause des troubles causés par le Sommet pour la Transition Verte qui se tenait à ce moment-là, et si je voulais reprendre sa tournée je pouvais commencer ce soir, immédiatement. Mais, me prévint-elle, c'était la dernière fois et pas de blagues, si je lui faisais faux bond, je ne devais pas m'attendre à ce qu'elle me reprenne un jour, ce serait finito, mes chances seraient mortes et enterrées, R.I.P. en paix, tout ça. Ok ? Et que je fasse attention aux manifestations, aux grèves des transports, aux blocus divers et variés, aux check-points militaires, ça chauffait pas mal par endroits et hors de question que ça me mette en retard, ajouta-t-elle avec un clin d'œil inattendu. Je la remerciai avec effusion, en lui promettant que je serai d'un sérieux inégalé, que je saurai faire mes preuves, en me répétant dans mon for intérieur que de toute façon cette agence, et c'est pour cela que j'y retournais toujours, était pauvre et misérable, qu'elle manquait d'intérimaires et de clients, et que j'étais une de leurs seules chances de survie en ce bas monde, et qu'elle ne pouvait faire l'économie de ma petite personne d'ivrogne, comme je ne pouvais faire l'économie de la sienne. Ainsi nous vivions dans une symbiose minable qui nous arrangeait autant qu'elle nous déprimait, me disais-je en sortant dans la rue, ma feuille de route à la main. Il faisait un temps sec et plutôt ensoleillé, et je marchais en me convainquant que cette fois-ci je devais me ressaisir, que je ne devais plus me laisser aller. La première mission était à 18h30, au moment de la fermeture d'un bureau, ensuite je devais me rendre dans un grand magasin rejoindre une équipe jusqu'à 23h. Le lendemain je recommençais très tôt. J'occupai ma journée comme je pouvais, j'essayai de rappeler Dominique qui ne me répondit toujours pas, je fis une sieste chez Basilio qui était opportunément absent, je mangeai trois de ses yaourts au soja, j'allai me promener. Je grignotai des barres chocolatées et bus du jus d'orange.

En fin d'après-midi je me dirigeai vers les bureaux. Je ne m'étais pas particulièrement intéressée au Sommet pour la Transition Verte, mais je ne m'intéressais pas à grand-chose à cette époque, et puis surtout la merde qu'était le monde me paraissait bien trop puissante pour qu'on ne puisse rien y faire. L'univers était rongé par un mal auquel rien ni personne ne pouvait changer quoi que ce soit. Peut-être qu'à un moment, qu'un jour, il en avait été autrement, mais je ne connaissais pas ce jour, et dieu seul sait quand il avait eu lieu, et pourquoi, et où. Le monde était comme damné. Pourquoi lutter ? Sans le vouloir pourtant, tout à coup, en route vers le travail qui devait me sauver la vie, je me retrouvai au milieu d'une émeute.

La première chose que je vis c'est que le sol était mouillé, mais ce n'était pas cette fois sous l'effet des sympathiques bouches souterraines s'ouvrant sur des caniveaux accueillants. C'était la pluie dure, sauvage et poivrée des canons à eaux qui s'abattait sur le sol, sur les manifestants, sur des passants comme des coups de fouet, collant humides les vêtements sur les corps. La foule était une vague qui avançait et refluait, les projectiles volaient au-dessus des rangs, dans les vapeurs des grenades de gaz lacrymogène qui tout à coup éclatèrent en répandant une fumée poisseuse, on entendait de loin en loin des cris, les gens se parlaient encore, les visages bouffis par les larmes (et combien de liquides se répandaient cette après-midi là, le sang, les larmes, les trombes d'eau, le vomi, le lait, le jus de citron utilisé pour nettoyer les yeux rougis et les peaux douloureuses), les visages se rapprochaient sous les capuches, plus loin ça scandait, ça poussait contre les rangs de gendarmes, la foule était un flux fou qui se pressait contre des barrières dont certaines étaient invisibles mais qui faisaient grandir la colère, la foule de ses milliers de jambes trépignait sur le sol une grosse danse furieuse genre carnaval des enfers, ça tirait à hue et à dia, ça hurlait, ça avait une sacrée gueule ; plus loin dans des rues adjacentes ou aux coins de la place, le long de l'avenue retentissaient les coups acharnés des marteaux contre les vitrines, les abribus, le verre qui vole sur le pavé, le revêtement des trottoirs brisé à l'aide de pointes de fortune et projeté par morceaux sur les flics attroupés. On entendait aussi des détonations énormes, de pétards ou de grenades, les bruits des LBD, comme des bouchons de champagne qu'on ouvre, en moins marrant, et les cris de douleur, de panique, de colère.

Je m'étais arrêtée pour regarder, de l'autre côté de la place. Les voitures et les bus, bloqués, ne circulaient plus, ajoutant à la clameur de l'émeute celle des klaxons, des invectives de voyageurs malcontents. J'avais encore du temps avant de travailler – et c'était plus ou moins ma seule préoccupation : y arriver à l'heure, et y revenir le lendemain. Je m'attardai, fascinée par ces grands mouvements, ces flots d'êtres humains mus par une volonté commune, ça avait quelque chose d'émouvant, je m'avouai émue, et hypnotisée. Je commençai à m'approcher, doucement, précautionneusement, en essayant d'éviter les poches de violence et de gaz, le visage couvert de mon écharpe. J'observai les regards, les gestes. Sur les côtés, des agents de sécurité privés, portant brassards et cagoules, sautaient sur des manifestants isolés, les frappaient bestialement, les emmenaient, dans la cohue générale, vers des camions blindés où ils les jetaient au hasard. Les CRS commençaient à se resserrer sur deux côtés et quelqu'un cria « Ça nasse, ça nasse ! » : lentement mais sûrement, un étau se refermait autour d'une partie des manifestants, les CRS comme les anneaux concentriques d'un boa constrictor faisaient bande uniforme, à l'avancée lente mais assurée, imperturbable comme la fatalité. Les hommes avaient des bouches dures et fermées, des regards invisibles sous les casques. Et à ce cri de « ça nasse », au moment même où mon cœur bondissait de crainte pour qui se trouverait pris dans les anneaux de la loi, mon âme défaillit :

Des bras forts, la peau sur les muscles fins, longs, tendus, qui sinuaient, se gonflaient : des cordelettes, des serpents, eux aussi, mais très doux. Les muscles repoussaient à chaque geste la manche du tee-shirt noir, dans un flot de mouvements sûrs. Pourquoi était-elle isolée, pourquoi ne portait-t-elle ni k-way, ni les omniprésentes lunettes de piscine, pourquoi son visage n'était-il pas masqué ? Le vague froid se fit soudain mordant sur mes joues à la vue de la peau nue et brune. Le corps d'abord s'affaira au sol, au pied d'un arbre, un arbre quelconque, un peu isolé, dans un coin de la place ; ce corps était confiant, il avait confiance en lui-même, il bougeait brusquement, attachant, fixant, sécurisant. Le corps était seul.

Elle opérait solo, dans la pénombre permise par la confusion, et si c'est quelque chose de son corps qui d'abord avait attiré mon regard, à présent j'étais submergée par un flot de questions sur ce que pouvait être cette personne, sur ce qu'elle faisait là armée de cordes et de mousquetons, j'étais submergée parce que son visage avait achevé de me couper le souffle. Il n'avait rien de particulier, peut-être, des sourcils droits, des yeux noirs, une bouche épaisse mais ferme ; mais sa neutralité même, la détermination pure à être ce qu'il était, à gouverner ce corps fort par sa volonté et son courage, voilà ce que je voyais dans ce visage. J'en oubliais à quel point j'étais éloignée, si éloignée de ce qu'elle entreprenait, à quel point ma vie était déterminisme plutôt que détermination, tout cela était oublié et je regardais fascinée ses mouvements, dans l'obscurité de la place, une bataille à quelques mètres de nous.

Les bras se sont élevés, ont allongé deux mains qui, se saisissant des cordes, ont soulevé le corps entier ; les pieds se sont fixés de chaque côté du tronc, l'ascension a débuté, par à-coups presque par reptation, le corps a moutonné le long du tronc, c'était la chose la plus sensuelle que j'aie jamais vu de ma vie, peut-être parce que c'était aussi courageux. Je comprenais que ce corps qui m'avait coupé le souffle était en train d'accomplir un genre de coup d'éclat, et je ne l'en trouvais que plus attirant, si étranger. J'ai suivi immobile au pied de l'arbre l'escalade entre les feuilles brunes, le baudrier serrant le pubis ; et autour de moi on a commencé à s'amasser, et dans les arbres voisins, j'en voyais d'autres qui grimpaient en silence, se jetant des coups d'œil par-dessus les pavés, puis, arrivés à la première fourche confortable, acclamés, s'enchaîner, alors que les feuilles mortes, agitées, chutaient tout autour. Les chaînes simultanément ont brillé parmi les branches, les chaînes se sont enchaînées, comme elles se doivent de le faire, simultanément, et le spectacle était spectaculaire. Tout était parfait.

Les chaînes ornaient les chevilles, les attachant aux branches, les poignets, s'entortillant style Laocoon sur les membres, et la pression des maillons sur les cuisses, enfonçant rythmiquement la chair, avait achevé de m'embraser, alors même que des feux étaient allumés derrière moi et que l'on procédait aux premières interpellations de masse.

Je ne pouvais me détacher de la place, sans savoir tout à fait ce qui m'y retenait, si c'était la fille, la violence, la peur qui me scotchait sur place. Je me tenais à présent à l'écart, mes yeux piquaient quand même. Tout se déroulait dans une confusion brumeuse, parmi les cris, les charges de CRS, les gaz, les matraques, puis la pluie inattendue, un chaos au cœur duquel brillaient comme une lumière dont on ne peut détacher le regard, un phare, les membres enchaînés et les yeux noirs de la fille en haut de l'arbre. Juste avant, je suppose, elle avait couru avec les autres, elle avait crié, toussé, pleuré dans les vapeurs toxiques, échappé aux nasses, cherché ses amis, paniqué, senti son cœur battre de peur lorsque les rangées de CRS couraient lourdement vers eux. Mais jamais son cœur n'a palpité aussi fort, je crois, que lorsque, au signal, elle s'est accrochée à l'arbre dans lequel elle vivrait pour les prochaines heures, les prochains jours, comme une stylite silencieuse, surveillant, l'air atterré, les alentours. Elle avait à présent le visage bouffi et rouge, luisant : gazé. J'étais envahie par son visage, ses bras, j'avais le souffle court lorsque j'apercevais dans l'ombre purée de pois ses yeux, ses membres meurtris. Qu'elle se fasse souffrir, qu'elle accepte le mal dans son corps me révoltait autant que cela me galvanisait. J'avais perdu la tête, je ne savais plus quoi faire. Même si je n'avais pas pris un seul coup ce jour-là, c'était comme si j'avais été tabassée, au sol, par un groupe énervé aux chaussures coquées.

Mais enfin il était l'heure et je devais me rendre au travail, je risquais d'être en retard si je ne me dépêchais pas. Je jetai un dernier regard à l'arbre portant l'objet de ma convoitise comme un fruit, je ne la vis pas, juste son pied qui dépassait un peu mollement. Un dernier coup d'œil à la place trempée, sale, les manifestants qui n'avaient pas été pris partaient par petits groupes en marchant ou en courant, selon leur niveau de stress, d'éventuelle culpabilité, ou leur humeur ; d'autres restaient près de la ligne de CRS en scandant des slogans demandant que l'on relâche les manifestants pris au piège. On voyait déjà, de l'autre côté de la place, certains ouvrir des canettes de bière.

Je bifurquai vers la droite et pris une petite rue qui me fit faire un détour mais qui m'évita les barrages et les contrôles qui m'auraient retardée. Qui sait ce qui se serait passé si je n'avais pas réussi à arriver au travail à l'heure. Ça aurait été la fin du monde. Du moins tel que je le voyais à ce moment-là. La limite entre le monde et sa fin, entre le monde et le néant, était très fine à ce moment-là, très fine, une peau d'insecte, une membrane transparente.

Bien sûr que je n'ai pas toujours voulu être femme de ménage, ça s'est fait comme ça. C'était un job alimentaire, du temps où j'étais étudiante, qui me permettait de faire d'autres choses marrantes à côté, comme avoir des amis avec qui boire, jouer dans un groupe de musique et écrire de la poésie. Puis ces choses s'étaient graduellement amenuisées pour finalement se réduire à la bière, et il ne me restait plus que le travail, et mon travail c'était d'être femme de ménage en intérim et voilà. Parfois, quand je n'y réfléchissais pas trop, ça m'allait très bien. J'ai toujours pensé, au fond de moi, que la vie deviendrait autre chose à un moment donné, et je n'ai pas eu tort, finalement. La preuve.

J'aimais l'odeur des détergents, j'aimais l'acrimonie de certains produits mystérieux dont les contenants génériques qu'on nous fournissait affichaient toujours un blanc neutre, augmenté peut-être d'une initiale ou d'une croix dessinées au marqueur. J'aimais la solitude des couloirs, la solitude des ficus près des baies vitrées, la solitude des ordinateurs en veille. J'aimais la solitude des toilettes vides, des magasins vides, la solitude des mannequins en attente, l'odeur de plastique et de pétrole que dégagent les objets neufs. Les chiffons, les bacs, les serpillières mettaient momentanément en ordre ma vie et je me sentais alors baigner dans une plénitude parfaite : il s'agissait de faire son travail, c'était une chose, et mes mains étaient occupées. Mon esprit vagabondait sans même que je m'en aperçoive, et puis je savais que ce serait bientôt fini et que j'aurais tout le reste de la journée, de la soirée, de la vie pour faire autre chose. L'odeur du nettoyant pour vitres dans la nuit me perçait les poumons et me rassurait.

Ce soir-là je pensais sans cesse à la fille, et c'était une douleur que même les dissolvants les plus forts ne pouvaient effacer. Les nettoyants étaient des esprits quasiment immatériels, des êtres de la pénombre, de la vie cachée et propre. Cette fille était immense, sale, vivante, incarnée. Je pensais à sa jambe qui pendait contre le tronc, à son corps enchaîné, appuyé contre l'écorce, à son visage hardi. Je frottais les surfaces, je pensais à elle. Ce n'est qu'en rejoignant ma deuxième mission de la soirée que je me suis demandé pourquoi elle et ses camarades s'étaient enchaînés.

En rentrant chez Basilio, je repassai par la place de la République, pour voir, revenir sur les lieux du crime en quelque sorte, et m'assurer que tout cela était réel – était-ce réel ? Je marchais sur la place et tout avait changé. Je ne reconnaissais plus la grande statue, dressée au centre d'une plaine vide et grise, sèche. La place était déserte, hormis quelques groupes serrés dans des coins, loin les uns des autres. Les traces des affrontements avaient été soigneusement effacées, en quelques heures, pendant que de mon côté je nettoyais des lieux de travail. Il ne s'était rien passé, puisque rien dans le paysage urbain ne laissait entrevoir l'émeute.

Il ne s'était rien passé, il ne s'était rien passé.

Mais dans les arbres je voyais des lumières, et en m'approchant j'entendis des voix. La fille était là, elle avait passé un gros manteau par-dessus ses chaînes et elle plaisantait avec un type accroché à l'arbre d'à côté. Je passai près d'elle en levant la tête, elle baissa les yeux, et je vis à son visage qu'elle me reconnaissait vaguement. Au moins un milliard de poignards s'enfoncèrent dans mon cœur, dans ce regard échangé, et je me persuadai que je devais la revoir.

Le lendemain matin, alors que la ville était encore endormie et que je me rendais au travail, je repassai par la place et elle était toujours là. Nous échangâmes des regards et j'étais sûre qu'elle me reconnaissait tout à fait à présent. Quand je repassai le soir, elle me sourit. Il y avait un attroupement au pied des arbres, des caméras de télévision, une femme éclairée dans la nuit qui parlait dans un micro les yeux écarquillés, une énorme caméra braquée sur elle. Bon. La vie suivit ce modèle pendant quelques jours. Pas lui parler, pas briser le sort. Nous nous regardions, et elle non plus ne me hélait pas, ne faisait pas mine de vouloir m'adresser la parole.

Je ne croisais pas souvent Basilio, mais je savais que j'allais devoir partir bientôt, et peut-être que la personne que je remplaçais pour le ménage allait refaire surface et moi, je serais revenue à zéro. Je réessayais d'appeler Dominique quelquefois mais elle ne répondit jamais. En fait, mais ça je l'ai appris un peu plus tard, par ma mère avec qui je parlais une fois tous les trois mois, Dominique était portée disparue. Partie en voyage dans un quelconque pays exotique, elle n'en était jamais revenue. Il y avait eu un séisme, un tsunami, les islamistes, quelque chose du genre, et puis pfff, plus de Dominique, elle s'était volatilisée. Mais elle était si sauvage que j'étais sûre que tout se passait très bien pour elle.

Dans l'immédiat, ma stabilité reposait sur des bases quelque peu branlantes, ce qui m'inquiétait mais sans plus, car je n'avais en tête que les sentiments que je portais à la fille perchée, qui à ce moment-là avaient plus à voir avec une sorte d'amour courtois, quelque chose de distant et de vaporeux, voué à rester platonique. Je passais le plus clair de mon temps, lorsque je ne travaillais pas, à écrire des poèmes assez abstraits et secrètement à sa gloire. La semaine, cependant, touchait à sa fin, et je ne savais toujours pas où je pouvais dormir.

Je n'avais pas bu depuis que j'étais partie de chez Sonia et j'en étais assez contente, mais je sentais que l'inquiétude qui commençait à m'habiter faisait vaciller ma volonté, et je me demandais si je n'allais pas aller me siffler une bière l'après-midi avant d'aller au travail, juste pour me détendre un peu, lorsque je reçus un appel de First'Employ. Une concierge venait de décéder, il fallait une remplaçante provisoire, cette remplaçante serait logée et je pouvais commencer le surlendemain. Parfait. J'allai boire une bière quand même, pour célébrer la nouvelle vie glorieuse qui s'offrait à moi. En me rendant aux bureaux, je traversai la place et je vis que les arbres étaient entourés par la police. La fille me jeta un regard navré entre les branches humides. Je ne savais toujours pas ce que ces individus fabriquaient là-haut mais j'imaginais qu'ils avaient une raison valable pour avoir décidé de vivre dans les arbres en plein mois de novembre. On essayait maintenant de les en empêcher. Allons bon. Dès qu'on sortait un peu des clous, ça y est, la loi sévissait, me disais-je avec tristesse, résignée à ne plus voir la fille. Sans doute que j'aurais pu me couper la main pour elle, ou me jeter dans le nœud de flics pour la sauver, enfin j'imagine que j'aurais pu le faire si ça avait été nécessaire, mais en l'occurrence j'avais bien conscience que ça ne servait à rien, et puis cela m'aurait mise en retard au travail. En marchant je composai une nouvelle strophe en son honneur, qui parlait de ciels noirs, d'arbres nus, d'uniformes bleu sombre.

Lorsque je repassai après le travail, la place avait été évacuée. Tout était propre et silencieux. Je m'approchai de son arbre sans être certaine qu'il s'agissait bien du sien, rien ne ressemble plus à un arbre qu'un autre arbre. J'étais un peu désorientée, mais je décidai qu'il fallait de toute façon que je détermine qu'un arbre avait été le sien, que même si c'était inexact, l'important était de se recueillir sur cet arbre comme sur la stèle d'une amour morte, etc. Au bout des branches grossissaient des bourgeons épais. Il avait fait si doux : les arbres comprenaient tout de travers.

Je touchai l'écorce, je reçus comme un choc électrique en pensant qu'elle avait vécu là tous ces jours, comme une recluse, une sainte, qu'elle avait renoncé au monde pour le rendre meilleur, en tout cas de son point de vue, enchaînée aux branches. Je levai la tête, je me hissai sur la pointe des pieds pour voir la couronne où elle s'était tenue, et je percevais presque encore la chaleur de son corps qui cascadait jusque sur la place, et soudain, entre les racines, j'aperçus quelque chose. Un morceau de papier. Je m'en saisis. Dessus était inscrit, d'une main belle et assurée qui ne pouvait qu'être la sienne :

« 12 novembre : Je devrais sortir de garde-à-vue d'ici demain. Appelle-moi », et son numéro de téléphone. Je ne pus m'empêcher de sourire, sur la place déserte, la nuit.

Le lendemain soir, je dormis à l'hôtel parce que la copine de Basilio était arrivée. Nous nous étions quittés en termes presque mauvais, Basilio et moi. Nous avions échangé peut-être six phrases en une semaine. J'avais senti l'hostilité grandir et se répandre dans l'appartement, et je ne pouvais pas m'empêcher de me demander pourquoi je faisais cet effet aux gens. Étais-je si agaçante ?

« Bonne vie » m'avait-il lancé en refermant la porte, après que nous nous soyons salués avec gêne dans le hall d'entrée sombre. Nous nous étions embrassés sur chaque joue de manière hésitante. Je pris une chambre d'hôtel bon marché, le lendemain j'emménagerai dans l'appartement de la concierge. J'appelai le numéro. La fille répondit. Elle était sortie de garde-à-vue. Nous avions rendez-vous le lendemain. Je suffoquais. C'était allé vite.

4 Mona

Mona n'avait jamais été du genre à croire en l'amour, ou à penser que l'amour sauverait sa vie, ou à chercher l'amour. Elle avait grandi à la campagne, dans une petite vallée. Ses parents étaient attachés dans un état de quasi-servage à une famille de gros paysans, les Roset. Ces derniers possédaient une vaste ferme où Mona, ses parents et ses sœurs vivaient dans une dépendance sombre et restaurée à la hâte avec des matériaux de construction de mauvaise qualité qui commencèrent rapidement à se dégrader ; et Mona se souvenait de cela, de l'effritement constant des plafonds, de la lente agonie des papiers peints, que Madame Roset avait l'irritante habitude d'appeler « les tissus muraux ».

Les Roset, eux, vivaient dans la grande maison, avec une terrasse ornée d'urnes, des colonnades, un parc où poussaient deux cèdres centenaires. Tout était en mauvais état, constamment sale, cassé, personne ne prenait soin de ce lieu. Les parents de Mona aidaient à la ferme, et Mona avait vécu une enfance à la campagne classique, un peu sauvage, contrainte par des lois qui avaient à voir avec le travail agricole, les saisons qui tour à tour inondaient puis asséchaient la vallée en contrebas, les incompréhensibles normes sociales de l'école, située dans la ville voisine ; et les rituels religieux que suivaient plus ou moins scrupuleusement ses parents. L'un de ses moments préférés de l'année, et le plus effroyable, était celui de l'Aïd, lorsque les Roset acceptaient de vendre à des prix raisonnables des moutons à ses parents et à quelques-uns de leurs amis. Les moutons étaient sacrifiés, suspendus dans la cour, sous le toit d'un hangar, leur abdomen ouvert exposant les organes laiteux et répandant une odeur musquée et nauséeuse, affichant leur mort sans honte et terrorisant Mona. Sa vie était marquée par cette terreur, une terreur presque divine mais sans dieu. Elle portait aussi le sceau de l'injustice, celle qui maintenait ses parents dans le rôle d'obligés de la famille Roset, que l'on devait remercier, aimer comme la sienne et servir. Tous les dimanches, Mona et ses sœurs avaient pour obligation d'aller rendre visite aux Roset qui leur offraient des biscuits au beurre, du jus d'orange coupé à l'eau, et exigeaient qu'on les embrasse sur les lèvres. Mona avait très tôt haï cette famille, puis haï ses parents de se laisser asservir, puis elle-même de haïr ses parents. Tout ça avait duré longtemps, ça avait paru des siècles. Mais les choses étaient ce qu'elles étaient, le temps avait passé, et finalement Mona avait quitté la maison et la vallée pour ne plus y revenir.

Toute sa vie d'adulte, elle avait lutté pour telle ou telle cause, navigant entre les mouvements sociaux, les occupations de facs, allant de squat en ZAD, avait entrepris un voyage au Kurdistan qui avait échoué – elle avait été refoulée à la frontière, moquée par des douaniers qui rigolaient de bon cœur sous leurs armes d'assaut ; avait pendant des mois tenté d'organiser un séjour au Chiapas, avec un ami qui avait soi-disant un contact là-bas, mais ce projet avait échoué lui aussi, pas assez d'argent, pas le temps, pas posssible. Il y avait toujours quelque chose, ça ne marchait pas, ça ne marchait jamais, elle était condamnée à de petites actions minables sur le territoire national, qui ne résonneraient que dans les souvenirs confus de manifs, au mieux dans les colonnes fait divers. Le statu quo était une machine écrasante qui étouffait tout, tout ; elle avait beau agir, faire des trucs, espérer, lutter, c'était comme si à chaque foulée, une volonté méchante effaçait la trace des pas précédents, elle se retrouvait tout le temps perdue, révoltée, triste, inutile.

Chacune de ces nouvelles entreprises lui semblaient sur le moment d'une importance cruciale, mais Mona finissait toujours par s'éloigner, lassée et déçue, parfois simplement par la petitesse de ses camarades, habitée par l'impression croissante qu'il était impossible d'accomplir quoi que ce soit. Elle sentait que se dressait contre tout l'univers un adversaire immense qui le précipitait à sa perte et avec lequel il était probablement dérisoire de se battre. Quelque chose de désincarné et de méchant, une opposition abstraite qui invalidait tout, parce que l'ouverture ou l'obturation du réel dépendait uniquement de cet ennemi qui n'en faisait qu'à sa tête.

Mona pensait alors à se retirer du monde, elle songeait à des lieux vides et cernés de hautes murailles, des genres de monastères, là où le monde perdrait son importance, disparaissant jusqu'à n'être plus qu'un souvenir ; où la vie serait occupée par des tâches régulières et solennelles, par le silence si possible, un silence que n'interrompraient que le son du travail dans le jardin, la bêche contre la terre rocailleuse, le chant des oiseaux solitaires dans les branches, les pas sur les sentiers, le frémissement du vent dans le verger, le cours d'eau, les couverts et la mastication au réfectoire, la cloche, le son souple des draps que l'on plie à la lingerie etc. Elle avait imaginé tout cela. Elle se rêvait dans cette discipline, ou mieux encore, dans la vie d'ermite seule dans un bois, elle vivrait dans une grotte, se nourrirait de baies et d'insectes peut-être, vêtue d'habits de toile que déchireraient les ronces, pieds nus dans les mousses et les ruisseaux, laissant le monde courir à sa perte, se contentant du peu que puisse lui offrir la vie sans contrepartie honteuse. Vivre ainsi serait ne jamais risquer de se compromettre (la compromission était à craindre à chaque coin de rue). Elle donnerait son corps au monde, elle se sacrifierait avec bonheur pour que le monde revive, mais elle savait que le monde ne requérait pas ce sacrifice, qu'il se portait très bien tout seul et qu'elle ne servait à rien, perdue dans la masse humaine qui grouillait à la surface de la terre, l'appauvrissant un peu plus chaque jour.

Parfois, dans des moments particulièrement désespérants où tout semblait sans issue, elle s'imaginait être jetée en prison ou dans un hôpital psychiatrique, ce qui était une possibilité pas complètement fantaisiste. Elle s'y projetait avec une candeur qui la décontenançait, sentant honnêtement qu'elle y jouirait de la discipline et de l'enfermement. Peut-être même que son emprisonnement serait utile à une quelconque cause, se disait-elle pour se rattraper. Mais sa délicatesse politique l'empêchait d'y songer tout à fait, même comme fantasme romantique : c'était moche, profondément moche, de fantasmer là-dessus. L'enfermement, ce n'était ni une blague ni un rêve. Elle se trouvait indécente. Dégueulasse. Et pourtant, la prison représentait pour elle un accomplissement idéal, la manière dont elle pouvait être sauvée du monde.

Ce n'était pas Mona qui avait eu l'idée de s'enchaîner aux arbres mais lorsqu'on avait commencé à en parler autour d'elle, elle s'était jetée à corps perdu dans la préparation de l'action. En discutant, le groupe avait construit, de façon quasi-parodique, une sorte de mystique justificatrice et métaphorique autour de l'occupation des branches, un commentaire radical sur la police, l'espace public et la financiarisation de la nature que mettait en scène le Sommet pour la Transition Verte. Un texte avait été diffusé en ligne, imprimé et collé dans les rues ; mais pour Mona, et sans doute les autres étaient-ils d'accord, tout l'intérêt de l'action reposait bien dans sa pure et vide réalisation, dans son inutilité totale.

Une semaine avant, elle ne dormait plus, s'alimentait à peine, entièrement habitée par l'idée qu'elle allait pouvoir accomplir ce coup d'éclat et le faire réussir. Elle en parlait sans cesse avec son camarade Olivier, ils planifiaient de manière obsessionnelle jusqu'au dernier détail, discutant de chaque éventualité, orchestrant le déroulement à la minute près de leur ascension. Rien de tout cela n'était nécessaire ni utile, il suffisait en réalité qu'au signal, le groupe de cinq personnes se précipite vers les arbres, les escalade aussi vite que possible et s'y enchaîne. Le plan était d'y rester une semaine si possible, puis soit de redescendre de son propre chef (mais alors au milieu de la nuit, lorsque personne ne pourrait en témoigner, provoquant la stupéfaction en disparaissant tout bonnement, du jour au lendemain), soit d'attendre que la police les déloge, ce qui était encore le plus probable. Pendant la durée de l'action, aucun des participants ne devait faire de déclaration dans les médias, il n'y aurait pas de revendication, pas de levier de négociation, rien, juste l'absurdité de s'être enchaîné à des arbres même pas menacés de quoi que ce soit, la bêtise d'accomplir une action sans objet dans un contexte politique grevé de tensions : en réalité, tout était menacé, toujours.

Finalement, la police vint les déloger après une semaine exactement, au terme d'une période de mystère autour de ces individus inconnus, silencieux la plupart du temps mais ne dédaignant pas d'adresser parfois des plaisanteries ici ou là à des passants, des badauds, des soutiens. Ils parlaient entre eux aussi, entre les branches, leurs regards se cherchaient et se dérobaient. Leurs amis leur amenaient tous les jours de nouvelles couvertures, du thé chaud, des sandwichs et du riz, des gâteaux, du whisky. Certains membres du groupe détachaient parfois leurs chaînes, au moins pour dormir, mais Mona avait gardé les siennes presque en continu, habitée d'une ténacité obtuse, hormis dans les moments où elle devait aller aux toilettes, dans quel cas le port des chaînes l'obligeait à de trop grandes contorsions. Elle faisait ça au pot comme les autres. Des amis venaient ensuite récupérer, vider et nettoyer les contenants. Mona ne voyait rien d'humiliant à chier en public, en haut d'un arbre, puis à tendre à bout de bras le réceptacle fumant. Elle se disait : primo, pourquoi privatiser à tout prix la merde ? Pourquoi mythifier le processus digestif, pourquoi en faire un phénomène intime et secret ? Elle voyait bien que c'était la même mesquinerie qui poussait les gens à s'enfermer dans des couples monogames, à fonder des familles nucléaires et ouvrir des comptes d'épargne : tout garder pour soi, toujours, faire des petits tas, des petits mystères, refuser d'ouvrir vraiment son cœur ou de montrer son caca. Secundo, défier jusqu'aux normes de bienséance, ça semblait la suite logique de ce qu'elle faisait là-haut enchaînée sans raison, ça lui plaisait bien de commettre l'innommable, l'inacceptable, tout à fait volontairement, avec une volonté ferme et sereine. Elle envisageait l'idée que c'était précisément dans ce genre de petites choses que se nichait la véritable révolution, la possibilité de défier ce que l'univers avait d'écrasant : si on refuse activement de faire ce qui est attendu de nous, on effrite l'unité, on l'explose. Mona se voyait glorieusement la réduire à néant à la force de son cul exhibé, de ses membres contraints et immobiles, où elle sentait le sang battre contre les chaînes froides. La semaine entière se passa dans une sorte de flou pour elle, exaltée par son courage, par les délices de la subversion insidieuse, par un éveil quasi-érotique, et puis, par voie de conséquence très certainement, par la fille qu'elle voyait passer tous les jours.

On l'a dit, Mona ne s'était jamais particulièrement émue de l'amour ou des relations. Elle n'avait eu que quelques expériences, poursuivies sans beaucoup d'intérêt – cela lui avait toujours paru être une activité dont on pouvait tout aussi bien se dispenser, et elle ne s'y était adonnée que par curiosité scientifique. Elle n'avait jamais rêvé d'amour, et plus tard, ses diverses opinions politiques lui avaient fourni le parfait alibi pour continuer à ne pas y rêver. L'amour était une construction sociale égotiste et bourgeoise, ça n'avait rien de charmant.

Mais soudain, suspendue entre ciel et terre, gelée au milieu du flot de la place, les choses lui apparurent tout à fait différemment. Elle devint obsédée par la femme qui passait, tous les matins très tôt, puis un peu plus tard en sens inverse, et encore le soir, et qui la regardait, ne pouvant apparemment détacher ses yeux d'elle. L'inconnue ne s'était jamais approchée pour lui parler cependant, alors que quinze fois par jours, des badauds inopportuns lui demandaient sur une variation de tons supposément plaisants mais tous plus insupportables les uns que les autres, ce qu'elle foutait là-haut. Mais l'intéressante personne demeurait muette et fuyante. Le ventre de Mona se tordait de douleur mais ce n'était pas la faim, d'ailleurs elle n'avait plus faim, c'était la pulsion scopique, le désir de voir, encore, encore, s'avancer la démarche qu'elle reconnaissait de loin, et ce visage silencieux et fatigué qui ne la quittait pas des yeux. Elle suffoquait d'impatience, tous ses membres étaient, dans leur immobilité, animés par un fourmillement ininterrompu, et elle oscillait entre le rire et les larmes.

Lorsqu'il fut temps et que la police arriva, l'idée que plus jamais elle ne verrait l'inconnue l'attrista terriblement. Elle serait volontiers restée plus longtemps dans l'arbre, pour l'apercevoir une dernière fois ; pour l'appeler et lui dire de l'attendre, peut-être, mais Mona était incapable, même si elle le voulait de toutes ses forces, de ne pas respecter un beau plan comme celui qu'elle avait mis sur pied avec Olivier. Olivier était d'ailleurs devenu quasi-transparent ces derniers jours, harnaché dans l'arbre voisin, attentif et triste. « Laisse-lui un mot », lui dit-il malgré tout. Pendant que ses camarades détachaient volontairement leurs chaînes, pliaient leurs couvertures et descendaient en rappel pour se laisser lestement tomber au sol (c'était la dernière partie du plan) où leurs jambes généralement lâchaient d'être restées immobiles si longtemps, et où ils s'effondraient un par un comme des malades en relevailles au milieu des policiers venus les cueillir, lourdement armés ; Mona avait gribouillé sur un morceau de papier son numéro de téléphone. Son trouble ne s'arrêtait pas, et tandis que les gyrophares illuminaient la place de la République qui s'éloignait dans le tonnerre du moteur policier, elle crut défaillir à la pensée de l'inconnue. Son amour réévaluait sa vie entière. Pas un instant elle n'avait pensé à l'essentiel : ses copains, leur bien-être, veiller à ce qu'ils n'aient fait l'objet d'aucune violence, ça lui passait au-dessus de la tête, elle était ailleurs, elle était dans l'espace, rien d'autre n'importait.

Lorsqu'elles se rencontrèrent enfin, les choses allèrent plutôt vite. Elles mangèrent un sandwich aux falafels, une fin d'après-midi ensoleillée. Il faisait toujours aussi bon pour une fin d'automne, le temps évoquait plutôt le début humide du printemps que les pluies glaciales de novembre. Mona avait amené un petit bouquet d'asters, des fleurs violettes et jaunes qu'elle porta longtemps, d'une façon qui se voulait nonchalante, comme si elle se baladait toujours avec des fleurs à la main ; avant de les tendre enfin à Pauli. Elles marchèrent ensemble jusque tard dans la nuit. Pauli, exceptionnellement et entièrement sobre, s'émerveillait des idéaux révolutionnaires de Mona, et cette dernière ne prenait pas la peine de la corriger : pour elle tout ça c'était fini à présent, plus rien n'importait que le battement taré de son cœur.

« C'est fou ce que tu fais. Je veux dire, j'ai toujours eu conscience que le monde allait mal, mais...

– Oui. On ne peut pas tellement y échapper.

– C'est ça, je crois que j'ai jamais ignoré l'omniprésence de la pollution et puis du trou dans la couche d'ozone, et puis du changement climatique, tous ces trucs. J'étais végétarienne pendant un moment. Mais profondément, je crois que j'en avais pas vraiment conscience. C'est tellement éloigné. Comme une prophétie qui annonce une catastrophe mais qui peut pas se réaliser. Tu vois ce que je veux dire ? Non, mais j'essaye de trouver des justifications à mon inaction, c'est con ce que je dis...

– Je crois que personne peut y croire tout à fait, sinon on deviendrait fous. Parfois j'ai envie de hurler que rien va changer, on va pas y arriver, mais si on commence à penser comme ça... On peut rien faire, on sert à rien.

– Je me souviens, j'avais regardé un documentaire une fois à la télé. Je sais plus où. Je connais personne qui a la télé. Ma mère ? Non, ça fait trop longtemps que j'y suis pas retournée. Chez Anna, peut-être ? Mais pourquoi j'aurais regardé la télé chez elle ? Bon. En tout cas c'était un documentaire un peu débile sur les océans, n'empêche que j'ai chialé et que je me suis juré de plus jamais toucher un filet de cabillaud de ma vie. J'étais complètement secouée, abasourdie, je me demandais "mais qu'est-ce qu'on a fait ?" – tu vois ? Bref. Et je suis allée fumer une clope, dehors, je m'en souviens que je pouvais pas fumer à l'intérieur, j'étais sortie, il faisait froid, j'avais fumé de désespoir en m'imaginant que ça irait mieux après ma cigarette, et voilà, le pire, le truc horrible, c'est que ça allait mieux. J'avais rien besoin de faire puisque j'avais fumé une clope et que je me sentais calmée, et puis sûrement que pendant que je fumais j'ai reçu un texto et j'ai pensé complètement à autre chose et c'était fini. C'était fini.

– C'est sûrement horrible ce que je vais te dire, mais on a plus qu'à les regarder pédaler à l'infini vers leur transition écologique à deux balles, sur leurs vélos électriques : ils l'atteindront jamais, ils peuvent pas l'atteindre. Ils veulent pas. Alors soit on agit et on prend les armes, soit on attend l'effondrement annoncé et face auquel ils se construisent des bunkers protégés et des milices privées. Tout ça c'est évident, mais on est quand même entravé par je sais pas quoi. Peut-être que l'inaction est due à notre manque de concentration. Je me suis déjà posé la question. Mais c'est trop facile. Quand je fais mal quelque chose parce que j'ai la tête ailleurs, c'est qu'au fond je m'en fous. »

Pauli mima une moue, faussement vexée, le genre de comédie partiellement repoussante que jouent les amours naissantes. Mona accepta de jouer son rôle, tenta de se rattraper : « Mais je ne veux pas dire que toi, tu t'en fous, au fond personne ne s'en fout. Mais on est tous concernés par tellement d'autres choses. » La conversation leur échappait fondamentalement, ce qui importait c'était de parler. Elles se rapprochèrent dans la rue, leurs bras s'effleurèrent. Elles avaient conscience de leur haleine malodorante (à cause du houmous), mais confiance en la réciprocité de la mauvaise haleine de l'autre. « Où est-ce que tu habites ? » demanda Mona. Pauli lui expliqua son calvaire et sa situation nouvelle, elles en rirent, leurs pas se dirigèrent dans cette direction sans en avoir l'air, elles finirent, très soudainement, par s'embrasser au coin d'une rue. Des types alcoolisés poussèrent des hurlements grossiers, elles s'éloignèrent rapidement, électriques, presque pas peur des offenseurs dont un, bravache, les suivait en faisant résonner à travers la rue tiède des baisers dans le vide ; elles pressaient le pas, elles riaient, les hanches côté à côte se mouvaient comme une machine, les corps étaient aimantés, le type abandonna sa chasse, bientôt il serait mort de toute façon, elles s'engouffrèrent dans le hall, des roulages de pelle contre le mur, la liquéfaction du désir, la fatigue assommante et la vigueur qu'il procure en même temps ; l'affolement des caresses, du cul, le rythme océanique, la crise de la jouissance, la chute à travers des espaces infinis, ensemble.

C'était un amour frais, idiot, printanier, en ce mois de nuits interminables. Pauli et Mona s'abrutissaient de longues heures à se regarder sans parler, à rester incrédules, à tâter le corps de l'autre, sentant dans leurs membres et dans leurs cerveaux tournoyer des feux et du délire, tout l'émerveillement béat que l'on regrette généralement plus tard. Lorsqu'elles n'étaient pas ensemble, si Mona travaillait par exemple (des remplacements dans les collèges, prof d'histoire, elle détestait ça), Pauli lui écrivait des poèmes. Maintenant qu'elle avait un endroit où vivre, elle avait pu récupérer ses instruments de musique semés ici ou là. Elle recommença à composer des morceaux, en pensant à Mona. Tout la ramenait à elle et c'était bien ; et le reste du temps, elle s'acquittait avec vitesse et efficacité de ses obligations de concierge (sortir les poubelles, nettoyer les parties communes, distribuer le courrier, parler aux habitants de la propriété, les bras croisés sur son manche à balai) en attendant de la retrouver. Son appartement de fonction était sombre, dans un quartier vide et un peu triste, et quand elles le pouvaient, elles préféraient se retrouver chez Mona, qui vivait dans un studio au dernier étage d'un immeuble sur les hauteurs de Belleville, d'où elles voyaient la ville et la lumière qui changeait sur les toits, les façades, rosir jusqu'à l'orange le plus violent des crépuscules d'hiver, et enfin décliner, laissant l'étendue illuminée former un paysage comme un champ de lucioles, ou bien une mer où brille le plancton les nuits de pleine lune. Mona et Pauli pensaient alors à toutes les étoiles invisibles, et aussi aux satellites de métal en orbite autour de la terre, qui passaient, tournaient sans cesse au-dessus d'elles comme un destin, et tout était à sa place : même les avions qui clignotaient en traversant la nuit participaient au grand calme parfait, à la calme netteté des choses, comme des comètes paisibles dont la trajectoire immuable les emmenait, au fil des millénaires, à traverser ce ciel.

5

« C'est la panique totale en ville, annonce Mona un soir en rentrant, dégoulinante de pluie. Tous les RER sont arrêtés, certaines lignes de métro aussi. Apparemment la station Saint-Michel est complètement inondée. C'était vraiment la cohue, ils ont organisé des bus de remplacement, il y avait des embouteillages dingues, j'ai vu des gens se battre. Tu as déjà vu ça ?

– Pas pour des embouteillages... Personne n'a essayé de t'attaquer, j'espère ? demande Pauli en l'enlaçant, en pressant sa poitrine mouillée contre la sienne. Mona soucieuse regarde ailleurs.

– Non, mais c'était quelque chose. Enfin, j'aurais aimé – je sais pas, tout était bizarre, comme dans un cauchemar, tout le monde courait dans tous les sens et il faisait noir. »

Elle allume la radio, cherchant une station d'informations. « Les musées en bord de Seine seront fermés indéfiniment. Les œuvres doivent être mises à l'abri, on a déjà constaté des dommages, peut-être irréversibles. Certaines réserves ont été infiltrées, on parle même d'inondations mais rien n'est encore sûr. Le plan Vigicrue a été enclenché depuis déjà une semaine mais on constate, expliqua la journaliste, un certain nombre de cafouillages au sein des pouvoirs publics. »

« Qu'est-ce que ça veut dire ? » demande Pauli. Mona lui fait signe de se taire. On craint à présent la rupture d'une digue en amont de Paris. D'autres incidents du même genre menacent de se produire ailleurs en France, où les conditions météorologiques sont tout à fait alarmantes, d'autant plus que personne n'a vu venir cette dépression soudaine, qui touche une bonne partie de l'Europe. On a du mal à déterminer combien de temps elle durera encore. La situation des Pays-Bas est extrêmement préoccupante, quant à Venise, elle est peut-être partiellement détruite, on attend encore des informations, difficiles à obtenir. Le journal lui-même semble victime d'un certain désordre, les communiqués sont lues à la hâte, en vrac, sans ordre ni hiérarchie. La journaliste ajoute, avant de conclure, que l'on vient de recevoir des nouvelles de la côte méditerranéenne, vers Nice, qu'on y déplore plusieurs morts suite à la crue éclair de fleuves côtiers encore à sec quelques jours auparavant. Plus d'informations bientôt. Restez à l'écoute.

Pauli éteint la radio. «Je t'ai fait du thé. Viens t'asseoir.» Elle essaye de lui chanter une chanson qu'elle a composée aujourd'hui. Pour elle, ces inondations ne signifient rien, elles font partie du paysage depuis des années, mais Mona est préoccupée et inquiète et elle regarde à peine Pauli. À la place, elle regarde par la fenêtre. «Mais il n'y a rien à regarder», gémit Pauli. «Il fait noir.»

Mona finit par s'asseoir et elle oublie un moment la pluie que l'on entend toujours battre de l'autre côté de la vitre, puis est prise d'angoisse en l'entendant à nouveau, en prenant conscience qu'elle ne cesse pas, qu'elle n'a pas cessé une minute depuis plusieurs jours. Rien ne peut contrecarrer cette pluie, elle est une puissance destructive démesurée. Elle sent que quelque chose de terrible est sur le point de se produire. Elle aimerait descendre dans la rue en hurlant, hurler que la catastrophe est proche, que la fin du monde est là, que ça y est, on y est, repentez-vous, vos péchés vont vous être facturés au détail près, elle aimerait descendre dans les restaurants, les bars où l'on discute sans inquiétude, bien qu'un peu irrité par ce mauvais temps, elle aimerait frapper aux vitres, crier dans la rue, taper sur une casserole, alerter tout le monde, elle le savait, elle savait tout, elle savait dès le début. Elle se sent capable de le faire, même poussée par une sorte de nécessité. Elle pourrait se couper du monde pour toujours en se ridiculisant. Elle irait courir à travers les rues, on la regarderait en riant, plus tard on s'en mordrait les doigts. Elle les aurait prévenus. Elle s'imagine ainsi galopant sur les boulevards, ses cheveux moutonnant splendidement dans le vent cataclysmique, mais elle reste immobile, boit du thé, ronge son frein, et s'endort.

Le lendemain, pourtant, elle demande à Pauli de l'accompagner jusqu'à la Seine. Il y a déjà pas mal de monde massé sur les berges malgré la pluie. Les piles du Pont Neuf disparaissent presque complètement, les eaux sont brunes et tumultueuses, très sales, elles sont passées par les jardins, les appentis, les cabanes à outils, les garages en amont, elles ont emporté le genre de choses qu'on trouve dans ces endroits : pas mal de matériaux de construction comme des plaques ou du polystyrène, des bûches, des manches de pioche, un nombre incalculable de branches, de troncs, de fagots, de planches, de rameaux, mais encore un petit frigo, des vélos, une brouette, un chien crevé, des sacs plastique, de la laine de verre, des jantes et des lunettes de WC, et des tas de petites choses difficiles à identifier mais sales. Elles restent un long moment à regarder les déchets et les gens qui les prennent en photo avec leurs téléphones ; des téléphones qui, selon toute vraisemblance, rejoindront bientôt eux-mêmes la flotte, pour éteindre à jamais les images codées qu'ils contiennent, ça c'est un autre monde encore qui va s'effondrer, tout le monde virtuel qu'on avait si patiemment construit ces dernières années, plus rien, aucune trace, se dit Mona. Elle ne doute pas que ce soit la fin d'une ère entière.

L'eau se précipite violemment contre les piles du pont, encore et encore, faisant naître la crainte même dans les cœurs des badauds les plus sûrs de tout. Les vagues passent sous les arches dans un bruit de succion effroyable. On croirait la mer.

Mona reçoit un appel d'Olivier lui expliquant confusément qu'il existe un lien, apparemment, entre la banquise, le permafrost, la situation dans l'hémisphère sud, qu'il existe donc un lien entre tout cela, d'autres évènements obscurs, et les problèmes présents. On raconte dans certains cercles d'initiés (et Olivier a un cousin, ou le cousin d'un très bon ami, ce n'est pas clair, qui travaille au CNRS), que des germes préhistoriques ont provoqué toutes ces épidémies inexpliquées ici et là dans le monde. Le réchauffement de l'air, le dérèglement des mouvements des masses d'air s'expliquent à travers le dérèglement de la température de la mer : le temps excessivement doux des quelques derniers mois, les pluies soudaines et incessantes – Mona écoute impatiemment, attendant l'information capitale : « Cette fois-ci, c'est peut-être bon, enfin je veux dire c'est peut-être foutu, pour de bon. On va peut-être... » explique-t-elle plus tard à Pauli. Elle ne termine pas sa phrase. Elle repense à la voix d'Olivier, son ami le plus cher depuis des années, Olivier calme et sobre, avec son humour caustique et placide, étrange Olivier évident dans sa vie. Il a ajouté après l'énumération des horreurs à venir : «Je t'aime, Mona, depuis des années, je peux te le dire qu'aujourd'hui car je suis sûr qu'on ne se reverra plus jamais. Tu as été mon plus grand bonheur, ma joie, être à tes côtés me suffisait. Je croyais que tu ne pouvais pas aimer, ou que tu ne voulais pas être amoureuse, et moi je ne voulais pas te perdre : je n'ai pas parlé. Je sais à présent que c'est faux, que j'avais rien compris, que nous ne mourrons pas ensemble. Salut et prends soin de toi. » Il raccroche. Mona n'a pas rappelé. Inutile. L'amour, ce n'est rien du tout pour qui ne le vit pas. Elle se dit qu'elle n'y peut rien, qu'il y a une pluralité considérable d'univers parallèles dans ce monde, c'est toujours déroutant quand on entre en collision avec l'un d'entre eux. Il y a un monde où Olivier l'aime. C'est comme ça. Elle n'y peut rien.

À la radio, les premiers jours, les informations avaient été de plus en plus alarmistes, surenchérissant dans le drame et l'émotion, multipliant les témoignages de personnes ayant tout perdu et les interventions de semi-spécialistes médiatiques prévoyant une catastrophe de grande ampleur qui coûterait plusieurs centaines de milliards ; mais maintenant on enjoint au calme. Les voix se font douces et insinuantes. Il est pourtant probable que la digue en amont de Paris se rompe d'ici peu, on le dit partout. Des patrouilles de police, augmentées de forces de sécurité privées, quadrillent la ville pour empêcher les scènes de panique et de pillage. On dit aussi que certains escadrons de police ont fait massivement défection.

En milieu urbain particulièrement, le taux d'infiltration est trop important, parce que le sol est, essentiellement, un gruyère, ou bien encore une éponge si l'on préfère, dans quoi se sont engouffrées les eaux sales. Les niveaux montent de toute part, les communications avec certaines régions deviennent difficiles, sans que l'on parvienne précisément à déterminer l'origine du problème. Il semblerait même que certaines liaisons satellites soient endommagées, ce qui est à la fois inexplicable et inquiétant. Dans le sud, certains villages sont entièrement submergés, nombre de morts encore inconnu. L'épidémie étrange qui a fait surface dans le Midi à la fin de l'été continue à se propager, de plus en plus dangereuse, par manque de moyens et de ravitaillement. Au-dessus des immeubles l'immense ciel, noir et violacé par les lumières de la ville, passe à grande vitesse, changeant et hostile : une grande menace.

Imaginez. Sur la Terre circulent des nuées sombres, les océans sont tièdes et agités, tout est plongé dans une pénombre qui semble celle d'une éclipse, entre le gris et le noir. De grandes bourrasques de vent éclosent au-dessus des flots, dévalent les montagnes, se pourchassent et se heurtent les unes aux autres au fond des vallées, dans les plaines. Alors que des éclairs zèbrent l'enveloppe de nuages qui enserre la planète, on voit peu à peu, à travers les rares trouées, les lumières des villes s'amenuiser, s'éteindre. À la place d'une mappemonde lumineuse, il n'y a plus que quelques points agrégés, des constellations éparses, dans des coins, qui vacillent, s'éteignent, reprennent. Le monde est recouvert d'une grande obscurité, d'une grande solitude. Les télécommunications sont brouillées, défaillantes, et chacun se terre chez soi en attendant la fin des pluies diluviennes qui s'abattront semble-t-il pour toujours ; redécouvrant pour certains l'angoisse de ne pas savoir ce qui se passe dans la ville ou le pays voisin. Imaginez bien : la structure du monde est déjà en train de se briser sous les coups de cette pluie qui ne s'arrête jamais, des eaux qui montent, des barrages et des digues qui lâchent, ce qui mènera à des accidents industriels à répétition, la crainte des risques nucléaires, puis des incidents nucléaires avérés mais discrets, des morts, des milliers de morts, mais tout ça en catimini et en silence. La plupart du temps lentement. La fin du monde, ce n'est pas les flammes de l'enfer ou l'explosion catastrophique et définitive d'une bombe H, ce n'est pas la crise paroxystique qui détruit tout d'un coup d'un seul, c'est, apparemment, le délitement progressif, c'est un monde noyé et anéanti qui se disloque, ce sont des morts tues, des particules chimiques et des virus qui insidieusement s'infiltrent, métamorphosent, dénaturent et corrompent, invisibles.

Regardez : nue dans l'espace mais nappée de nuages, la planète poursuit lentement son circuit. Parfois on n'en peut plus que ce soit toujours la même chose, qu'on ne puisse échapper aux jours et aux nuits qui s'écoulent, aux années qui s'encastrent les unes dans les autres, que tout soit si fatal. Mais quelque chose a changé. Et imaginez maintenant, sur tous les pays tombe une pluie sans fin, partout on entend les gémissements humides du ciel, du vent qui passe par les gouttelettes, des arbres qui penchent et rompent, des structures en béton qui s'affaiblissent, le gargouillement des gouttières. La Terre en tournant produit une longue plainte, sous les étoiles au rayonnement néfaste, celui de planètes où tombent peut-être, car c'est possible là-bas, des pluies d'acide sulfurique, de verre ou de diamants.

Pendant un court temps, il existerait des choses qui fonctionneraient encore plus ou moins (internet ou certains supermarchés), et l'on sentirait que ce qui ne marche plus aurait la volonté d'être à nouveau opérationnel un jour, et que tout n'est pas perdu (les transports en commun ou un certain nombre d'emplois salariés par exemple). Ce serait un moment de latence où on ne saurait pas encore très bien ce que tout cela va donner, mais en fin de compte ce serait un moment de courte durée car ce que Mona appellerait « la catastrophe » se mettrait en place et ce serait alors une catastrophe à part entière qui engouffrerait tout définitivement.

Mona a toujours rêvé de cet effondrement, même si ces rêves étaient parfois peu avouables et tout à fait secrets. D'abord parce qu'un véritable cataclysme serait une preuve de sa clairvoyance, validant son militantisme tout en le renvoyant à une définitive inutilité, ensuite parce qu'elle souhaitait toujours que le monde soit révolutionné et plus souvent encore que crèvent le monde dont elle a hérité et tous ceux qui y vivent, car à quoi bon leurs vies minuscules et destructrices, leurs vies d'insectes aveugles ou malveillants, habités par la volonté de tout ronger en dépit du bon sens. Ce souhait-là, aussi, était indicible, une conscience malheureuse empreinte d'une haine de soi triste, de renoncement à l'espoir qui l'avait depuis toujours habité, celui de voir les mauvais jours finir, et se lever des aubes radicales.

Récemment, Mona avait souhaité une catastrophe tout simplement parce que la vie s'organisait dans l'ennui : un genre quelconque de désastre (climatique ou terroriste) serait le viatique qui illuminerait à nouveau son quotidien terni, ou même simplement l'annulerait, ne réclamerait plus qu'on agisse, car les évènements extérieurs prendraient le relais. Bien qu'il ne se soit agi que d'un vague fantasme né du découragement (au cours duquel elle imaginait un accident de voiture, un attentat, un accident de bus, une prise d'otage, une maladie cancéreuse, la mort de sa sœur, un tsunami, une amnésie soudaine et totale, un crash d'avion, la guerre civile, un conflit nucléaire, une inondation, une épidémie mondiale foudroyante, une tempête destructrice, une invasion étrangère ou extra terrestre, tout perdre et se retrouver à la rue, un putsch suivi d'une dictature militaire, la perte de sa vue ou de son ouïe, etc.), son accomplissement, pour terrifiant qu'il soit, n'en serait pas moins délicieux.

Imaginez enfin. Dehors, la pluie a repris de plus belle et l'eau monte dans des proportions démentes, sa brutalité ne se dissimule plus, et les vagues autour des fenêtres des derniers étages sont violentes. La tempête a acquis un caractère définitif qui ne laisse plus tellement de doutes quant à son issue. La ville s'est vidée, ses habitants morts ou enfuis, l'eau a définitivement pris le dessus et le monde entier gémit sous l'effort de sa reformulation en termes nouveaux.

6

Imaginez encore. Une longue étendue qui réfléchit le ciel, qui par endroits se brouille et tourbillonne, à d'autres se tend, d'où perce ici et là la cime d'un ex-arbre, le toit d'un immeuble, les membres ou le flanc d'un cadavre quelconque. Le courant n'est pas trop fort et le radeau se laisse entraîner doucement.

Mona et Pauli poussent un soupir de soulagement, alors qu'autour d'elles dérivent des bouteilles, des poupées, des planches, des réfrigérateurs et des machines à laver, de grands ballots de laine de verre, des dépouilles de chat, des branches d'arbre, des pare-chocs de voitures, des chaises, des chaussures, des sacs plastique pleins de matières indéfinissables, des cageots et des palettes, des panneaux de circulation, un portail, des portes, des arbres entiers, des canapés, des valises et des matelas, des téléviseurs et des tronçonneuses, des ballots de foin, des fils électriques, un cochon nageant frénétiquement, une table, un bouquet de fleurs des champs qui semble frais et miraculeusement encore lié par un ruban, une multitude d'objets enfin, qui humides, gonflés, sales, disloqués, ne ressemblent plus à rien. C'est une mer d'eau de pluie marron, dont les poissons spéciaux ne peuvent être que ces déchets boueux et tristes, des artefacts inanimés d'un monde définitivement détruit maintenant. Au loin, on voit d'autres radeaux de fortune, des canots gonflables, quelques yachts à l'air désolé – tous tentent de s'éviter. On redoute la présence de pirates sillonnant les eaux à la recherche d'embarcations et d'individus affaiblis.

La nuit tombe, qui vient achever le troisième jour que Mona et Pauli dérivent ainsi, comme dans un songe, une vision, une histoire inventée. «J'aurais tout de même bien aimé chier tranquillement», pense Pauli en se dirigeant vers le bord du radeau. Elle en est réduite (mais c'est un problème qu'elles ont en commun, comme un écho au coup d'éclat excrémentaire de Mona perchée dans l'arbre) à s'accroupir au rebord extrême de l'embarcation pendant que l'autre fait contrepoids à l'autre bout.

Mona pendant ce temps, repense à un épisode distant qui se rejoue comme un théâtre spectral devant ses yeux mi-clos : elle a dix-sept ans peut-être, elle est en voiture avec des amis plus âgés, ses premières vacances de quasi-adulte, avec des jeunes rencontrés quelques jours avant dans un festival, on part en vacances, on traverse de larges et longues plaines. À l'est, les montagnes, sans doute les Alpes, le Vercors peut-être ?, puis cette immense étendue, plusieurs centaines de kilomètres de champs plats. Elle se souvient d'avoir rêvassé à un fleuve, un fleuve énorme et terrifiant, qui déboulerait d'on ne sait où, qui déborderait soudain de ses petites berges minables, qui avalerait cette plaine, comme la rivière de son enfance inondait chaque année la vallée que surplombait sa maison. Cette inondation-là, mais en mieux. L'eau reprendrait ses droits, son ampleur préhistorique de fleuve colossal, elle imagine que la largeur de la vallée est le tracé précis du cours d'eau, elle pense à des eaux violentes qui couvriraient tout, qui rouleraient sur la terre sèche, détruiraient ces bicoques en moellons insupportables, ces zones industrielles et commerciales sans fin et sans intérêt, dont le seul apport au monde était la laideur irréversible et une certaine mélancolie, des samedis après-midi désolants. Maintenant, c'est fait. Si elle croyait à la magie, elle se sentirait peut-être responsable.

Après trois jours de dérive, il n'y a presque plus rien à boire, quant à l'eau dont elles sont entourées, elle est certes courante, mais impossible de ne pas penser à l'infinité de choses qui y flotte : des cadavres en tous genres et des étrons, bien sûr, le genre de trucs qui vous file le choléra en deux secondes ; ou encore des composants chimiques qu'on n'aimerait pas davantage mettre en bouche. Il faut à présent rationner, quelques gouttes seulement, par gorge et par heure. La nuit est intranquille, comme toujours, traversée de clapotements plus ou moins menaçants, de bruits de voix, animales ou humaines, lointaines ou non, qui sont portées par l'écho liquide. Parfois des rais lumineux, des projecteurs qui fouillent la nuit. Tout est confus, par le sommeil, l'obscurité, la confusion inhérente à la situation. Pauli dort peu, elle se réveille sans cesse et, inquiète, passe la tête par l'ouverture de l'abri du radeau. Elle n'a jamais vu un ciel aussi étoilé. L'eau est noire, reflétant sourdement la pénombre constellée. Les étoiles, aussi belles soient-elles, sont vaguement hostiles, peut-être un peu différentes. Pauli est inquiète, préoccupée, il est possible qu'elles meurent prochainement si elles ne trouvent rien à boire ou à manger, il est possible qu'elles deviennent folles, enfermées ainsi au grand air, et peut-être déjà la paranoïa la gagnant en est-elle la preuve, parfois elle croit déceler sous les eaux le mouvement d'un grand corps malveillant, un poisson gigantesque ou un sous-marin.

Mona pendant ce temps dort profondément, rêve, délire de soif.

L'eau cependant se rétracte lentement, s'amincit imperceptiblement, décroît. Au matin, des montagnes se dessinent au loin et lorsqu'elles les aperçoivent émergeant lentement de l'océan c'est comme d'entendre le premier froissement d'aile de l'oiseau signalant la côte, c'est comme se remettre à respirer et leurs cœurs battent plus vite. Ramant prudemment, pour s'économiser, elles se dirigent vers les sommets qui grandissent toujours un peu plus, parce qu'elles s'approchent et parce que l'eau redescend, vite, vite, aussi rapidement qu'elle est montée.

À la tombée de la nuit, elles arrivent, le radeau échoue sur ce qui tient lieu de berge ou même plutôt de plage : les varechs sont des herbes molles et pâles, jaunies et imbibées d'eau, les déchets omniprésents (des rubans de plastique, des écouteurs sans fil, des bouteilles, des billets, des vêtements) qui festonnent le monde entier et qui s'entremêlent aux végétaux flapis sont les galets décolorés. Leurs jambes tremblent en retrouvant la terre ferme.

« Sauvées, sauvées, on est sauvées. » Elles tombent, rient, se relèvent, flageolent, s'enlacent et rient encore de soulagement. Elles sont sales, fatiguées, affamées, encore un peu humides, tout est encore un peu humide, mais elles sont en vie, c'est un bonheur animal, qui vient de la volonté animale d'être en vie, c'est le bonheur le moins calculé et le moins culturel du monde, un sentiment qui se fout de tout, qui n'a que lui-même pour compagnon ou pour miroir.

Puisqu'il est dur de mesurer le temps et que les jours et les heures s'enfilent les uns aux autres comme des perles, chacune unique et colorée, indépendante, mais à la forme invariablement identique (qu'est-ce qu'un jour sinon un jour, des plates heures lumineuses et sans identité ?), puisque les saisons sont les seuls marqueurs permettant de différencier les mois et les années, et que les saisons elles-mêmes s'allongent et se rétractent sans logique, qu'elles se traînent indistinctement ; pour ces raisons il est dur de dire quand tout a commencé. Je sais que c'était au printemps, ou plutôt juste avant, les arbres annonçaient le redoux en tout cas, non pas que cela signifie grand-chose, du moins montraient-ils leurs premiers bourgeons, alors que l'hiver nous avait semblé très court, trop chaud. On avait peur qu'il regèle avant la fin de la saison (et qui sait quand exactement le printemps se terminerait de toute façon, et en quoi il se transformerait – il n'y avait aucun moyen de le prévoir) et que tout soit perdu, on craignait de ne pas avoir de fruits cet été-là.

Valérie avait tenté de compter, notant les jours sur des feuilles volantes cousues ensemble, essayant d'établir un calendrier. Mais leur cours était évasif et la tourmentait en refusant de s'aligner tout à fait à ses prévisions. Les ciels étoilés restaient cryptiques eux aussi. Il n'y avait guère que nos menstruations pour nous donner une indication du temps qui passe.

Peut-être que tout a changé avec l'arrivée de Jonas mais je pense que ça a commencé avant, un peu avant, commodément avant. C'était donc cette espèce de printemps précoce, nous en avions déjà vécu deux ou trois depuis notre arrivée ici, je crois.

Ce que j'aime raconter à ce propos, c'est ça : le jour de notre arrivée, après avoir accosté, on avait gravi la montagne, épuisées et affamées, on avait trouvé d'abord une source d'eau, elle semblait propre et on avait bu longuement, lapant le ruisseau, accroupies sur ses berges, puis on s'était endormies là, tout de suite, sur le sol, enlacées dans l'herbe molle et comme ensorcelées, sans penser à rien qu'au soulagement qui n'en finissait plus, au plaisir de sentir sous nos corps une terre ferme bien que détrempée, et pas cet affreux tangage qui nous avait bercé jusqu'à l'hallucination.

Et au matin ce n'était plus au soulagement que je songeais, ou alors plus sous la même forme. J'avais été envahie de désir. Je n'avais pu penser à rien d'autre qu'au corps de Pauli, je la touchais, la palpais pour vérifier on se l'imagine qu'elle était bien réelle et en vie et moi aussi. Il faisait si froid que nous étions restées habillées, mais j'étais possédée, je m'insinuais sous ses vêtements, j'étais rendue folle par : sentir le poids de son sein soulevé dans ma main puis relâché, ou la résistance du téton sous l'ongle, sentir son dos large se raidir, et la contrainte des couches de tissu, des bandes élastiques qui écrasaient mon bras contre son ventre, écrasaient mon poignet contre son pubis, mes doigts tordus, glissant sur la vulve spumeuse, s'y introduisant mais à peine, à cause du poignet plié et captif, sentir tout ça, et sentir la terre solide me soutenant, me tendait comme je suppose que se tend un arc. Alors que nous trouvions notre rythme dans l'aller-retour entre les impulsions de son corps et du mien, je doutais de pouvoir continuer sans mourir, ma tête menaçait d'exploser, de rouler en arrière et de se briser. L'orgasme final était long et tortueux, s'aplatissant sur nos plexus tournés vers le ciel. Ça nous a semblé un bon présage, ce sexe incroyable et inhumain au premier matin du monde.

En marchant un moment, en gravissant les flancs de la montagne, puis en les redescendant plus loin, sur des reliefs qui s'adoucissaient depuis les hautes altitudes, nous étions tombées sur un village dans un pli de terrain, et ce village était habité (preuves : des éclats de voix, le bruit si particulier que font les humains qui parlent en même temps, comme beaucoup d'oiseaux ou une colonie de phoques ; et puis de la fumée). Je me méfiais. Est-ce qu'on devait vraiment s'approcher des habitations, est-ce qu'on pouvait leur faire confiance ? On a rampé théâtralement, en se cachant, doucement, en craignant d'être vues. Ça nous venait naturellement, ces gestes furtifs d'animales traquées, pas la peine de réfléchir, on faisait ça comme si on avait toujours vécu là, dans un pays ravagé par la catastrophe et la mort, normal.

Mais Pauli et moi n'étions pas aussi agiles et discrètes que nous l'espérions : des juments au pas lourd plutôt que de lestes renardes, quelque chose comme ça. On nous débusqua derrière un bosquet, et pendant quelques secondes je crus notre heure venue avec terreur et tristesse (l'habitude que j'avais prise de la possibilité et même de la certitude de la mort n'avait rien fait pour en alléger le caractère foncièrement désagréable), jusqu'à ce qu'on me tape sur l'épaule en rigolant et qu'on me souhaite la bienvenue en me tirant amicalement pour me sortir des fourrés. Les ronces déchirèrent mes vêtements et mes mains.

On nous ramena au campement. C'était un attroupement de pauvres hères comme nous, des gens perdus, marqués par les catastrophes d'une manière ou d'une autre. Je voyais ce campement comme une communauté millénariste médiévale. Évidemment, on pense à ce qui nous arrange, toujours. Je concède que mon interprétation eut peut-être plus d'effets sur le réel que le réel n'en eut sur elle. Je voyais des correspondances qui satisfaisaient mon bon plaisir – et mon bon plaisir s'accordait le privilège d'organiser la vie selon divers motifs plus ou moins narratifs, cherchant dans les coïncidences des signes, fabriquant avec la succession des évènements des frises historiques. Alors : à cette époque, au Moyen Âge, en quelle année, je ne sais plus exactement – et vraiment il est étonnant de voir comme autrefois on se raccrochait désespérément aux dates, moi en particulier, les années et les siècles, j'adorais ça et j'en étais rassurée, comme si ça n'avait rien d'arbitraire ou même d'absurde de regarder les choses à travers une comptabilité calculatrice, alors que maintenant ça m'est complètement passé, je m'en tamponne des dates, et je les ai toutes oubliées, le temps s'embrouille et se chevauche – au Moyen Âge donc, ou même un peu plus tard, des paysans en perdition se regroupaient pour préparer l'apocalypse en s'assurant de faire partie des âmes sauvées, en instaurant un fonctionnement de partage égalitaire. Voilà à quoi notre vie me faisait penser. Sauf que, je crois, nous en étions déjà à l'après. L'après-Apocalypse. On n'en était pas sûrs néanmoins.

D'autres sont arrivés plus tard, petit à petit. Le hameau était encore sale, rempli de déchets, d'objets appartenant à des existences détruites et terminées, il fallait nettoyer, brûler ce qui ne pouvait plus servir, reléguer ce dont on ne savait pas encore si ça servirait ou non. Ainsi commençait notre nouvelle vie dans les décombres des vies d'inconnus, au milieu d'objets venus d'un autre temps, les restes de la société industrielle qui les avait, finalement, détruits. Tout était paradoxal comme ça dans les premiers temps, par la suite, on y a moins pensé, on a moins pensé tout court.

On a réussi à s'organiser, à créer des potagers, on a commencé à faire des travaux, la retenue d'eau, on a brûlé des terres pour y planter du blé. Rien de tout ça n'était tout à fait nécessaire, car en réalité les visiteurs en combinaison nous fournissaient généralement de quoi tenir jusqu'à leur prochaine visite. Mais il nous semblait important de conquérir notre autonomie, et le fait de produire notre propre alimentation était le moyen de ne pas devoir dépendre de qui que ce soit d'extérieur, de ne pas être soumis à un moyen de pression, de ne pas avoir de motif de soumission. C'est moi la première qui avait formulé ces idées, bien sûr, j'avais endossé avec bonheur le rôle de l'idéologue du campement ; mais ces idées semblaient si évidentes, et si répandues, même ailleurs qu'à Tabor, colportées par divers vagabonds, qu'elles sont devenues quelque chose dont nous pouvions dire que nous le pensions tous. Notre autonomie était notre puissance. Nous existions pour nous-mêmes, maintenant. Et puis du reste, c'était assez marrant. On redécouvrait les choses, tout prenait une épaisseur qu'on n'aurait pas soupçonné autrefois, et ces exercices agraires étaient comme des jeux, non pas parce qu'ils étaient faciles, mais parce qu'ils nous permettaient de recomposer l'existant encore et encore.

Nous savons que l'univers est toujours vaste, mais le monde signifiant s'est réduit à une parcelle. Et j'ai vu dans ce monde nouveau mon vœu exaucé : ma vie enfin réduite à elle-même, à sa nudité, qui n'a pour seul prolongement que le travail des champs et l'amour que je porte à Pauli, et qui se terminera avec ma mort, sans rien d'autre, sans que j'aie rien laissé de durable. Mes accomplissements sont aussi volatiles que les sentiments qui les portent.

Nous sommes à une ère nouvelle, purifiée, une ère incertaine, mais illuminée. Nous vivons dans une forme de paix. Nous tentons de trouver un état de symbiose avec la nature malade, les saisons déréglées, avec nous-mêmes comme groupe changeant. C'est un travail infini mais c'est un bon travail, celui de restaurer une forme d'harmonie. Le groupe d'ailleurs n'est pas sans conflit, mais nous vivons dans une interdépendance si précise que nos rapports ne peuvent se jouer que sur le mode de l'égalité. Il n'y a plus que cela qui compte vraiment : le fait d'être ensemble dans les saisons changeantes et bizarres, unis dans une sociabilité simple. La pureté de nos vies m'assure que nous sommes du côté du bien, que ne vient se mêler dans ce que nous faisons aucune part de compromission avec quoi que ce soit de mauvais, d'injuste ou de destructeur. Je vis enfin comme j'ai toujours voulu vivre. Bien sûr, je suis parfois tourmentée par l'idée de la destruction qui a été nécessaire pour préparer et rendre possible ce nouvel état de fait, mais je n'ai aucune certitude. La vérité est confortablement insaisissable, toujours retravaillée, et rien ne vient jamais interrompre l'agréable, la glorieuse fiction que je me raconte à moi-même et aux autres, que j'ai si soigneusement façonnée – et ce n'est que parfois, dans les terreurs des insomnies ou des dépressions pré-menstruelles, que ce récit s'effondre et que je me laisse couler dans l'inconfort d'une totale et amère incrédulité, dans l'inquiétude et la culpabilité du mensonge.

Ça a commencé au printemps donc, un peu avant. Pauli, un jour, a déclaré qu'elle voulait un enfant. Elle avait essayé d'amener la chose de manière un peu subtile, mais je sentais depuis des semaines qu'elle avait une idée derrière la tête, qu'elle pensait à quelque chose dont elle n'osait pas tout à fait me parler. Quant à moi, je n'ai rien dit et j'ai attendu en faisant comme si de rien n'était. J'attendais et je notais ses petites remarques sur les chèvres aux pis gonflés, les chaleurs de la chatte, etc. Elle manquait de finesse. Nous n'en n'avions jamais parlé, parce que la question ne s'était jamais posée en termes techniques, et parce que nous avions, pendant un bon moment, autre chose à faire et à penser. Mais un couple du campement, des gens qui s'étaient rencontrés ici (je n'aurais pas misé grand-chose sur leur relation, il s'agissait d'une femme pas loin de la quarantaine qui avait travaillé dans la publicité et d'un ex-stoner en rémission forcée, assez jeune et dénué de personnalité), avait eu un bébé récemment, à l'encontre de toutes les règles tacites de Tabor, et Pauli en était devenue obsédée. Elle passait son temps chez eux ou à leur tourner autour, elle traînait devant leur maison, sans doute pour entendre les horribles hurlements de la créature, elle se proposait pour la garder quand les parents avaient envie de se changer les idées, elle faisait avec passion des pronostics concernant les autres couples du campement, qui pouvait avoir un enfant, quand, comment, omettant le pourtant fondamental : *pourquoi*. Ces questions m'intéressaient aussi parce qu'en ma qualité d'herboriste improvisée, je fournissais à qui en avait besoin la possibilité de se débarrasser d'une grossesse non désirée. Nous étions nombreux à présent à habiter le campement, les mœurs étaient plutôt libres, la contraception hasardeuse malgré les capotes régulièrement distribuées par les camions, et il était de toute façon impossible d'imaginer faire un bébé, c'était là l'implicite. En somme, j'avais souvent des visites. Mon enfance à la ferme, quelques voyages, et mon intérêt presque scientifique, ou du moins expérimental, pour la question m'avaient aidé, à l'époque antédiluvienne, à amasser pas mal de connaissances au sujet des plantes médicinales. Ça m'avait toujours intéressée, dans le temps j'avais lu des livres et suivi des ateliers. J'avais même découvert dans l'une des maisons abandonnées une encyclopédie d'herboristerie, assez généraliste mais utile. Parfois je partais plusieurs jours, seule ou avec Pauli, pour trouver de nouvelles plantes. Nous nous enfoncions dans les bois, ou parcourions de grands pâturages vides, les yeux rivés au sol, jusqu'au soir. Nous bivouaquions sous les étoiles, nous rentrions le lendemain, nos sacs pleins de plantes odorantes, les mains tachées de chlorophylle et de pollen.

Valérie – c'est elle qui avait tenté de mesurer le temps – était interne en médecine lorsque la catastrophe avait frappé, et comme elle aimait raconter que c'était elle qui avait *découvert* Tabor, elle s'était auto-accordée la position de soignante officielle du lieu. Mes méthodes et mes connaissances l'exaspéraient, mais la plupart du temps nous tentions de travailler de concert, et nos savoirs se complétaient du mieux qu'ils le pouvaient. Nous aimions raconter qu'elle avait commencé par s'opposer frontalement à moi, et même par me combattre. J'étais à ses yeux une espèce de hippie ignorante qui se prenait pour une sorcière, je n'étais rien. Elle avait tenté de m'évincer avant de comprendre que nos savoirs étaient complémentaires. Elle avait été le génie organisateur du campement, apportant de l'ordre à des existences qui lui paraissaient trop relâchées, sans direction. Elle avait dressé des calendriers et des tableaux, dessiné des plans. Mais au fur et à mesure que le camp grossissait, augmenté d'arrivants toujours plus nombreux, sa main s'était faite plus souple. Les responsabilités devenaient collectives, la vie prenait des formes élastiques et fluides. J'étais montée en puissance. Nous avions commencé à collaborer, à nous lier d'amitié. Même si les choses ne s'étaient pas déroulées exactement dans cet ordre ou avec cette intensité, quel mal y avait-il vraiment à embellir le cours des évènements ? On n'avait plus que ça.

C'est finalement arrivé un soir. Pauli et moi avions ce jour-là marché longuement dans la forêt, à la recherche de bois mort. Nous ne travaillons pas toujours côte à côte. Parfois, nous préférons passer la journée séparément, au potager, aux champs, dans les bois, avec les bêtes, et nous retrouver le soir, lorsque nos tâches sont terminées, nos corps fatigués mais pas trop, et que nous pouvons nous asseoir au coin du feu. Pauli me récite les poèmes qu'elle a composés dans la journée. Souvent nous mangeons à la maison commune, et il y a des lectures ou de la musique; il nous arrive de danser: des chorégraphies inventées, des pas complexes et maladroits. Travailler ensemble un moment est toujours un plaisir; entendre l'autre respirer et souffler, grogner sous l'effort ou chantonner y joue un rôle considérable. J'aime regarder le corps de Pauli qui se penche, se relève, bêche ou coupe, essuie son front, me parle. Sous les pins ce jour-là je remarquai, sans en penser grand-chose, que Pauli avait encore de nouveaux cheveux blancs, et presque en même temps, elle me dit «Je vieillis, Mona, je le sens. Je ne sais pas combien de temps on peut vivre dans ces conditions. Tu crois qu'on peut vivre longtemps dans ces conditions?» Je haussai les épaules. Elle continua: «Je vieillis et un jour il sera trop tard.

– Trop tard pour quoi? (Je feignais encore de ne pas comprendre, à vrai dire je ne savais pas trop pourquoi, mais il me semblait qu'il fallait qu'elle me dise tout et que je ne laisse rien au hasard ou à l'incertitude dans cette conversation.)

– Tu sais bien. Bientôt on sera mortes et il n'y aura plus rien de nous. Nos os dans un coin quelque part et c'est tout, pas d'état civil, pas d'archives. Pas d'historique de recherche sur internet, pas de photos...Tu vois ce que je veux dire? Rien ne pourra témoigner qu'on a existé et qu'on s'est aimées. Ça ne te rend pas triste de penser que personne ne se souviendra de nous et de notre amour?

– Pas particulièrement.»

Je pensais qu'elle en resterait là car nous étions tombées chacune dans un silence songeur. Mais elle ajouta après un temps: «Moi je trouve ça triste. Je trouve ça injuste. Tu passes ton temps à t'extasier sur le sens de la justice qui nous anime ici, mais que notre amour meure avec nous, je trouve ça injuste.

– Mais ça n'a rien à voir avec les gens du campement, tu le sais. Je comprends même pas que tu ailles sur ce terrain, c'est absurde. Et écoute. Oui, je trouve que nous vivons dans un monde plus juste, aussi petit soit-il, et non, je ne trouve pas que le fait que notre amour ne nous survive pas soit injuste. Au contraire. Je suis ravie que rien ne nous survive. À quoi bon la survivance de quoi que ce soit ? Plus personne n'y est contraint et je pense que c'est une bonne chose. C'est même merveilleux. Nous ne sommes plus contraintes qu'à vivre, et à fabriquer nos vies. Mon amour pour toi c'est ça, et c'est maintenant, et je me moque de ce qui pourra arriver après notre mort. Tu ne vois pas que ce n'est pas important ? »

J'avais crié et l'écho de ma voix nous revenait depuis les confins de la forêt. Je voyais bien que Pauli était malheureuse mais j'étais excédée. Nous avions la vie, pourquoi penser à la mort ? Et il y avait autre chose encore. Je pus le lui dire lorsque le soir elle revint à la charge. Je lui caressais les cheveux et je sentais sa chaleur contre mon corps. Dehors le vent soufflait, un vent printanier qui annonce de bonnes choses, ou en tout cas je le croyais à ce moment-là. « Mona, me dit-elle alors, je veux un enfant. Je veux que nous ayons un enfant. Je veux un enfant avec toi. »

Je me tus un moment. Elle répéta. « Je veux que nous ayons un bébé. » Ça me paraissait tout à fait saugrenu et surtout inconscient. Peut-être égoïste. Je le lui dis, reprenant patiemment, j'expliquais comme on explique pour la centième fois un concept simple à quelqu'un de pas particulièrement intelligent (et d'ailleurs, pendant un instant, la teneur proprement comparative de cette analogie ne me paraissait plus tellement évidente) :

« Le temps de l'humanité est compté, tu le sais. C'est de la folie de vouloir mettre quelqu'un au monde maintenant, quand on ne sait pas quelle menace pèse sur nous. Si ça se trouve on est déjà tous contaminés par quelque chose d'invisible. Un mal invisible. Tu veux avoir un bébé dans ces conditions. Alors qu'on pourrait mourir demain, dans six mois ou dans six ans, et que ton bébé sera même peut-être plus malade que toi ?

– Mais on ne sait pas..., insinuait Pauli d'un ton suppliant.

– Mais si on le sait, on le sait. On le sait. Pourquoi est-ce que tu penses que les types en combi nous refourguent de l'iode tous les trois mois ? Pour le plaisir ? Pourquoi ils portent des combinaisons intégrales ? De toute façon tu sais très bien ce que je pense de tout ça. On a été épargnées, on a survécu, mais ça ne veut pas dire qu'on doit prospérer et se multiplier et recoloniser la Terre. Tout ce que j'espère c'est qu'on meure tous, à petit feu, les uns après les autres, naturellement, sur les cent prochaines années (j'avais pensé à tout, et je lui avais déjà exposé cette idée plus d'une fois). Après, plus personne, plus rien, et la planète sera juste un endroit normal, neutre, sans volonté et sans regard. Des plantes et des animaux, qui tournent sans fin dans l'espace. Si on se remet tous à faire des gosses ça n'arrivera jamais, et je te parie même que d'ici deux-cents ans c'est reparti comme avant. Non, le mieux, c'est vraiment qu'on crève tous, à terme. »

Pauli me fixait avec colère. On ne se disputait jamais vraiment, mais je sentais qu'elle était fâchée. « Tu radotes, siffla-t-elle. Tu m'as déjà dit ça cent fois. » Je le savais, mais je n'avais pas l'impression que c'était vraiment de ma faute. C'était elle qui m'y contraignait en refusant de comprendre. Un temps. « Tu ne comprends pas que c'est parce que je t'aime et que je ne veux pas que notre amour meure ? J'en ai rien à foutre de tes projets déprimants pour la disparition de l'humanité. C'est ultra-glauque. Tu es sinistre. L'égoïste, c'est toi. »

Je sentais qu'elle voulait ajouter quelque chose et que ce serait insultant. Je me détournai. Il n'y avait pas grand-chose à dire de plus. J'étais irritée, elle était furieuse. J'étais bien obligée de reconnaître que je la trouvais stupide et sentimentale à ce moment précis. J'étais loin d'être une égoïste et elle le savait. J'étais pleine de peine pour l'humanité et le vivant, je voulais que ça marche au mieux mais il y avait manifestement des forces contraires. C'était du cynisme peut-être, mais un cynisme plein d'amour et de compassion. Je ne voulais plus être dans le camp de cette humanité grouillante, capitaliste, qui ne peut pas s'empêcher de se reproduire, de proliférer, de clamer ses nombreuses et redondantes individualités dans une frénésie d'accumulation destructrice. Le mépris était selon moi plutôt de ce côté-là. Mon cœur pleurait. Nous avions attiré sur nous cette catastrophe, par notre quête effrénée de gratification et de confort ; nous devions en payer le prix. J'étais heureuse d'aider ceux autour de moi, mais j'avais la conscience aiguë des limites de ma vie, de la leur, de la nature telle que nous la voyions encore.

Je perçus qu'elle pleurait. « Tu ne comprends pas, tu ne comprends pas. Tu ne comprends pas que je veux juste avoir un bébé avec toi. » Je la pris dans mes bras, je la rassemblai contre moi et lentement nos respirations s'égalisèrent, elle n'avait plus que quelques hoquets. Mes épaules étaient mouillées de ses larmes et elle ne me regardait pas, sans se détacher de notre étreinte. Je pensais à l'eau salée de ses larmes, à l'eau salée de l'océan immense qui était identique à lui-même, de toute éternité, à un monde vierge des hommes. Comme le monde devait être propre, autrefois ! À présent tout était sali – et si nous sommes tous faits de la même matière, alors on pourrait affirmer que les larmes mêmes de Pauli, que j'aimais pourtant, étaient sales et impures, pleines de produits toxiques et de mort.

« Viens te coucher », dis-je, et silencieusement nous dénouâmes nos corps et fîmes comme dans un rêve les quelques pas qui nous séparaient du lit. Nous enlevâmes nos pantalons crottés, nos pulls, dans un même mouvement somnambulique, nous nous blottîmes sous les couvertures. Je ne pouvais pas imaginer un monde sans elle, sans Pauli, où je ne dormirais pas contre son grand corps chaud, où son corps n'était pas mon refuge favori. Je n'étais pas idiote au point de penser qu'elle me trahissait en voulant un enfant, mais ce désir me vexait. Je n'étais pas suffisante : ma finitude, la sienne, celle de l'humanité ou éventuellement de ce qui en restait, la tourmentaient, elle n'acceptait pas que tout ait une fin. Elle voulait repousser la fin, alors qu'elle était pour moi la seule fin au monde. Je m'endormis en me fustigeant pour mon intransigeance, mais en me disant aussi, presque secrètement, qu'elle avait succombé à la tentation, et qu'elle m'aimait peut-être un peu moins, ou bien que moi-même je laissais se dénouer notre attachement.

C'est ainsi que ça avait commencé. Que lentement et très imperceptiblement nous nous étions éloignées. Quelques temps auparavant, elle s'était liée d'amitié avec un homme que je ne connaissais pas très bien, Molo, qui s'essayait à la chasse, avec des collets et des fusils trouvés dans l'une des maisons. Molo était un type étrange. Il était étonnamment facile, au début, de savoir à peu près qui avaient été les gens auparavant, et d'où ils venaient, ce qu'ils avaient été, je veux dire en termes de classe sociale, d'appartenance idéologique ou religieuse. Ça laisse des traces sur les voix et les corps, sur les manières de faire. Plus tard, les habitudes, les souvenirs et les repères s'étaient estompés, et on avait commencé à évoluer dans un univers complètement différent, qui n'avait plus rien de commun, en aucun point, avec celui d'autrefois, et ça n'avait plus tellement de sens de vouloir comparer ou de se demander si une action était bonne ou non par exemple parce que ce n'était plus la même chose. Mais au début, si.

Et Molo, dès le début, je ne parvenais pas à le situer, il semblait déjà échapper aux classifications morales. Impossible de savoir qui il était, qui il avait été, de quel milieu il provenait. Ce n'était pas une histoire de mettre les gens dans des cases, mais de comprendre. Lui, impossible. Pas d'accent, des vêtements neutres, un visage fatigué par la vie mais pas excessivement. Des manières de faire cordiales et franches, sans être tout à fait sympathiques. Je dois l'avouer, à ma honte rétrospective, cette sorte d'apatridie me le rendait inquiétant. Je ne comprenais pas pourquoi Pauli ressentait un tel désir de le voir, pourquoi, lui aussi, comme le bébé, elle lui tournait autour. Elle était fascinée, et de plus en plus souvent, elle l'accompagnait. Je les voyais partir ensemble à travers la campagne. Pauli prenait toujours un fusil mais elle me disait qu'elle ne tirait pas, qu'elle aimait juste accompagner Molo dans ses promenades, et, soi-disant, que lui ne tolérait sa présence que si elle pouvait être utile, et donc armée. Elle rentrait, vers midi, les joues rouges. Je finis par prendre mon courage à deux mains pour dire à Molo que chasser à cette période de l'année était probablement contre-productif, puisque les premiers petits étaient en train de naître, ou du moins d'être conçus. Il ne répondit rien – il y avait entre nous une hostilité sourde, et je suppose qu'il s'agissait de jalousie – mais il cessa de venir frapper au petit matin pour chercher Pauli, et bientôt il cessa de chasser. Je l'entendis dire que la réserve de cartouches qu'il avait découverte et dans laquelle il se servait était épuisée.

Je conclus qu'il devait avoir mené une vie urbaine, pour être aussi ignorant des rythmes reproductifs des animaux, et ce fut la seule chose que je pus conjecturer à son sujet. Il ne revint plus. Pauli l'attendit à la fenêtre quelques aubes, triste comme un enfant qu'on punit. Mais comme un enfant, elle sembla vite oublier. Elle continuait ses explorations solitaires. Elle partait souvent seule, à l'autre bout du campement, ou dans les bois. Parfois nous parlions encore des femmes qui malgré toutes nos précautions attendaient des enfants, mais de plus en plus rarement – et je compris que dans les premiers temps, elle avait envisagé que nous élevions ensemble l'enfant de quelqu'une qui n'en voulait pas et qui n'aurait pas réussi à s'en débarrasser à temps, mais il était évident qu'à présent son plan avait changé. Tout cela dura quelques semaines. Pendant tout ce temps, notre chatte, Agnès, était enceinte et gonflait chaque jour un peu plus. Elle n'était pas très haute sur pattes et son ventre traînait pratiquement par terre. C'était un chat à la personnalité agréable, sa tête bonhomme et intelligente ressemblait parfois presque à un visage humain. Les premiers chats avaient été découverts dans les arbres ou les greniers de Tabor. Agnès était une deuxième génération, née de l'une des trois chattes qui nous avaient accueillis à notre arrivée. Elle était jeune, agile, et avait pris l'habitude de toujours se poster près de nous, quoi que nous fassions, pour nous observer. Elle venait avec nous aux champs, parfois nous suivait même dans les bois, silencieuse et attentive, bondissant après la poussière soulevée par nos pas, après une mouche, après rien. Elle s'accroupissait longuement et puis elle détalait soudain comme une folle, ses pattes partaient dans tous les sens et elle nous dépassait en sautant, hérissée, avant de se retourner vers nous les yeux écarquillés. Elle avait un bon sens de l'humour.

Elle était de plus en plus énorme et le grand jour arriva. Elle était agitée, tournant dans la maison, se terrant dans des couvertures ou des lits de chiffons que nous lui avions préparé. Elle avait perdu toute sa grâce quasi-humaine, c'était une bête stupide et apeurée. Elle nous appela d'une voix stridente, l'après-midi, et nous vîmes son ventre remuer, parcouru par des vagues de contractions. Nous nous accroupîmes près d'elle. Pauli tentait de l'apaiser en lui parlant. Agnès levait la tête vers nous, éperdue, les yeux voilés. Elle miaulait parfois, puis se hissait sur ses pattes, se tournait dans tous les sens, avant de s'avachir à nouveau. Elle commença à pousser et elle tendait encore la tête vers nous, la gueule ouverte comme si elle hurlait silencieusement, tous les tendons de son cou se dessinaient sous son pelage. Elle poussa pendant plus d'une demi-heure. Elle haletait, gémissait. Je commençai à craindre qu'elle souffre trop et je me demandai si je pouvais lui administrer des plantes pour la soulager. Je me levai pour aller regarder dans mes bocaux, et Pauli cria : « Voilà le premier ! » Agnès avait expulsé une espèce de boule visqueuse et brillante pendant que j'avais le dos tourné. Je revins avec un onguent apaisant et en frottai un peu sur son ventre. Elle poussait encore. De sa gueule ouverte coulait un filet de voix. La boule ne bougeait pas. Pauli s'inquiétait. « Est-ce qu'il faut le sortir de son placenta ? Est-ce qu'il faut le faire ? Qu'est-ce qu'on doit faire ? » Elle tremblait d'émotion. « Pourquoi Agnès ne fait rien ? Elle devrait le nettoyer. » Agnès ne se souciait pas du premier chaton, elle poussait encore et elle haletait de plus belle. Un deuxième chaton rejoignit le premier dans une odeur tiède de viscères. Agnès commença à les lécher avec affairement, tout en continuant à pousser, à moitié accroupie. Les placentas en se déchirant révélèrent des petits corps difformes, monstrueux. Des membres atrophiés et des tumeurs. Agnès avala les placentas inutiles l'air hagard. Les chatons remuaient un peu. Ça manquait de conviction. J'étalais un peu plus d'onguent sur son ventre. Elle grogna. Elle tremblait. Elle poussait encore mais rien ne venait. Les chatons se dirigeaient gauchement vers les mamelles gonflées, avec leurs corps contrefaits. Agnès semblait à bout de forces, elle bondit hors du lit de chiffons, s'éloigna en trottant douloureusement, les pattes arrière fléchies, la croupe basse. Elle se cacha derrière un meuble. « Elle doit vouloir qu'on la laisse seule », murmurai-je de manière complètement irrationnelle. Je savais très bien qu'elle n'avait aucune sorte de désir, qu'elle ne pensait rien du tout, qu'elle avait peur. « Occupons-nous des petits. » Nous les frictionnâmes, essayant de les nourrir au doigt avec du lait de chèvre réchauffé. Ils bougeaient à peine et mon cœur cognait d'inquiétude. Absorbées par la tâche de ramener les chatons difformes à la vie, nous en oubliâmes Agnès.

Les chatons ne bougeaient plus. Leurs ventres nus n'étaient soulevés ni par leur souffle, ni par le battement de leurs cœurs. Ils étaient morts. Nous partîmes à la recherche d'Agnès. Son corps sans vie, entouré d'un sang épais et malodorant, était étendu sous le buffet. Sa gueule était ouverte, ses yeux aussi, comme si elle nous fixait. Nous dûmes la traîner par une patte, sur le sol et dans son sang, pour récupérer son cadavre. Pauli bouleversée pleurait en se mordant les doigts, elle ne parvenait pas à reprendre sa respiration. La maison entière était remplie de cette puanteur fade. Nous emmenâmes les cadavres de chats dehors, enveloppés dans un tissu épais. Lorsque, près des arbres bruissant dans le vent, la tombe fut refermée sur les trois animaux, je me mis à mon tour à sangloter, plus nerveusement qu'autre chose, et Pauli se tourna vers moi, l'air mauvais : « C'est de ta faute, avec ton onguent. C'est toi qui as tué Agnès. »

Nous n'en reparlâmes pas, et ce soir-là, Pauli vint comme souvent m'enlacer. Je la tins dans mes bras pendant qu'elle pleurait encore pour la jeune vie d'Agnès perdue, pour celle de ses chatons pratiquement mort-nés. J'étais triste, moi aussi. Notre douleur en se partageant devint plus supportable. Pauli ne semblait plus fâchée. Le lendemain elle était redevenue complètement normale, elle n'évoqua plus son désir d'enfant, et avait refermé la distance entre nous. La vie reprit son cours.

Ce fut quelques jours plus tard qu'arriva la vieille ; et dans mon esprit les deux évènements, la mort des chats et l'apparition, en bas des pentes, de cette silhouette courbée et poussiéreuse, étaient reliés. J'étais seule, j'avais emmené paître le troupeau de chèvres dans une prairie non loin des maisons. Molo avait raconté, récemment, sa rencontre nocturne avec une « bête féroce » indéterminée mais velue et menaçante, et chacun était aux aguets. S'il se produisait une attaque ? Lorsque je vis du coin de l'œil un mouvement en contrebas, une forme sombre qui se déplaçait furtivement, mon premier réflexe fut donc d'essayer de rassembler les chèvres éparses afin de les ramener au campement. Du reste, la pluie menaçait et il n'y avait pas d'abri par ici, je prévoyais de rentrer quoi qu'il en fût. Mais en regardant à nouveau, je m'aperçus qu'il s'agissait d'une forme humaine, courbée, ramassée, vêtue de haillons, de peaux sales et de fourrures, s'aidant parfois de ses mains pour avancer sur le chemin escarpé qui s'effritait sous ses paumes. De telles silhouettes presque médiévales étaient des apparitions sinon fréquentes, du moins pas exceptionnelles, et nous leur offrions toujours le gîte et le couvert en échange de nouvelles, de chansons ou de soi-disant secrets. Certains restaient quelques jours, des semaines, puis reprenaient leur route, d'autres ne faisaient vraiment que passer. Leurs visages étaient parfois défigurés par des boursouflures, des plaies orange, et ceux-là, souvent, demeuraient silencieusement à l'écart.

Quand la silhouette fut à portée de voix, je lui criai quelques mots de bienvenue. Elle releva la tête et je vis que c'était l'un de ces individus marqués par la souffrance. La couche de crasse qui la recouvrait toute entière ne permettait pas de savoir quelle avait été autrefois la couleur de sa peau. L'un de ses yeux était visiblement malade, purulent et voilé, et le bout de son nez semblait raboté, ou même tranché comme par un petit coup de ciseau. La silhouette caqueta quelque chose semblant indiquer sa bonne volonté en levant une main aux doigts amputés. Je l'attendis et lorsqu'elle arriva à mon niveau, je vis qu'il s'agissait selon toute vraisemblance d'une femme, peut-être pas si vieille mais prématurément âgée par les angoisses propres au nouveau monde. Je lui souhaitai la bienvenue et lui demandai si elle voulait passer la nuit chez nous. Elle accepta et sa voix était étonnamment douce. «Je m'appelle Luisa, et vous ?», ajouta-t-elle. Pendant que nous remontions ensemble vers le village, elle me dit d'où elle venait : un campement nomade dans la vallée. Il y avait des troupes itinérantes, généralement pastorales, qui sillonnaient la région et pratiquaient l'échange. Elles avaient parfois la réputation d'être composées de voleurs et de paresseux, ou encore d'espions pour une puissance mal identifiée, mais je n'y prêtais pas beaucoup foi. Luisa avait été bien traitée en tout cas. «Je repars toujours bien nourrie, et souvent avec un cadeau, de surcroît. Regardez, cette fois-ci c'était une flûte.» Et elle me montra avec fierté, en la tirant d'un petit sac qu'elle portait en bandoulière et que je n'avais pas remarqué, la flûte à bec en plastique couleur crème que ses hôtes lui avaient offert, comme celles dont jouaient autrefois les collégiens. «Vous savez en jouer ?» lui demandai-je, essentiellement pour faire la conversation car j'étais mal à l'aise. Son œil vif avait une expression de ferveur, ou de malice un peu méchante, et son nez abrégé gigotait dans tous les sens au rythme de ses pas et de sa respiration. Elle rajustait les guenilles qu'elle portait sur le crâne pour me regarder tranquillement de derrière ses mains mouvantes, du coin de ses yeux. Leur couleur, ou quelque chose dans leur forme, ou la dilatation de la pupille, me paraissait anormal. «Non, je ne joue pas», s'exclama-t-elle, et son nez remua de plus belle. Je restai silencieuse, le visage détourné pour ne pas voir le sien. Je hâtai le pas et elle me suivit sans peine, courant à moitié sur ses jambes courtes, galopant parfois à quatre pattes, levant la tête vers moi, la bouche ouverte. Ses pelisses traînaient dans la poussière, soulevant des petits nuages autour de ses membres bondissants. Nous arrivâmes au campement et comme d'habitude lorsque des inconnus apparaissaient au seuil de Tabor, je la confiais à Valérie, qui se chargeait toujours d'expliquer aux nouveaux venus qui nous étions et ce que nous faisions là. Elle en profitait généralement pour les examiner, voir si tout allait raisonnablement bien. Une fois que je l'eus introduite dans la grande cabane que Valérie partageait avec quatre autres personnes (moitié dans les arbres, sur plusieurs étages, et moitié sur pilotis), je m'éloignai à pas pressés, je devais absolument mettre de la distance entre elle et moi. Elle me mettait mal à l'aise, je voulais l'éloigner du camp et de Pauli. J'étais convaincue – tout à fait superstitieusement, je le reconnais – qu'elle nous porterait malheur.

Mais elle resta. Elle resta tout le jour. Valérie me confia qu'elle n'avait fait que ricaner méchamment tout le long de l'exposé sur Tabor que Valérie lui avait fait, et qu'elle était en excellente santé malgré de nombreuses amputations : il ne lui restait que deux orteils, guère plus de dents, ses lobes d'oreilles aussi étaient lacérés, émiettés si l'on veut, elle n'avait plus de cheveux, des petits morceaux de chair semblaient avoir été taillés dans la masse de ses cuisses et de ses hanches, de larges cicatrices renfoncées dans sa chair en témoignaient. Elle refusait de dire ce qu'il lui était arrivé, se contentant de souffler par son nez plat d'un air amusé, un mystérieux sourire aux lèvres. « Vous verrez bien », s'était-elle contentée de répondre. Quand il parut évident qu'elle allait rester la nuit, je me rendis avec Pauli à la maison commune. Je voulais continuer à la surveiller pendant le repas, et garder un œil sur les autres par la même occasion. J'avais un mauvais pressentiment. Quelques jours auparavant, une délégation de types en combinaison avait été déposée par des camions garés en contrebas. J'avais tendance à partir dans les bois à ces moments-là, sur les contreforts de la montagne, avec Pauli et quelques autres. Cette fois, pourtant, nous n'avions pas été assez rapides et nous avions dû nous soumettre aux contrôles : prises de sang, pesée, prélèvement de cheveux, distribution de gélules diverses, de boîtes de médicaments emballées dans un sac plastique et silencieusement tendus à Valérie – ils savaient manifestement qu'elle était peu ou prou médecin. Puis vint le contrôle de nos récoltes, de notre eau, de notre terre, des fruits, de l'écorce des arbres, des aiguilles des pins. Ils ont regardé d'un air approbateur la retenue d'eau que nous avions creusée, arpentant par petits groupes nos jardins et nos champs. Plus bas, des hommes en armes, cagoulés, veillaient. Des prélèvements divers partaient dans de petites boîtes translucides, transportés par pipette, à l'aide d'une minuscule pelle, ou de pincettes extra-fines. L'air aussi avait été mesuré ce jour-là, à l'aide d'un instrument à l'aspect archaïque et étonnamment artisanal, composé de tubes, de cadrans et de soufflets. L'explication que je donnais à ces visites aux autres Taborites était simple. Tout avait sans doute été contaminé par des nuages chimiques ou radioactifs, et ces silencieux contrôleurs, dans leurs combinaisons diverses (parfois blanches et fines comme du papier, parfois d'un plastique d'un mauvais bleu, parfois d'un or radieux – nous plaisantions sur leurs robes couleur de temps, de lune, de soleil, comme dans *Peau d'Âne*), venaient prendre la mesure de notre dégénérescence et de celle de la terre. En réalité, bien sûr, je n'en savais rien, ou presque. Ou j'avais oublié.

L'arrivée de cette vieille dame sans doute dérangée, après ce contrôle extensif, ne me plaisait pas. Était-ce elle, précisément, Peau d'Âne recouverte d'un pelage puant, qui était l'aboutissement de la visite officielle quelques jours auparavant ? Dans la maison commune, nous étions nombreux autour des longues tables. Tout le monde avait appris l'arrivée de cette vieille étrange et on voulait la voir de plus près. Elle trônait au centre d'une tablée, mâchant avec entrain, de ses dents rares, les pommes de terre molles que nous lui servîmes. Elle ne parlait pas, se contentant de jeter des regards équivoques à l'assemblée. À la fin du repas, pourtant, elle commença à murmurer quelque chose pour elle-même, sa voix s'élevant peu à peu pendant que le silence se faisait, et voici ce qu'elle raconta :

Il y avait quelque chose dans les étoiles ces jours-là, de mauvaises étoiles. Tout le monde souffrait du ventre. L'estomac, les intestins. Pour moi, c'était pas forcément une épidémie. À mon avis, c'était pas quelque chose qui se refilait. C'était de l'ordre du destin. D'un destin mauvais.

Je me disais : les boyaux humains se contractent, se cabrent, s'entortillent en serpentant comme des reptiles... C'est comme les marées ou les horoscopes... C'est sous l'influence des viscères astrales, vous savez, les viscères de l'univers... Ces longs rubans translucides qui se tordent à travers l'espace, qui digèrent les comètes, les ondes, la lumière, qui s'évacuent par la gueule des trous noirs. Par ces bouches qui ingèrent ou recrachent tout... C'est la même chose, ça se répand en lumière sur nous dans la nuit noire.

Mais je m'égare. Ce qu'il faut raconter, ce qu'il faut que je vous raconte, c'est ça, c'est que tout le monde avait mal au ventre et comment ça me semblait un plan divin. Un plan divin pour me pourrir la vie. Les gosses devaient rester à la maison, et devinez qui s'en occupait ? Eh oui, dans le mille. Et puis ma sœur aussi qui tombe malade... Je les avais installés tous ensemble dans la chambre des enfants. Et comme si ça suffisait pas, dès que j'allais en ville, pour faire des courses et boire un café, j'entendais que ça. Et « aïe mon bidon », et « comme un chien, toute la nuit, si c'était pas d'un côté, c'était de l'autre », ou « je crois que les œufs étaient pas frais ». Mon œil. Tous étaient atteints du mal, seulement certains refusaient de l'admettre. Je me sentais piégée. Traquée. Comme si j'étais la seule dans cette foutue ville à pas l'avoir contracté. Comme si ça me plaçait à part. Je me demandais comme ça si mon immunité était pas plutôt une marque d'infamie qui m'isolait pour un mal à venir, plus grand encore...

J'étais occupée sans relâche. Ma sœur et ses trois enfants réclamaient des soins incessants et de plus en plus lourds. Leur état s'empirait et je craignais parfois du funeste. J'avais pas les épaules pour gérer la mort d'un enfant, qui les a ?! Je pensais comme ça au petit cercueil, à la tristesse dans les yeux des autres, à ma sœur qui ne s'en remettrait sûrement jamais... Et sur qui ça allait tomber de prendre en charge sa vie ? Eh bah voilà. Sur bibi. En attendant, toute la journée, fallait préparer du bouillon clair et du riz. Écraser des bananes pour les réduire en purée. Fallait infuser de grandes tasses de thé pour ma sœur et son aînée... Du reste ni l'une ni l'autre ne les buvait même jusqu'à la moitié et je devais les débarrasser froides un peu plus tard. Avec la pellicule brune accrochée aux parois de la tasse, qui bougeait doucement... On aurait dit une boussole indiquant le pire. Fallait administrer des suppositoires ou des lavements. Humidifier d'eau fraîche un front fiévreux. Concocter des cataplasmes d'argile. Dissoudre des cachets effervescents. Surveiller un bain, faire la lecture, poser près du lit des bassines dans lesquelles vomir et les retirer quelques heures après, tièdes et odorantes. Veiller les nuitées difficiles, nettoyer des draps souillés, parler d'une voix rassurante. Tous ces jours-là, je devais pas oublier de me nourrir, de me reposer, de me laver et de me délasser... C'était pas gai... Ça devait faire deux ou trois semaines que la situation durait, et j'étais à bout de patience. J'arrivais même plus à dormir.

Je n'ai jamais aimé donner des soins, je ne suis pas, je crois, une soignante dans l'âme ; m'occuper des gens ne m'emplit ni d'un juste bonheur, ni de la satisfaction de m'offrir aux autres, ni d'un sentiment de pureté – juste d'une sacrée grosse fatigue. S'occuper d'autres que soi, c'est épuisant, et même carrément insupportable, car souvent, le salaud malade dont on s'occupe est pas capable de reconnaître les efforts qu'on fournit. Lorsqu'il s'agit de son propre corps, tout semble toujours dû, fluide, évident, comme si tout devait être évident pour la soignante aussi... Même dans les moments de souffrance ou de faiblesse. La vie et la santé... C'est tout ce qui importe... Et ils se disent que c'est tout ce qui devrait importer à celle qui leur torche le cul. Moi je suis juste la servante sans volonté qui panse leur corps aveugle et total, souverain, le seul qui compte réellement, leur corps-monde à eux. Pour les malades il est impensable, dès qu'on les soigne, qu'on puisse ne pas les soigner. Leurs remerciements sont jamais sincères. Ils regardent ailleurs en vous tapotant l'épaule, une fois remis sur pieds. Remercier de quoi, alors que ces soins précieux leur reviennent de droit?

Je vous épargne la série de malheurs qui ont fait ma vie, mais voilà, je m'étais retrouvée, quelques mois plus tôt, à vivre avec ma sœur et ses trois enfants. Elle était seule, elle avait besoin d'aide, et d'une certaine manière, moi aussi. J'avais nulle part où aller, et j'étais venue doucement à sa maison, docile et complaisante, l'aider.

Cette maison était en périphérie de la ville. Un de ces endroits étranges, surplombés, par exemple, de collines boisées, arrosés par une rivière à demi sauvage, mais du long de laquelle on pouvait apercevoir de la berge les paraboles et les toits des pavillons environnants, et au loin le sommet des dernières HLM. On voyait parfois trotter sur les chemins des chiens errants aux côtes brillantes dans le soleil; des sacs plastiques en berne aux arbres, de larges vols d'étourneaux dans le soleil d'hiver... Un entre-deux. Il me semblait que mon identité elle-même se brouillait et que le monde entier se voilait de grisaille. Bien sûr, c'était l'hiver, et qui peut se sentir tout à fait soi-même en hiver ? Pas moi, voilà au moins une chose dont je sois sûre.

Et donc avec tout ça, les maladies astrales qui m'épargnaient mystérieusement en fauchant au moins tout le reste de la ville... sinon tout le reste du pays... Je n'en savais trop rien, et puis il y avait eu tellement d'épidémies plus ou moins inexpliquées ces dernières années que plus personne n'y prêtait grande attention... Ça et mon indétermination identitaire, je peux vous dire que je dormais mal.

Ma chambre était à l'étage. Elle donnait sur un bosquet d'arbres noirs qui poussaient derrière la maison, et puis des champs de terre nue. La nuit, quand je ne dormais pas, la vue de ma chambre se colorait de manière fantastique. Les branches nues frémissaient. Même la terre des sillons, grise et lourde pourtant, semblait s'égrainer dans son souffle. Et il me venait l'idée, parfois, que quelqu'un, là en bas, m'observait.

Je ne voyais pas bouger les fourrés, je n'entendais pas de respiration quand je me penchais à la fenêtre pour déterminer si oui ou non à la fin il y avait quelque chose, quelqu'un, qui m'envoyait des pensées. Comme des vagues de malveillance. J'en étais terrifiée, recroquevillée derrière ma fenêtre ; et *en même temps* c'était comme un infini amour. Un appel, une amitié folle qui m'entraînait à courir, à faire des cabrioles. Et encore, toujours comme dans la même respiration, une grande tristesse, un chagrin qui me mettait l'estomac à l'envers. Ça me laissait la bouche molle, les larmes aux yeux, comme si toute la tristesse du monde avait fait de ma poitrine sa maison. C'était complètement comme d'être amoureuse. Mais je restais paralysée derrière ma fenêtre. Puis je m'arrachais. Je m'allongeais toute habillée sur le lit – je ne prenais plus la peine de me changer. Je croisais mes mains sur mon ventre pour plus de confort. J'attendais.

Parfois je somnolais à moitié, les yeux ouverts. Ou alors j'observais le bout de mes orteils ou mes bras. J'ai toujours aimé mes bras. Même quand la peau a commencé à s'amincir et se décoller des muscles, et qu'ils ont commencé à ressembler à ceux de ma grand-mère. Doux et secs... Veines saillantes. Et même maintenant qu'ils ne ressemblent plus à rien. Je les ai aimés fermes et bruns... Leur rondeur qui était toujours un plaisir secret pour moi. Si personne me trouvait belle, moi au moins je trouvais beaux mes bras et je les admirais dans mes moments de solitude. Au bain, dans mon lit, ou assise au jardin les après-midis ensoleillés. Et maintenant qu'ils se sont transformés, après une jeunesse qui m'a semblée éternelle mais plate, je ne les en aime que davantage. J'admire les cicatrices et les veines. Les dépigmentations, les tendons, la crasse et le creux entre le muscle et l'os. Mes bras sont forts.

Allongée sur mon lit, pendant le temps de la maladie, j'écoutais de la musique, les discussions tardives de la radio de nuit, les rediffusions, le bruit blanc. Toujours à un moment, une quinte de toux, un gémissement, mon nom faiblement prononcé me tiraient de mon repos.

La maladie faisait de plus en plus de victimes. Sur la route pour rejoindre la ville, je croisais toujours des corbillards conduits par des croque-morts fiévreux, la peau verdie de nausée. C'était la grande inquiétude. On parlait plus. On saluait de loin. On s'échangeait de la marchandise ou de l'argent les mains couvertes de gants. Précaution inutile... Moi, je savais bien que c'était pas contagieux. C'était autre chose. J'étais de plus en plus irritée par cet aveuglement, et puis eux continuaient à tomber comme des mouches. Moi je voyais bien que c'était un truc pas net en rapport avec la nature des choses, avec le fait que tout était sale et cassé pour toujours.

Mes mains sur le corps de ma sœur... Sous ses aisselles pour la soulever... Sur son front pour la soulager... Sa peau devenue flasque. Une répétition de ce que j'avais connu déjà quelques mois auparavant pour un autre corps – celui d'une grand-tante grabataire. Et puis encore d'autres fois avant ça... Et je ne me suis plus vue que comme une ouvrière du corps, qui frotte, récure, soulève, soigne, guérit, apaise, enterre. Une matrone antique. L'existence de mon corps n'avait été justifiée que par la réparation de celui des autres. Par l'amour calme et fade que je leur vouais. Rythmée par les naissances et les morts. Par le peu de santé de corps qui m'étaient étrangers.

La chambre des malades puait. Pourquoi les corps malades ont-ils cette mauvaise odeur de peau chaude et moite retournant à l'état de muqueuse... Ce fumet salé... Cette touffeur presque solide qui se matérialise sûrement en cérumen, en chassie au coin des yeux – pourquoi ? Et les enfants qui en même temps, en plus, exhalent en toute circonstance le lait et le pet froid : bon, voilà, vous comprenez que j'ai fini par vouloir sortir. Quitter la maison. Oh pas très longtemps, juste histoire de prendre l'air. Cet air qui était peut-être un poison. Fouler la terre qui était peut-être toxique. Marcher au bord des eaux polluées. L'extérieur me paraissait tout aussi hostile que la maison fermée et sombre, mais au moins il y avait de la place. La menace était plus diffuse. La maladie n'était pas juste là sous mon nez, quoi.

Je pensais plus trop à la bête cachée dans le bosquet sous ma fenêtre, l'ombre mystérieuse qui m'observait en silence. Ça vous fait rigoler cette idée, hein, eh bien n'empêche que moi, j'aurais eu trop peur si j'y avais pensé à cent pour cent, mon cœur aurait jailli de ma bouche et je serais retournée fissa m'allonger dans ma chambre. Mais elle était pas complétement absente de dedans ma tête non plus.

En tous cas, je suis sortie, et j'ai marché. La nuit était moins froide que je l'imaginais, il y avait la lune, les étoiles, ce genre de trucs immuables et réconfortants. Ce soir-là un désir puissant était né, que je devais assouvir. C'était pas la douceur romantique du vent ou des étoiles qui m'avait enivrée. Plutôt, c'était la platitude complète de la nuit. Des choses de la nuit… Des plantes et de la nature dans la nuit… Des pierres. Cette platitude et cette neutralité. L'absence totale d'émotion. C'est idiot, mais je me sentais arrachée. Je marchais.

J'ai fait un grand tour ce premier soir, j'ai dû marcher une heure ou deux. J'ai vu des hommes, des silhouettes. Des chiens ont aboyé. Ils me faisaient peur en surface. Il aurait pu m'arriver des choses violentes, là, dans la nuit – mordue ou pourchassée. Il ne m'est rien arrivé. Je suis passée comme un spectre.

Quand je me suis retrouvée devant la porte d'entrée, j'ai songé aux gémissements et à l'angoisse des êtres dont j'avais le soin. Je suis rentrée. Silence. J'étais sale comme pas possible. Les herbes et la terre brillaient sur mes vêtements. Je me rappelle rien d'autre.

À mon réveil le lendemain, j'étais nue et propre entre mes draps. Mais mon lit, lui, était plein de cochonneries : des sacs plastiques déchirés, des morceaux de brique, une bouteille d'eau (vide et poussiéreuse), des gravats, une boîte de conserve rouillée et un paquet humide de ficelles emmêlées. À ce moment-là, je n'avais pas la moindre idée de ce qui s'était passé la veille. Pas de souvenir, rien, j'étais seulement – bêtement – contente d'avoir aussi bien dormi, après de si nombreuses insomnies.

Plus tard, je me suis souvenue de mon escapade nocturne à la manière dont on se souvient d'un rêve égrené par les menus incidents de la journée. J'étais heureuse d'avoir marché seule dans la nuit, comme une animale. Je ne vous fais pas de mystère, toutes ces choses, ces déchets, j'étais allée les chercher et je les avais ramenés ; seulement je ne m'en souvenais pas tout à fait. C'est dans ces jours-là que j'ai commencé à réaliser toutes les couches de ce qu'on est. On n'est pas seulement son premier moi de surface, on a environ cent autres moi en dessous qui s'étripent ou patientent, qui font des choses quand vous ne regardez pas, et puis il y en a un bon paquet ailleurs, aussi, il y a des bouts de moi partout, ce n'est que mon corps si je le décide et que je le crois.

En tout cas, je n'ai pas rangé le foutoir dans mes draps, je l'ai laissé là sans réfléchir et après la journée de travail, la nuit venue, je n'avais plus très envie de les déplacer. Allez savoir pourquoi. À la place, je me suis assise à côté de la fenêtre et j'ai attendu, et quand il a fait bien noir et qu'à nouveau j'ai senti cette bête qui me regardait dans les buissons, eh bien je suis descendue. Tout comme la veille j'ai marché, longtemps encore, par des chemins différents. J'ai longé la rivière, et il y avait dans tout mon corps – mes jambes, mes bras, mon ventre, ma poitrine, ma nuque – une telle tension que je pensais que j'allais lâcher comme un élastique que l'on tend. C'était le vent, le silence qui me tiraillaient, bandaient chacun de mes muscles. J'en pouvais plus. Je me suis arrêtée dans un coin, et je me suis masturbée, en imaginant que ça me permettrait de continuer à marcher encore sans cette envie de hurler ou de bondir. Mais vous avez quel âge, les enfants ? C'est ça, ricanez tout ce que vous voulez, mais moi j'avais pas le choix : marcher c'est ce qui m'importait le plus à ce moment-là, et mon corps ne me le permettait pas. Il se passait trop de choses et mes jambes flanchaient, de la guimauve. Pas le choix.

Je ne sais plus à quoi je pensais pendant que je me paluchais par terre. Je suis une amatrice du plaisir solitaire et j'ai à ma disposition tout un arsenal de fantasmes, de scénarios, de mots ou de souvenirs qui l'encouragent et le nourrissent. Mais cette fois-ci mes visions n'avaient rien d'habituel. Ma tête était vide, et j'étais habitée par quelque chose de bestial. Au moment de jouir ma tête s'est abattue sur les feuilles. C'était mouillé et ensuite c'était fini. Je me suis endormie comme une pierre.

J'ai repris connaissance alors que je marchais déjà, les poches chargées (de canettes de bière, de divers débris de plastique plus ou moins rigide, de galets et de branches), et les mains pleines (de sacs eux-mêmes remplis : d'une boîte de médicaments vide, de canettes de soda, de fragments de câbles électriques, du plastique blanc qui recouvre les serres agricoles en nombreux lambeaux, de morceaux de métal, d'emballages en carton et de blisters en plastique semi-rigide). Je devais marcher depuis un moment déjà parce que j'étais presque à la maison. Le vent était retombé. Je posai toutes mes affaires dans ma chambre, au pied de mon lit. Un peu dessus aussi.

La famille était toujours mal en point, mais je ne me souciais plus vraiment d'eux. Il me semblait que si je n'étais pas malade, c'était parce que j'avais dorénavant autre chose à faire. J'avais rempli mon quota de maladie. J'avais un nouveau travail en ce bas monde. Une nouvelle mission. J'étais bien décidée à la remplir.

Pas la peine de me regarder comme ça. Comprenez-moi. Ce n'est pas que je n'avais pas d'empathie pour ma famille ou pour les personnes souffrantes en général. J'en avais eu, j'en avais eu beaucoup. La compassion, ça avait été toute ma vie. Mais je devais passer à autre chose. Je n'avais plus le choix. Cette autre chose m'entraînait que je le veuille ou non.

Bon, je reprends. Depuis ma fenêtre, je pensais voir, parfois, le rougeoiement d'une cigarette aller et venir, mais je n'étais jamais sûre. Je faisais en sorte que mes gestes soient gracieux. Je ne cognais pas les volets l'un contre l'autre au moment de les fermer, je les tirais doucement à moi en jetant au jardin un air de séduction.

Mon plaisir venait de m'imaginer – ou même de me savoir, parce que ça frisait la conviction – observée, aimée, de loin, en silence, de savoir la souffrance et la jubilation de l'autre, d'avoir fondé un rituel secret, entre moi-même et l'inconnu. Pourtant, personne ne s'était avancé d'entre les fourrés, jamais. Des histoires sentimentales, ça oui, j'en ai eu, quelques-unes, minuscules et frustrantes. Mais qu'on s'avance vers moi, dans la nuit, non. Comme une jeune fille, j'espérais encore que ça m'arriverait.

Au rez-de-chaussée, ça gémissait mais je ne bougeais pas, et les gémissements peu à peu s'arrêtèrent. Le silence était onctueux. Une mélasse brillante et sombre comme celle que l'on donne parfois aux animaux par temps de grand froid. Le silence était ainsi qui s'enveloppait autour de mon crâne, le réchauffant.

Le temps était venu, le temps était là. Mes pas me guidèrent vers la périphérie de la ville. Dans des rues qui ne mènent nulle part en particulier. Des magasins, des entrepôts, des usines. De la tôle et de l'amiante, de l'aluminium, des grillages, des fils barbelés. Des cheminées, maçonnées ou en métal, qui s'élevaient vers les étoiles, des conduits de ventilation et des caissons d'air conditionné. D'immenses parkings vides, de la marchandise entreposée dehors, qui ne se montrait, présentement, à personne : des voitures neuves ou d'occasion, des tuiles, des tonnelles, des pots de fleur en terre cuite ou en plastique, ça dépend de votre budget, des brouettes enchaînées ensemble, des palissades en plastique vert, en bois ou en paille. Tapis dans les coins, de gros camions silencieux. Des flaques, le vent, les graviers, les éternels sacs plastiques errants qui font ici presque partie du monde naturel, et des objets indistincts dont je ne reconnaissais ni la fonction ni la matière.

Et puis vous pensez, tout ça était si proche de ma maison. Quelques kilomètres à peine : on se prenait toutes les saloperies, parce que, j'en étais sûre, tout ça répandait le mal dans le monde, dans la ville. C'était de là que ça venait la maladie, tout, de cet espace neutre et gris, qui palpitait ternement dans l'obscurité. Parmi les containers et les préfas qui ne faisaient penser à rien, se trouvait la source maléfique, lente, presque stagnante dans la nuit d'hiver, qui se répandait partout. La source était ici mais elle était aussi ailleurs. Dans les usines, les centrales, les câbles qui courent sous terre. Dans les pesticides qui l'imprègnent. Je m'en étais toujours douté, mais la certitude à présent avait pris forme, prenait de l'ampleur. Ça m'agrandissait moi aussi. Ça me pompait pleine d'une sorte de rage qui est un sentiment que j'avais jamais connu.

Je marchais sans but dans ces rues qui n'en étaient pas. Il me fallait tout voir, connaître, comprendre, jusqu'au travers du moindre caillou, la nullité de cet espace. Ces cailloux, qui venaient d'abord d'une montagne noire et silencieuse, dont on avait fait s'écrouler des pans en paliers. Précisément pour lui, pour ce gravier anodin, précédemment tapi sous sa forme ample, non fragmentée, de bloc granitique, de nappe rocheuse là sous la terre, sous les couches sédimentaires. De la roche souterraine à perte de vue, palpitant dans le sol. Au fond, tout venait de la terre. Même les diables de levage et les pergolas en kit. Il aurait mieux fallu que ces choses ne soient jamais fabriquées, forgées qu'elles étaient dans les flammes de l'enfer.

Il fallait que je fasse quelque chose. Que j'agisse. J'en étais sûre. Ça n'allait pas tarder. Il fallait que je trouve quoi mais ça n'allait pas tarder. Comme je prenais le chemin du retour, j'entendis un « bonsoir » sorti de nulle part. Je sursautai. « Je vous ai observé un moment, que faites-vous ici ? » insista la voix d'un ton très poli bien que nasillard. Je m'étais arrêtée net, j'écarquillais les yeux comme une ahurie pour mieux y voir, mais ça ne donnait rien. Je craignais un vigile. Bien que j'aie rien fait de mal. On sait que leur présence attire des ennuis... Leur fonction même est d'en créer. Et puis surtout, toute ma vie, j'ai été talonnée par le sentiment d'avoir mal fait. D'avoir agi de manière à ce que je m'expose à divers châtiments ; d'être coupable, quoi. Et après je suis capable de vous dire que personne ne nous regarde, que personne ne nous surveille. Qu'il y a pas de bon dieu ou rien d'autre dans le genre. Ça vous fait rire ? Allons bon. Tout le monde nous surveille. Des puissances nous surveillent. Et peut-être d'autres encore ! Oui, encore aujourd'hui, même maintenant. Je ne comprends pas que vous ayez l'air aussi ébahi. Qu'est-ce que vous croyez, dans quel monde vivez-vous ? Moi j'en sais, des choses sombres que vous imaginez même pas.

C'est bon, vous avez fini de jacasser ? Vous n'êtes pas l'auditoire le plus attentif que j'aie eu. Laissez-moi continuer. Bon, on m'avait appelée, mais moi, pendant ce temps-là, je ne voyais toujours personne.

La voix désincarnée roucoula un petit rire un brin sinistre. « Je suis ici. » Puis, à nouveau, tandis que je tournais la tête : « Ici ». Elle venait d'un coin de bâtiment entouré de cyprès. Je n'osais plus m'avancer. Il me sembla voir briller une lumière derrière les longues formes noires des arbres. « Oui, oui, c'est bien cela. Approchez, je vous prie. » Cette voix dans la nuit m'évoquait irrésistiblement celle d'une grenouille, et tout aussi irrésistiblement, comme elle parlait, je me sentais attirée dans sa direction. En m'avançant, les cyprès dévoilèrent un feu de camp près duquel une silhouette filiforme se tenait. Elle me fit signe d'approcher. Je hâtai un peu le pas, trébuchant. J'étais nerveuse. Je hasardai tout de même un timide « bonsoir ». Je voyais pas le visage de celui qui me faisait face, dans la pénombre, mais son bref sourire refléta les flammes, je vous le jure. « Drôle de soirée pour se balader. » C'était gonflé de sa part, parce qu'en l'occurrence, à être dehors ce soir dans cette zone improbable, on était deux. Mais je ne dis rien.

« Évidemment, moi aussi je suis de sortie, c'est vrai », ajouta la voix après un temps, comme si on lisait dans mes pensées.

Il y eut un silence. Je voulais partir, mais je savais pas trop comment faire. C'était de la folie de m'être approchée du feu, de cette forme dans la nuit qui parlait. Si ma sœur savait ce que je faisais à ce moment précis, c'est-à-dire conspirer dans la nuit avec un parfait inconnu rencontré sur un parking… Heureusement qu'elle était au plus mal, et qu'elle serait pas là pour me cueillir demain matin, quand je rentrerai les yeux cernés et l'air chafouin. Seule la maladie avait permis ça, avait permis que ce soit pensable de sortir battre la campagne. Et je n'avais plus de comptes à rendre à personne, voilà qui m'apparaissait avec la plus grande netteté à présent !

Ainsi fortifiée je m'avançai encore jusqu'à me retrouver au coin du petit feu qui crépitait. Je me disais : « Bon, si on veut rester dans la pénombre, qu'on y reste, ce ne sont pas mes affaires après tout. »

« Sauf que moi, reprit la voix, grinçante, souterraine, sans âge et sans sexe ; sauf que moi je suis toujours de sortie, je vais, je viens. Je ne vagabonde pas, non, j'ai toujours un but et je ne marche pas au hasard. Mais tout de même, c'est mouvementé. Je ne suis pas là par hasard ce soir d'ailleurs, j'ai à faire par ici. Singulièrement laide, cette zone d'ailleurs, n'est-ce pas ? Une Z.A.C. Cet A.C., qu'est-ce qu'il désigne ? Activités, artisanale, commerciale, que sais-je ? Zone à chier, oui ! » Le rire, encore. J'étais surprise de cet accès de vulgarité, le ton et la voix, jusque-là m'avaient frappée parce qu'ils me semblaient plutôt dans le genre distingué. Comme quoi.

« Oh, je plaisante, vous savez, continua la voix. Si on ne peut pas se permettre, de temps à autre, la moindre plaisanterie, l'existence serait bien triste, surtout lorsque comme moi on prend de l'âge, et qu'on a bien du souci. »

Une fois de plus, je dois dire que j'étais surprise. La silhouette était droite, élancée, elle semblait dans la force de l'âge, la voix traduisait même la plus vigoureuse jeunesse.

Elle caqueta comme pour marquer le coup. Je me sentais maintenant plutôt en sécurité. La situation ne paraissait présenter aucun risque particulier, et même, j'étais bien contente d'avoir trouvé quelqu'un qui, comme moi, se plaisait dans la nuit, et qui n'était pas malade. Du coup, je lui demandai :

« C'est parce que vos proches à vous aussi sont malades que vous vous faites du souci ?

– Oh non, pas vraiment. Et puis en quelque sorte, si. Enfin je peux vous en dire quelque chose de la maladie. Voyez-vous, je sais un paquet de choses à ce sujet, un paquet de choses. D'où elle vient, par exemple. Et comment la guérir. Ça vous intéresse ?

– Ah oui, bredouillai-je, ah ça oui par exemple. Qu'est-ce que c'est qui les rend malade, tous, hein ? Et pourquoi pas moi ? J'ai été choisie ? Je sens qu'on m'a choisie.

– Ce serait trop long à expliquer ce soir, ma chère. Et peut-être n'ai-je aucun intérêt à le faire. Je ne sais même pas qui vous êtes. Qui me dit que vous êtes une personne de confiance, une personne de qualité ? Vous me dites avoir été choisie, mais comment le saurais-je ? Je suis en relation avec les sphères supérieures, moi. Les astres, même, et surtout les plus obscurs. Je suis dans leur confidence, ils me chuchotent pour ainsi dire dans l'oreille, même si cela prend une forme tout à fait différente, une forme cent fois plus secrète, incompréhensible pour vous autres. Un chant ; les mystères noirs de la création, le voilà mon royaume. Je ne suis pas n'importe qui, moi, très chère, alors que vous... Et puis je ne disperse pas mes secrets aux quatre vents comme d'aucuns sèmeraient. Qui sème le vent, récolte la tempête, c'est là un adage qui m'est on ne peut plus familier, ma chère, on ne peut plus familier. Je suis dans les affaires, pour ainsi dire. Et je ne peux pas risquer de semer quoi que ce soit dans une oreille sourde, mal embouchée ou même hostile. La vérité, la vraie vérité a un prix, celui de la confiance et de la bonne entente. Il faudrait que je vous connaisse mieux. Revenez donc me voir demain, et peut-être que je vous dirai un petit quelque chose. Mais tout dépend du prix que vous accepteriez d'y mettre, si j'ose dire.

– Attendez, je ne comprends pas bien, je rétorquai soudainement téméraire : je croyais que le prix c'était de me faire confiance. Si en plus il faut que je paye après, après m'être relevée au milieu de la nuit pour venir ici ! Et à pied ! Vous me faites rire ! Vous me faites penser à ces conneries de programmes de fidélité des supermarchés, tiens, les mêmes bêtises pour nous faire revenir, pour nous faire croire que ça vaut le coup ! » Je criais presque, et cette dernière phrase je la lui avais follement jetée à la figure.

« Vous avez raison. Et même ! Au moins les programmes dont vous parlez donnent-ils des preuves de leur bonne foi : des réductions minables et des bons d'achat inutiles. Je vais vous donner, moi aussi, des preuves de ma bonne foi. Ainsi : la maladie vient d'ici, de vous. Pas vous en particulier, n'est-ce pas. Vous tous. Et le seul remède c'est le feu. Maintenant, si vous voulez en savoir plus, revenez me voir demain. Mais à votre tour de me montrer, par la dépense, votre bonne foi. » La silhouette s'approchait en tendant les bras. Je pris peur, mais paralysée, je ne bougeai pas. Elle m'enlaça, chercha ma bouche avec la sienne, prit mes cheveux entre ses mains, les caressaient-tiraient, les ratissaient de ses longs doigts durs. Le personnage, qui jusque-là ne m'avait pas paru appartenir particulièrement à un genre ou un autre manifestait maintenant une franche virilité. Je me dégageai en hurlant, le poussait. Il tomba dans les flammes, hurlant à son tour.

« Cinglé ! » criai-je. Mais je n'en étais pas si sûre, et à ce moment-là, je me demandais même, dans toute cette confusion, si je ne reviendrais pas le lendemain.

Il sauta hors du feu, incandescent, braisé, il avait non pas les yeux fous que je lui attendais mais un regard rusé de comploteur.

« Oui, c'est ça, c'est exactement ça », grogna-t-il avec sa voix de grenouille. Et il plongea sa main dans le feu pour en retirer une branche ardente qu'il me tendit. « Par le feu, je vous l'ai dit, ma chère. » Il plaça la branche entre mes mains en caquetant. Je sentis mes paumes fondre légèrement mais rien de plus. Pas de douleur. Par réflexe, je jetai tout de même la branche en flammes loin de moi. Elle atterrit dans une masse noire qui, quelques secondes plus tard, s'embrasa. Avec le vent, bien sûr, qui soufflait de manière insistante depuis si longtemps, tout était prêt à brûler. Il y en avait partout, de plus en plus, des flammes, des braises qui volaient dans l'épaisseur de la nuit. Bientôt la zone entière était en feu, sans que j'aie eu besoin de faire quoi que ce soit. C'était parti. Et je regardais l'incendie s'étendre. Je ne sentais pas le regard sur moi, mais enfin je me tournai et il était évident qu'il me fixait depuis longtemps. Peut-être depuis toujours. Je crus comprendre alors que cet être que j'avais pris d'abord pour un vagabond, dans cette zone qui n'avait pas même de nom, était – *peut-être*, parce qu'il ne faut jamais jurer de rien et à présent je ne sais plus – était peut-être ce que j'avais imaginé ou su m'observer ces dernières nuits et depuis toujours. Il était ce qui m'avait fascinée et menée dehors, hypnotisée, mise en mouvement. Je n'avais rien choisi, rien voulu, j'avais été guidée par cette volonté extérieure. Je la détestais, mais je savais bien aussi que je ne pouvais rien y changer, que j'avais été choisie. C'était mon destin. Il y avait là-dedans quelque chose de sacré. J'étais presque une sorte de sainte. Même tout à fait une sainte. Un être surnaturel doué de double vision et d'une force prodigieuse. Quelqu'un à qui l'on confie la terrible mission de délivrer ses congénères humains de la maladie et de la mort. Ha ! Vous rigolez moins maintenant !

Devant le feu je restais les bras ballants. Bouche ouverte... Silencieuse... Idiote comme je peux l'être. Parcourue tout de même d'un frisson qui était celui de ma grandeur, mais aussi timide et désemparée. Je me répétais : « Je suis née pour soigner, et voilà, je soigne, je soigne encore. » Il y avait dans ce feu un apaisement.

« Le local poubelle, bien visé », dit enfin la voix. Cette même voix... Cette voix lancinante et ennemie que j'avais entendu mille et mille fois déjà. Cette voix de batracien à longs doigts, qui m'attendait dans l'ombre, mi-haine, mi-désir. Je clignai des yeux et il n'y avait plus personne. Plus rien... Juste le feu qui dévorait cet espace qui m'avait semblé inextinguible, indestructible, éternel, façonné en matières impérissables, dures et flexibles, qui enjambaient des vies humaines, qui n'étaient que des minéraux, des poudres d'étoiles ou de dinosaures... Des météorites et des végétaux décomposés, des choses inertes, la matière fuyante des âges assemblée en agrégats brillants... Porte-étendards de notre monde, infrastructures de nos existences, qui produisaient, produisaient encore... Et qui n'étaient pourtant que le fruit de dépérissements, d'extinctions et de destructions antérieures et qui, peut-être, ne se produisaient qu'en vue de notre propre défaite, notre propre transformation en matière pure, silencieuse, modulable, habitée cependant par la plus malveillante des intentions. Cette dureté carbonique qui semblait devoir résister pour toujours... À tout. Même aux volontés les plus ardentes. La voilà qui s'effondrait sous le coup des flammes. Une de ses manifestations, du moins, mordait la poussière... J'avais de ces pensées...

Je ne devais pas rester plus longtemps. Il me fallait me tailler, et je rentrai à toute vitesse... En trottinant même un peu par moments. La maison était calme et silencieuse. Il faisait toujours noir et vent. Au loin le ciel était illuminé par mon incendie. Ma sœur et ses enfants dormaient. Pas tout à fait paisiblement, et avec de sacrées plaques de vomi à côté du lit et des sales têtes. Ils avaient pas la pêche. Leurs corps ressemblaient à de la cire tiède.

Un peu molle. Qui se répand doucement... Sans trop y paraître... De plus en plus informe.

Je montais dans ma chambre. Il y avait bien plus de déchets que dans mon souvenir. À quel moment avais-je ramassé tout ça ? Partout : recouvrant mon lit, cachés en dessous, éparpillés sur le sol jusqu'à mi-jambe parfois, des masses et des masses de merdes qui ceignaient ma chambre comme des guirlandes malodorantes. Aux murs, de la boue... Des liquides indéterminés dans les coins de la pièce. Je traversai le flot comme s'il s'était agi d'un ruisseau, et les déchets dessinaient autour de mes jambes des ridules. Je me dirigeai vers mon lit, dont j'arrachai les draps, les roulant en boule pour, bien sûr, y foutre le feu.

La chambre flamba, les détritus flambèrent. Les flammes étaient bleues et vertes, soufrées, ronflantes. En sortant, je pensai à ma famille, restée dans la nurserie du rez-de-chaussée. J'allais tout de même leur ouvrir la fenêtre, au cas où ils auraient le courage et la force d'échapper aux flammes. Sinon, il était tout naturel qu'ils en meurent. Je m'éloignai, vers la ville, avec à la main les instruments de la destruction, et au cœur, bien sûr, l'immense bonheur d'avoir découvert ce pour quoi j'étais née. Une vierge vestale. Une gardienne du feu et de la pureté du monde.

Tout me paraissait facile, j'allais de maison en maison, les faire s'embraser avec ce que j'avais trouvé dans le garage avant d'incendier la mienne (des jerricans d'essence que je poussais avec une brouette, des allume-barbecue) était un jeu d'enfants. Je l'aurais jamais cru. La ville, si grise et si laide sous son ciel gris et bas prenait des airs de fête, les hurlements et les cris que j'entendais au loin étaient de liesse. Les illuminations incendiaires de merveilleux feux d'artifice.

Tant qu'il me restait du carburant, je continuais à incendier les cours, les jardins que je croisais sur mon chemin. Quand la brouette ne pesa plus que son châssis et sa benne (les allume-barbecue : terminés, l'essence : partie en fumée), je la laissai au bord de la route, et continuai avec une torche à la main, une de ces ridicules grosses torches de jardin en bambou, que j'avais cueillie au détour d'un incendie pavillonnaire. De temps à autre, j'abaissais la flamme vers un arbre mort, les sièges d'une voiture laissée ouverte, un tas de merdes indistinctes dans une cour, l'herbe séchée par l'hiver ; puis, le jour menaçant de se lever définitivement, les maisons s'espaçant de plus en plus le long de la route et la torche elle-même donnant des signes de faiblesse, je la jetai contre le dernier mur de la dernière baraque du dernier village que je traversai, et je m'enfonçai dans le terrain vague qui faisait suite au bourg. Je trouvai refuge contre des palettes empilées. M'endormis en une seconde.

La pluie ? Quelle pluie ? Ah oui, bien sûr, les inondations. Tiens, c'est rigolo que vous soyez restés là-dessus. Eh bien, oui, évidemment qu'il a plu, un peu plus tard. C'est ça qu'il s'est passé. Oui.

Alors, j'avais commencé à marcher et je ne m'arrêtai pas. Le vent était tombé et le ciel était très nuageux. J'en avais jamais vu autant, de nuages, aussi concentrés, dans un ciel qui semblait minuscule. Ça m'a semblé bizarre qu'il y ait aussi peu de mots pour dire : « ciel », alors que le ciel n'est jamais une seule chose. Pas une chose unie et immobile... Elle a des milliers de corps et de couleurs, de densités, de douleurs et de destins. Mais quand bien même, ce ciel-là, je ne sais pas si on aurait pu dire, si jamais on vivait dans un monde où il y avait autant de mots qu'il y a de ciels, je ne sais pas si on aurait pu dire qu'il avait un nom. Ça se faisait sur plusieurs jours. Des jours où je ne m'arrêtais jamais d'avancer. Et le ciel devenait de plus en plus dingo. J'étais arrivée dans une zone vallonnée, puis carrément montagneuse. Je suivais le fil des vallées. Ici les gens n'étaient pas malades et j'évitais de dire que je venais de la zone infestée, ceinturée de barbelés et de militaires masqués, postés à une distance respectueuse – assez pour pas choper les germes des derniers agonisants. Comme si ça se transmettait ! Quelle bande de cons de n'avoir toujours rien compris !

Dans les journaux sur lesquels je tombais, on commençait à écrire que bien que tragiques, la série d'incendies qui avait frappé une partie de la zone contaminée avait eu l'effet bénéfique de détruire par le feu certains foyers d'infection, freinant la progression de la maladie. On écrivait que les nombreuses victimes à déplorer n'auraient malheureusement pas pu être sauvées, mais que leur mort avait en quelque sorte sauvé d'autres vies. Ça n'était pas du tout mon intention, je dois le dire. Si j'avais pu, j'aurais cramé tout le pays. Punition. Purification. Et peut-être bien que j'allais le faire, il me restait suffisamment de forces pour parcourir encore les campagnes et les villes. Le feu rédempteur à la main. Mais fallait que je retrouve l'inconnu du premier soir, pour qu'il me conseille pour la suite. Je m'empêchais de penser « pour qu'il me dise quoi faire » même si maintenant je sais que c'était ça. Je le cherchais comme on cherche un guide ou un amour perdu. Ce qu'il était : les deux. Mais dans mes pérégrinations qui se déroulaient maintenant de jour comme de nuit, selon que je sois fatiguée ou non, je ne sentais plus jamais que l'on m'observait, que l'on m'appelait, que l'on m'aimait. C'était fini. J'étais rejetée seule sur cette terre dure et froide dont pour quelques nuits je m'étais sentie libérée, et capable de libérer le monde. Je savais déjà que j'avais été choisie, de par mon immunité, mes transes de somnambule, ma rencontre avec la créature, avec le feu, ma force bestiale lorsqu'il s'était agi d'incendier toute une ville.

Je sentais encore dans mon torse les ferments de cette puissance. Ça pouvait repartir à n'importe quel moment. Mais pour l'instant, je me voyais comme un puits asséché ou presque. Il fallait y puiser profond. Fouiller loin... Ici aussi, y avait des zones industrielles et des supermarchés, et d'autres choses dans le genre. En plastique et en métal… Substances sombres et souterraines… Ça me retournait à chaque fois l'estomac mais le problème était trop vaste, et je me sentais tellement seule… Avec mon pauvre corps, mes pauvres nippes, à marcher sur la surface sèche de la terre… Me forçant à oublier les infinités de feu, les étendues d'eau qui bouillonnaient sous sa croûte. J'avais commencé à me couper des mèches de cheveux. À m'arracher des bouts d'ongle. À les jeter contre les façades de tôle, sur les parkings de graviers… Les foutus graviers… Comme une sainte je répandais mon corps, maudissant ou sanctifiant les lieux, les sauvant ou les condamnant par les déchets de mon corps saint. Corps dispensable mais aussi profond qu'une grotte, aussi vaste qu'un océan… Fluctuant comme un ruisseau : mon corps était une source.

La pluie ? Oui. Vous insistez. Voyons voir. Ça s'est déroulé comme suit. Voilà. Donc je ne voyais plus les étoiles sous les nuages épais, mais dans tous les lieux-dits, les villages et les villes que je traversais, les gens restaient longuement dehors, leurs visages inquiets tournés vers le ciel. La peur ! C'était comme les chiens. Ils sentaient que ça venait… Et moi aussi… Et je leur donnais à eux aussi (à ceux qui sentaient que ça n'allait pas tarder et qui attendaient sur le bord de la route) des mèches de cheveux, des rognures d'ongles, quelques gouttes de sang que je me faisais verser à l'aide de mon petit couteau de poche, là, dans la paume de leurs mains. Des morceaux de peau morte que je raclais à l'aide du même. Et ils recevaient. Ils recevaient. Ceux-là qui comme des chiens comprenaient. Ils avaient bien conscience aussi que pour eux, mon corps n'était pas la condamnation à mort que je faisais s'abattre sur ce qui était déjà maudit, c'est-à-dire ces choses, ces lieux et ces idées qui continuaient pourtant encore à attirer l'approbation et même l'adoration générale (vous voyez bien ce que je veux dire, je ne vais pas trop en faire non plus). Non, pour eux, c'était une marque. C'était en quelque sorte une bénédiction... Et ils le savaient, ceux qui tendaient leur paume pour recevoir mon sang... La jeune mère, son enfant dans une poussette et l'autre jouant à ses pieds, qui silencieusement recueillit le petit doigt, l'auriculaire que sous ses yeux je me tranchais, répandant sur le front de ses bébés le sang qui coulait de la plaie.

Un soir, enfin, je le revis. Lui ! Mon amour ! J'avais commencé à ressentir un tiraillement dans la journée et enfin, quand la nuit était tout à fait installée et le ciel plus lourd que jamais, enfin, enfin, dans un de ces terrains vagues qui entourent les gares, les rails rouillés qui ne mènent nulle part, les herbes hautes et les empilements de traverses, les hangars de planches grises ou brunes... Enfin ! Je vis une silhouette de dos. Je n'osais pas trop me rapprocher et je restais, plus loin, à la considérer. Comme je sentais les premières gouttes de pluie s'écraser, je vis la silhouette tourner la tête, lentement, vers moi. La pénombre s'était épaissie avec la pluie tombant désormais de plus en plus fort, mais discrètement encore, avec un bruit de chuchotement excité, celui d'enfants qui préparent une surprise insolente. Et alors là, stupéfaction ! Je vis le visage d'une très belle femme, sur le corps pourtant reconnaissable du vagabond, qui me souriait, riait, hurlait de rire à s'en taper les cuisses à s'en essuyer les yeux. Elle s'arrêta brusquement, et gravement, toujours sans rien dire, me désigna le flanc de la montagne, avec un regard insistant dans lequel subsistait encore l'étincelle de ce que je ne pouvais que reconnaître comme de la pure moquerie. On s'était foutu de moi.

Quoi ? Encore ? La suite ? Si vous insistez. Mais il n'y a plus grand chose à dire de tout ça. Vous connaissez, ça n'a rien de très intéressant. Alors, voilà, je me mis à gravir la montagne qu'il m'avait indiqué. Il pleuvait fort.

Je grimpais sous les trombes d'eau. Toujours plus haut. Toujours plus haut parce qu'il pleuvait toujours plus fort. Il y avait des autres aussi, oui. Plus bas je les voyais qui suivaient le même chemin, silencieux, rapides, trempés. Des cohortes humides dont les vêtements mouillés faisaient des taches de couleur sous le déluge. Des colonnes qui grimpaient à flanc de montagne, leurs objets précieux dans des sacs. Beaucoup de monde en voiture, en camionnette, jusqu'à un certain point, jusqu'à ce qu'il n'y ait plus de route, qu'il soit plus simple de continuer à pied. Voilà, c'est comme ça que ça s'est passé. Plus tard, il y a eu des tentes plantées sous les pins. Des enfants tristes et humides qui pleurent et la pluie se mêle à leurs larmes. J'avais trouvé refuge dans une cabane de berger. Il y avait un châlit, des boîtes de conserve... Est-ce que l'eau est montée jusqu'à moi ? Oui bien sûr, elle est arrivée presque au pied du refuge. Là, miraculeusement, elle s'est arrêtée, à quelques mètres. Pendant tout ce temps, je n'ai parlé à personne. Les autres êtres humains je les voyais que de loin, et personne ne s'approchait. J'en voyais qui faisaient demi-tour lorsqu'ils s'approchaient de trop. Comme si au-dessus du toit de la cabane brillait le symbole de mon infamie. Comme si on avait marqué ma porte d'un signe de sang... Bref, on n'avait pas l'air de vouloir me fréquenter... Le rire de la créature, la dernière voix que j'aie entendu, résonnait dans mes oreilles, encore et encore. Ce rire... Tous les êtres que j'avais tués par le feu m'assaillaient comme des fantômes. Toutes les victimes du déluge lapaient à mes pieds avec les vaguelettes de l'étendue d'eau. Il y en avait, des visages et des pleurs, beaucoup trop. J'aurais pu simplement pour m'y soustraire me jeter dans l'eau et on n'en aurait plus parlé ! Mais c'était trop facile et il fallait que je fasse repentance, pour qu'à ma mort enfin je puisse être absoute d'avoir été piégée, d'avoir succombé aux mensonges, à la tentation du Satan qui alors essayait de prendre le pouvoir sur le monde. Il avait réussi à me retourner pour que je mette en route le processus, la destruction, qui était la suite logique de tout, de tout ce qu'il avait déjà fait.

Oui, le diable, le diable lui-même a inventé les usines, c'est lui qui a inventé tout ça. Les supermarchés et internet ! C'est lui qui a posé le goudron sur les routes pour qu'y roulent les poids-lourds et les autocars, qui de toit en toit a tendu les fils électriques ! Il avait fait tant et tant mais il n'y avait que moi pour cramer tout ça... Il ne pouvait tout de même pas le faire lui-même, il n'allait pas tout brûler. On a beau être Satan, on a sa fierté je suppose. C'était moi. Moi. Il m'avait choisie, moi... Il m'a marquée de son sceau dès ma naissance. Il m'a observée et chérie. Satan a fait de moi cette femme seule et silencieuse. Cette femme méfiante et triste. Satan a guidé ma main, a guidé mes pas, a guidé le feu dans chacun de mes gestes. Auprès des malades, des nouveaux nés, des femmes enceintes et des morts. Satan a guidé les usines chimiques et leur destruction ! Satan a guidé les flammes et le déluge et tout le reste ! Tout ce que vous voulez !... Et puis il m'a oubliée. Quand la pluie s'est enfin abattue, il m'a montré que je n'étais rien. Rien pour lui. Un outil. Il s'était servi de moi mais il ne m'aimait pas. Je ne lui étais rien. Il m'avait jetée. Il ne m'avait jamais aimée.

J'ai survécu. J'ai survécu à tout. Et maintenant je mendie une croûte, un gîte, des riens, jusqu'à ce que la terre m'accepte et que je puisse m'allonger et mourir quelque part dans les fourrés. Parce qu'alors je serai pardonnée par le monde. Mais tant que je ne meurs pas c'est qu'il existe encore de la culpabilité et de la certitude en mon sein. Et il faut que je les dépense. Il faut que chaque jour je les dépense pour enfin être complètement sèche et crever. Il faut que je raconte comment j'ai été l'instrument du diable dans la destruction du monde.

Moi, je n'avais pas oublié mon projet, même si je n'en parlais plus à Mona car j'avais bien compris ce qu'elle en pensait. À présent elle ne se doutait certainement de rien, mais moi je continuais à y réfléchir, et j'échafaudais des plans. Je ne sais pas si c'est vraiment avec la naissance de cet autre bébé dans le village que tout a commencé, comme Mona semblait le croire. Au fond, je ne sais même pas tout à fait ce que je cherchais à atteindre ou à réaliser à travers cet absurde projet de grossesse, si c'était donner un sens à nos existences un peu vides, si c'était agrandir la mienne de quelque chose d'aussi concret, si c'était prendre une revanche sur la mort que nous sentions proche, ou si je cherchais juste à me distraire, si j'étais bornée et que le refus de Mona transformait le désir creux en besoin viscéral. J'étais habitée par le projet lui-même plus que par sa finalité, l'existence matérielle de l'enfant et les diverses tâches et obligations qui s'en suivaient n'étaient pas ce qui me préoccupait le plus. Ce qui est certain c'est qu'autrefois, dans le monde englouti, je n'avais jamais songé à avoir d'enfants. Et même, rien ne me paraissait plus éloigné de ma vie ou d'une vie possible pour moi. Qu'est-ce que j'aurais fait d'un mioche ? Mais il y avait quelque chose, maintenant, qui me rongeait, cette idée lancinante qui ne me quittait pas, je dirais bien qui dévorait mes entrailles mais ce serait aller trop loin et ce serait trop imagé, d'ailleurs je me demande si cette métaphore qui me trottait dans la tête ne venait pas justement créer en moi ce sentiment. Pourtant, ce n'était pas un simple caprice, il y avait quelque chose, autre chose. Cette idée me poursuivait, et la perspective de ne jamais la voir accomplie me torturait.

Au fond, je me posais toujours la question : d'où ce souhait sortait-il ? Peut-être d'abord de la crainte de mourir, de perdre Mona, puis du bonheur d'avoir survécu, et de la volonté de survivre encore et encore. Il y avait là-dedans une soif souterraine ou instinctuelle dans laquelle je ne me reconnaissais pas, mais qui me guidait comme si j'étais enchaînée, attachée, ligotée et que je n'avais pas d'autre choix. J'étais curieuse, tout de même, de voir jusqu'où cette soif m'entraînerait ; j'ai toujours été curieuse, et puis on ne m'a jamais vue cracher sur une aventure nouvelle. Et l'aventure que représentait un enfant – pas au sens niaiseux que certains donnent malheureusement au terme aventure, comme dans « la formidable aventure humaine » ou « l'aventure de vie » ou des choses dans le genre, pas dans ce sens-là, non, mais dans le sens concret de : quelque chose d'inconnu, d'excitant, de bizarre, de dangereux (et puis je réalise en fait que le sens est le même pour tous, toujours, et que mon imaginaire est d'autant plus banal que j'ai cru échapper au lieu commun en m'y jetant aveuglément), bref, cette entreprise bizarre, de la fécondation à la grossesse jusqu'au fait tout à fait délirant de faire vivre et d'élever un autre être humain – car j'y pensais bien sûr un peu ; tout m'était sujet à rêveries et à spéculations. Je composais des poèmes secrets sur le sujet. Je jouais de petites musiques à cet effet avec les instruments que je m'étais confectionnés : une sorte de petite harpe que j'avais mise au point à tâtons et des percussions grossièrement taillées dans du bois mais au son agréable, ainsi qu'un xylophone venu d'une chambre d'enfant, des kazoos. C'était des musiques rituelles de mon cru qui pouvaient, je l'espérais, faire advenir ce souhait. J'aimais marcher avec ma harpe miniature sous le bras pour en tirer les accords nécessaires à son accomplissement. Aux champs, dans les pauvres champs tristes qui sont les nôtres et que nous cultivons du mieux que nous pouvons (mal), j'aime lancer des chansons pour égayer le travail, certaines composées par votre humble servante, que j'enseigne à mes camarades les soirs dans la maison commune, et qui sont accueillies par un enthousiasme variable – je crois parfois que mes amis ici n'ont pas l'oreille musicale, ni la fibre artistique. Lorsque dans les prairies je garde les chèvres, et c'est sans doute mon activité favorite, pour chacune d'elles j'ai une mélodie, une pièce de caractère, que je perfectionne à chaque fois pour qu'elle représente le plus adéquatement possible leurs personnalités aimantes et joueuses, qu'elle évoque avec précision le fumet aigre-doux, enivrant, qui s'échappait de leurs toisons, la délicatesse de leurs sabots, leur façon curieuse et polie de goûter le sel de mes jambes, l'amitié contenue dans un coup de tête léger.

Les chèvres sont pacifiquement indifférentes à mon chant, patientes lorsque je cherche le bon accord, placidement contentes, mâchouillant des brins d'herbe lorsque je déploie tout entiers mes portraits musicaux. Je me suis dit que les chèvres étaient le seul public qui vaille ici et maintenant, parce que certaines choses avaient eu lieu, certaines choses s'étaient métamorphosées. Il était tout à fait vrai maintenant que les chèvres étaient des personnes comme les autres, qu'elles n'étaient pas seulement *notre troupeau*, ni même *nos animaux*, mais surtout *des individus* avec lesquels on vivait, et que ça voulait dire des choses sur nous aussi, et que par conséquent les chèvres formaient un public à part entière pour mes compositions, et pas du tout un pis-aller (sans mauvais jeu de mot). Mais de toute façon, les chèvres, pour moi, c'était fini, je chantais à présent de nouveaux refrains, tout secrètement destinés à mon grand projet secret, et je chantais à présent seule, cachée, secrète.

Enfin, l'arrivée de la vieille avait été déterminante. J'avais ressenti un choc en la voyant pour la première fois, et son récit avait eu sur moi un effet proche de l'hypnose, je la voyais comme un grand vieux serpent qui balançait de la tête, qui m'attirait dans la pénombre forestière. Je lui tournais autour et je me trouvais obsédée par elle presque autant que par l'idée d'enfanter. J'ai toujours eu des obsessions, c'est comme ça que je fonctionne, je ne sais pas m'intéresser aux choses autrement. Mais là c'était encore autre chose. Au cœur de la nuit, je sortis discrètement la voir, car j'étais sûre qu'elle me révélerait quelque chose de mon avenir et de la conduite à adopter. J'en étais certaine : elle tenait les rênes des destins nouveaux se déployant dans les jours post-apocalyptiques, des destins et des jours aux visages déroutants. Elle tenait les rênes parce qu'elle en était l'instigatrice, ou l'une des instigatrices. Je dis l'une, seulement, car il était plus probable que partout, des envoyées, des élus avaient embrasé, tué ; crevé les nuages presque sans le vouloir. Elle faisait partie d'une grande conjuration, dont elle avait été l'un des instruments. J'imaginais du moins qu'il en était ainsi, même si je n'en parlais à personne, et surtout pas à Mona. Ces croyances étaient une barrière fine mais infrangible entre elle et moi, et je n'y pouvais rien. Il me paraissait à moi comme aux autres que tout cela ne pouvait être le fruit du hasard, que cela *voulait dire* quelque chose. On avait besoin de croire des choses pour que tout ça ne soit pas en vain, cet exil, cette violence, cette vie à vide. Même si on avait tout à fait conscience du mécanisme qui nous amenait à nous inventer des histoires, on y croyait de plus en plus, et au fond ça devenait tout à fait vrai, le fait même qu'on ait eu besoin de ces histoires les rendaient réelles, c'était une logique comme ça, nouvelle, différente.

Parfois, lorsque je songeais au déluge et à la destruction, je m'évoquais toutes les jolies filles qui étaient mortes et que je n'aurais jamais l'occasion de connaître, etc., mais j'étais quand même heureuse avec Mona et ça ne me tourmentait pas outre mesure.

Ce n'était pas vraiment tout ce que je loupais qui me tracassait – les fêtes, les amis, les concerts, ce qui m'aurait fait rager si je vivais encore comme avant ; ça, ça ne m'intéressait pas. Au contraire, c'était justement le frisson du renoncement à la vie qui m'exaltait, mais peut-être que c'est le destin de n'importe quelle histoire d'amour. On arrête de vivre au monde, le monde n'existe plus, on l'oublie et on le regrette, on décide de faire des enfants dans l'espoir qu'on se trouve rebranché au flot des choses réelles. Je n'étais pas malheureuse. Comme j'avais changé, de poétesse alcoolique à popote, de séductrice invétérée et triste à partenaire de vie débonnaire. Je crois de moins en moins aux coïncidences, tout ça avait une logique. Ce qui me tourmentait en revanche, c'était plutôt que Mona me refuse quoi que ce soit, qu'elle refuse le souhait le plus profond de mon cœur, et qu'en plus elle refuse à mes idées une potentielle véridicité. Il y avait du mépris dans son rationalisme effréné, et j'avoue que j'étais vexée comme un pou de la sentir si sûre de sa supériorité. Ainsi, je commençai à lui mentir. Peut-être qu'au fond, je n'avais pas tant changé que ça.

Une nuit, donc, j'allai rendre visite à la vieille qui s'était installée dans Tabor comme on s'allonge au bout d'une course, ne bougeant plus de la maison commune où elle s'était accroupie le premier soir, immobile comme une pierre. Je lui demandai d'abord si par hasard elle pensait qu'ils avaient été plusieurs à être choisis et à être à l'origine de la catastrophe (c'était une question que je me posais pour de vrai et qui m'irritait un peu, car elle laissait le système explicatif que je voulais total – bien qu'individuel et modulable – en suspens). Elle ne répondit rien pendant un moment, et me regarda d'un air à la fois agacé et roublard, enfoncée dans son tas de tissus et de fourrures. Elle me toucha les bras plusieurs fois des deux mains en susurrant sur un ton presque courroucé « ce n'est pas pour ça que tu es venue me voir, toi », suite à quoi je lui déballai tout, tout de suite. J'avalais mes mots, je bredouillais, mes explications n'avaient probablement aucun sens. Mais elle m'écoutait patiemment sans rien dire, hochant mollement de la tête et caressant n'importe quelle partie de mon corps à portée de ses bouts de doigts estropiés. Je n'aime pas particulièrement que des étrangers me touchent (par étrangers, je veux dire, bien sûr, des gens avec qui je n'ai aucune espèce d'intimité), mais avec elle c'était différent – je me disais connement et pour plaisanter, histoire de détendre l'atmosphère dans ma tête, que c'était parce qu'elle n'avait pas, à proprement parler, de mains comme on l'entend généralement (rapport aux doigts coupés) ; mais je savais bien que ce n'était pas ça, que j'appréciais même son contact. Il me procurait un plaisir mêlé d'effroi, ça n'avait rien à voir avec ses moignons mais avec elle, elle, cette femme qui avait un pouvoir, qui avait traité avec le diable, qui avait fricoté avec les plus infernales sphères, et qui me touchait à présent.

Je repensais à ce moment où une autrice célèbre s'était soudainement assise à côté de moi dans le métro, et avait jeté un coup d'œil intéressé aux notes que je prenais dans mon carnet pour un poème. J'avais existé, pour un court instant, dans sa vie, elle avait reconnu mon existence comme être humain. Le poème, en l'occurrence, était une niaiserie érotique que j'écrivais pour une fille que je courtisais à l'époque (et qui, à ma honte rétrospective, avait cessé de m'intéresser dès lors que j'avais couché avec elle, quelques jours plus tard) et j'étais gênée que l'écrivaine célèbre lise très précisément ce que je faisais de moins bien, quelque chose où je comparais à demi-mot la chatte de l'objet de mes attentions à un fruit mûr et juteux qui étancherait ma soif ou quelque chose dans le genre, où je m'emportais en lui jurant des serments d'attachement métaphysique. J'avais continué à griffonner quelques instants, mais le poids supposé du regard de l'autrice (qui en réalité s'était détournée de moi presque immédiatement) était tel que je refermai mon carnet et restai assise rigide. Et à présent, l'intérêt de cette envoyée des enfers, qui avait frayé avec Satan lui-même, me faisait comiquement le même effet que la courte attention de l'écrivaine, et de même, j'avais un peu le sentiment de lui montrer ma face la moins glorieuse – pas la conquérante solaire que je m'imagine être parfois mais la chienne en chaleur, perdue, tournant en rond, incohérente, enivrée de fertilité, un peu dégueulasse. La vie est pleine de surprises, c'est une vérité qui ne se dément jamais.

Mais tout ça, c'était des souvenirs et les souvenirs ne valent rien, l'autrice était presque certainement morte à l'heure qu'il est, noyée, noyée, disparue définitivement de la surface de la terre (ou alors devenue miséreuse comme moi, un fichu sur la tête et les ongles endeuillés), et de toute façon, comment pouvais-je oser la comparer au diable ? Mon insolence me ravissait, me faisait reprendre du poil de la bête, j'étais *aussi*, *toujours*, une dangereuse cynique, pouvais-je ricaner intérieurement.

Sans doute que nous ne pouvons nous empêcher de voir quelque chose de diabolique dans le pouvoir ou la notoriété – mais quel pouvoir pouvait avoir sur moi la vieille, si ce n'est celui d'avoir fréquenté du beau monde ? Pourquoi son contact physique, l'attention qu'elle me portait me procuraient-ils un tel plaisir ? Je me sentais toute frétillante, consciente qu'elle avait bien sur moi un ascendant.

Elle m'écoutait attentivement, ne posait pas de questions.

Mais comme je lui déversai mon désir de concevoir un enfant, il m'apparut enfin pour ce qu'il était : extravagant, un caprice dégoûtant, j'avais mieux à faire. C'était comme si je m'éveillai d'un rêve interminable et pénible, l'haleine fétide, les membres gourds, la tête lourde ; malade. J'avais envie de partir en courant, d'annuler cette conversation, de revenir à un état neutre, pas cette panique animale qui m'obligeait à aller parler de copulation à une vieillarde en fourrure au milieu de la nuit. Mais c'était trop tard. Tout comme le rêve d'enfanter s'était refermé sur moi, m'empêchant même de penser à autre chose, l'épanchement émotionnel auquel je m'étais livrée – auquel je me livrais encore, malgré moi ! – m'enchaînait irrémédiablement à l'accomplissement de ce que je projetais. C'était comme si la vieille elle-même tissait la corde qui ne me relâcherait plus. Une nouvelle panique, celle de la volonté cette fois, m'envahissait mais je ne m'arrêtais pas de parler pour autant, et il me semblait voir passer dans ses yeux mi-clos un scintillement de plaisir. Elle me dégoûtait. Je ne parvenais pas à m'arracher à son emprise, à la toile qui m'engluait.

Elle me répondit, en me caressant les bras à un rythme trop rapide pour être de quelque manière agréable : « Si tu le veux vraiment, on entendra ta prière. Mais il faut pour cela accomplir certains rituels, et les voici. » Elle me les énuméra avec patience, répétant à deux reprises leur succession. C'était une suite de gestes. Certaines plantes, décrites de manière imprécise (« tu sais, celles qui poussent partout avec des grosses feuilles plates »), seraient également nécessaires. Elle relâcha mon bras et je détalai. Mona dormait quand je rentrai et je me terrai contre elle en l'enlaçant. Elle grogna et se dégagea de mon étreinte. Il fallait à tout prix que je sois près d'elle, et je me collai contre son corps réchauffé par le sommeil, mais je ne parvenais pas à m'approcher suffisamment, j'étais toujours trop loin, j'aurais voulu creuser un terrier en elle pour me loger au plus profond de son sang endormi. Je me sentais seule, désespérément seule.

Mais les jours suivants, comme un zombie, je commençais à accomplir les rituels. Il y avait des piles de cailloux à faire, des fleurs à aller chercher dans les bois. J'errai seule sur les chemins, je n'accomplissais aucune de mes tâches. Personne ne me le reprocherait, bien sûr, mais je sentais déjà se poser sur moi le voile de la désapprobation générale dirigée contre les traînardes dans mon genre. Je marchais sans but, ma harpe, dont je ne jouais plus, sous le bras (la puissance supérieure des rituels prescrits avait détruit l'attrait ou même la possibilité de me livrer à ceux que j'avais inventés), contrainte parfois, par une force que je ne connaissais pas, à ramasser certaines brindilles, certaines pierres sur le bord du sentier, les rangeant dans le sac avec lequel d'ordinaire je transportais les plantes que je venais cueillir pour Mona et sous ses instructions. La transmutation de la fonction de la sacoche, ce contenant de simples magiques, me paraissait une très basse trahison. Je n'avais évidemment toujours rien dit à Mona.

Il faudrait ajouter, pour être tout à fait juste, que Mona ne voyait pas dans sa pharmacopée une quelconque forme de magie ; et puis aussi que la trahison était de toute façon pour elle une notion assez floue, sans doute qu'elle s'en foutrait totalement, si par hasard elle était mise au courant de mes divers agissements, sans doute que ça lui serait tellement égal qu'elle écouterait à peine, ne marquant même pas une pause dans la succession de ses gestes (elle serait évidemment occupée à faire autre chose, comme toujours) ; mais moi, je ne pouvais m'empêcher de ressentir mes actes comme une série de petites déloyautés qui devait peser d'une manière ou d'une autre sur le tissu de l'univers, aussi chaotiques et désordonnées que soient ses mailles. Et on ne sait jamais ce qui peut découler de ce genre de situations. Ce n'est pas que j'y croie particulièrement, c'est une mesure de prudence, je dirais.

Et ainsi, je procédais aussi par prudence, me frayant un passage dans l'épaisse forêt de l'ensorcellement, dans laquelle je ne connaissais rien, ni arbre, ni sentier, ni ruisseau. Je n'avais aucune envie de m'y trouver mais je n'avais pas le choix ; et je n'avais pas d'autre choix, non plus, que de m'accroupir pour cueillir tel champignon ou telle écorce vaguement désignés. Une puissance invisible appuyait sur mes cuisses, me forçant à fléchir les jambes. Je cédais toujours. C'était plus fort que moi et j'en souffrais. J'étais sacrément embêtée.

Je tapissais mon sexe de mousses à contrecœur, en ricanant, mais avec un vrai sens du devoir, frottais mon visage de feuilles de noisetier. Je reniflais mes mains aux odeurs astringentes de végétaux, dans l'air froid j'urinais sur des tas de pierres et de brindilles soigneusement échafaudés que le jet faisait s'effondrer, selon une logique probablement oraculaire. Je revenais honteuse vers Mona. Je n'arrivais même pas à lui parler de banalités, je restais silencieuse et rougissante, comme une jeune amoureuse, mais en réalité j'étais dévorée de culpabilité. Pourtant, qu'avais-je fait ?

Je m'étais sentie observée dans les bois.

Mona, elle aussi, était préoccupée. Elle rendait visite à Luisa, la trouvait mal en point malgré l'attention générale et la nourriture qui s'accumulait à ses pieds, qu'elle dévorait sans discontinuer. Mona tentait de lui administrer des herbes que la vieille refusait, secouant la tête en souriant. Nous parlions peu. Je continuais à accomplir ce qu'il fallait que j'accomplisse, jetant une poudre minérale dans l'âtre, avalant chaque matin trois de mes cheveux, faisant bouillir au lever de la lune du lait de chèvre et de l'huile, mélangés d'un petit peu du précieux sel que j'avais volé à la réserve, et de baies de laurier. J'étais retournée voir Luisa presque chaque nuit, et chaque nuit, elle m'avait donné des nouveaux conseils.

Un de ces soirs, elle m'avait attirée tout contre elle, près de son visage (son haleine sentait un peu les pommes pourries), et elle me susurra que « demain c'est le grand jour, demain ! » Je ne savais pas de quoi elle parlait. Je m'étais rendue compte ces derniers temps (avec une lenteur surprenante, mais peut-être que c'est là le véritable secret de la pensée magique, une suspension de ce que l'on tient pour davantage ou plus spécialement vrai), que malgré tout ce que je faisais, il paraissait relativement improbable qu'un embryon apparaisse dans mon ventre par l'opération du saint-esprit. Je ne voyais donc pas trop comment demain pourrait être le grand jour. Je ne savais même pas ce que je faisais encore là. C'était comme aller rendre visite à une vieille parente ennuyeuse, une corvée. Je souris avec patience.

Je la remerciai poliment en évitant de la regarder dans les yeux, en me détournant de son haleine. « Demain ! » cria-t-elle à nouveau, en me croquant le bras.

Je hurlai à mon tour, pas fort du tout cependant, pour ne réveiller personne, et la repoussai violemment – ses dents en me mordant s'étaient accrochées dans mon bras, ses yeux étaient fous et j'avais la crainte qu'elle ne m'arrache véritablement des bouts de chair. Elle riait silencieusement, l'œil aveugle tournoyait dans son orbite, le corps secoué, dégoûtante. Je la poussai une nouvelle fois, un peu inutilement, contre le mur, sa tête résonna d'un bruit satisfaisant en le heurtant et elle rit de plus belle. J'étais tétanisée, j'avais une envie presque irrépressible de la battre, d'entendre encore ce crâne peiner sous les coups, mais je réussis à me contrôler. Je la haïssais comme je n'avais jamais haï personne et je ne pus m'empêcher de cracher dans sa direction, de dépit, quelque chose que je n'avais jamais fait de ma vie non plus. Décidément, l'existence est pleine de surprises, me dis-je à nouveau alors que son rire finissait en un gloussement moqueur. Elle cracha à son tour par terre et quand elle releva la tête son œil valide était dur et méchant, vidé de toute la bonhommie un peu gâteuse qu'elle y avait mis depuis qu'elle était avec nous. J'eus un mouvement de recul parce que ma première pensée, face à cette œillade haineuse, était qu'elle désirait me tuer. Elle soutenait mon regard, et je ne pouvais m'en détourner, je continuais à reculer la peur au ventre, et je commençai à sentir des dizaines de toutes petites mains invisibles caresser mon corps et le pincer, lui administrer de petites tapes, le grignoter, tout comme l'avait fait Luisa, tant et si bien qu'il finirait peut-être par disparaître, ou qu'il serait en tout cas meurtri, contusionné, rompu ; la panique me gagnait et je me sentais suffoquer sous les pressions de ces assaillants minuscules et sans substance, prête à hurler mais sans pouvoir émettre aucun son, je ne respirais déjà plus du tout, mes yeux s'exorbitaient, je n'arrivais même pas à agiter les mains pour écarter les démons qui me tourmentaient, je sombrais déjà dans l'oubli de tous, l'oubli des âges, je mourais, vraiment – et soudainement tout cessa et j'étais seule, seule sous le ciel noir impénétrable, et il n'y avait rien d'autre que le vent qui soufflait autour de moi, avant de retomber dans la nuit devenue calme et immobile.

Le lendemain, Luisa était partie, et un peu plus tard, Jonas arrivait. Je ne me suis pas posé beaucoup de questions. En l'apercevant pour la première fois j'ai pris un coup au cœur. Je savais que la vieille avait tenu parole, et qu'il était impossible à présent d'échapper au dispositif qui m'attendait, ouvert et patient, avec des désirs en appâts.

J'ai agi comme un automate, je l'ai attiré en dehors du village, seuls, de nuit, tout de suite, sous ce prétexte fallacieux, et nous avons baisé. J'ai fait tout ce que je devais faire et je me suis laissée submerger par une vague de violence, une fois de plus, et je ne sais pas d'où elle venait. Le frapper était délicieux : voir sa souffrance et son plaisir sous mes coups, comme le prolongement enivrant de la brutalité qu'avait instillé en moi la veille en me mordant. Mon corps était plein. Je me sentais incarnée, présente dans ma chair comme jamais. Et c'est peut-être de là qu'est née, rapidement, mon attirance saugrenue pour Jonas, tout aussi saugrenue que le désir originel qui me poussait à devoir coucher avec lui en premier lieu, et qui devint dévorante, plus dévorante que tout ce que j'avais jamais connu – même si je sais bien que c'est toujours ce que l'on se dit au début, au début de tout, quand le corps de l'autre est encore inexploré et brille phosphorescent dans la pénombre, quand l'autre paraît un météore fantastique tombé par hasard, et, extraordinairement, à côté de soi.

J'étais habitée par la passion. Jonas me laissait à la fois indifférente et complètement affolée de désir. Je me foutais de ce qu'il pouvait bien penser de moi, de savoir s'il avait même pour moi de l'affection, mais sa présence et sa pensée m'étaient essentielles. Il était doué dans mon esprit d'une sorte de qualité prophétique. Son arrivée m'avait été promise et le voilà, et je ne pouvais pas me passer de lui.

Mon amour pour Mona était incomparable – incomparablement plus profond mais aussi plus paisible, immense, étendu comme un long grand fleuve. Pourtant, ce même amour était à la racine de ce que je ressentais aujourd'hui pour Jonas. Je voyais bien la logique derrière tout ça et je n'étais plus effrayée. J'avais une certaine mesure de contrôle sur ce que je faisais. Et encore, je vis immédiatement les répercussions de mon appétit physique pour Jonas sur mes relations avec Mona : Mona aussi me rendait folle de désir. J'étais comme possédée.

Nos relations prirent assez vite un tour régulier. Je ne pouvais pas rester loin de lui trop longtemps. Chaque matin naissait avec la promesse d'apercevoir, même de loin, le visage de Jonas. Son visage mou et blanc, que j'avais tout d'abord trouvé ridicule, prenait plus de définition, devenait plus dur, les contours plus dessinés dans la lumière du printemps croissant. Nous trouvions du temps au moins une ou deux fois par semaine pour nous rejoindre, secrètement, dans les bois, dans les champs, sous un prétexte ou un autre, un hasard heureux qui guidait nos pas dans la même direction sans que nous le sachions tout à fait, sans tout à fait que nous ne l'ignorions. Chaque fois que j'apercevais sa silhouette, de loin, ses épaules rondes ou l'inclination de sa nuque, sa démarche ; ou son œil qui se faisait un instant brûlant (ridicule, oui, mais presque plus) lorsque le soir tous mangeaient dans la maison commune et que nous étions encerclés par des autres, notre lien restant secret et silencieux, au milieu des voix et des regards qui circulaient le long des tables, sous le plafond bas et sombre de la salle toujours un peu enfumée ; à chaque fois mon corps semblait se rompre en deux, mes yeux se pliaient, mon souffle cessait un instant. Et chacune de nos rencontres, que nous échangions juste un mot ou que nous fassions l'amour, ouvrait dans mes veines une dimension de mort. Je n'étais plus rien dans ces moments-là. Lorsque je pensais à ma vie avant que cette passion n'existe, j'étais assommée par un sentiment d'ennui accablant, mon existence jusqu'à ce que je pose les yeux sur Jonas était pénible et fade. Il m'était incompréhensible que j'aie pu tenir jusque-là, il m'était presque impossible de n'être pas près de lui à chaque heure du jour.

Bien sûr, dans le même temps, je ne pouvais m'empêcher de trouver tout ça platement con et j'en riais parfois seule, non pas du sourire nigaud du bonheur amoureux, mais avec un petit caquètement. Ce Jonas n'avait rien de particulier. Évidemment, le sexe avait quelque chose de fascinant que je n'avais pas connu jusqu'alors (les hommes ne m'avaient jamais particulièrement intéressée), mais je soupçonnais qu'il s'agissait peut-être d'autre chose que d'une simple attirance physique, ou, pour utiliser ce terme exaspérant, d'alchimie. Et surtout, la pensée de Mona me tourmentait de plus en plus. Je ne lui avais rien dit, évidemment, je n'avais rien laissé paraître, je jouissais du secret de ma vie menée seule, après ces mois et/ou ces années (qui sait ?) de fusion. Mais je savais que j'agissais mal, et à plus d'un titre. Non seulement j'allais contre sa volonté, non seulement je couchais avec quelqu'un derrière son dos et en plus avec un homme, ce qui n'arrangeait rien à l'affaire, mais surtout j'allais contre elle, contre ce en quoi elle croyait. Sa conviction de la nécessité de notre disparition en tant qu'espèce et en tant qu'individus était paradoxalement l'ossature qui structurait sa vie. Le plus grand mal qui puisse advenir selon elle était précisément que les communautés humaines, se détachant de la relation de basse intensité qu'elles maintenaient entre elles et avec le monde naturel qui les faisait vivre, croissent et se multiplient à nouveau. La volonté du cosmos, et il en avait certainement une, était celle d'un long et lent amenuisement, l'étiolement des fils de la vie humaine jusqu'à ce que la fibre effrangée rapetisse et se perde au point de ne plus rien être. C'était la seule concession que Mona acceptât de faire à une pensée semi-poétique, ou mystique : penser un univers conscient.

Le cosmos aveugle (conscient mais aveugle), selon Mona, reprendrait complètement ses droits. Et c'était cette volonté aveugle d'un cosmos aveugle que nous devions suivre, parce que c'était l'ordre des choses, l'ordre supérieur des choses. Je me disais parfois que Mona était complètement folle (ce en quoi je l'admirais), mais elle semblait habitée par plus de raison que nous tous, que moi certainement. En tout cas elle avait plus de rigueur, une constance dans la croyance dont aucun d'entre nous ne pouvait se vanter. J'étais incapable de m'empêcher, par moments, de la croire, de la suivre comme avant dans son raisonnement extravagant, ou en tout cas de me haïr pour la trahison abjecte qui se jouait dans mes escapades sexuelles contre sa cosmogonie personnelle. Je savais que je faisais quelque chose de mal, de très mal, de profondément mauvais, voire de carrément satanique. Mais j'étais comme ensorcelée, et si j'étais tout à fait honnête, je retirais de cet état un plaisir tout à fait conscient, facile et franc. J'aimais mon état de passion, j'aimais, en tout cas dans un sens du terme, Jonas ; j'aimais même mentir à Mona.

La vieille est restée à Tabor. Un jour, deux jours, une semaine. Elle part pas. Elle bouge peu, demeurant dans la maison commune, au coin du feu. Ne parle pas non plus, sauf si on lui adresse la parole, et alors c'est à peine si elle desserre les lèvres, elle qui a jacassé pendant des heures le premier soir à nous en donner mal à la tête. Mais enfin, même si son discours en a fatigué bon nombre d'entre nous, une aura de respect craintif a commencé à se former autour d'elle. Nous qui composons Tabor, nous n'étions pas tous présents le soir de son conte, mais l'histoire s'est évidemment répandue, en s'augmentant de détails dont on ne sait plus trop s'ils sont ou non apocryphes. C'est sans importance.

Depuis qu'on est là, une espèce de récit s'est formé peu à peu. Il dit : nous sommes choisis par Tabor pour y fonder un monde nouveau, le dernier monde magique, lavé de toute faute mais aussi de toute morale. La morale comme la faute, ça a trait à des choses individuelles, à des organes et des mouvements qui n'appartiennent qu'à un corps, enfermé dans une seule peau. Nous, c'est différent. C'est pas qu'on soit grégaires, on est mieux que ça. On partage la sensation du monde, et on en partage le sens. Bien sûr, nous agissons comme des organismes séparés, mais on se pense aussi comme un vrai corps commun qui prime sur le reste, et qui agit et c'est tout, il n'y a pas de mal ou de bien. Tout ça ce sont des choses qui sont arrivées doucement, comme des courants d'air ou des odeurs, des choses légères qui s'impriment dans le cerveau. On sent aussi – peut-être que ce sont des informations subtiles portées par la forme des plantes ou du vol des oiseaux, qui sait ? – que ça va aller plus loin, que ce qu'on vit ce n'est qu'une phase qui nous emportera ailleurs. Bientôt, sans aucun doute, viendront les signes de l'ouverture en grand et pour de vrai d'un monde nouveau qui repose, dans l'attente, juste de l'autre côté du voile de la réalité. Le monde présent, celui de Tabor, c'est l'ultime épreuve, il se rompra comme il s'est déjà rompu, dans un craquement qui sera celui de la terre, des eaux, des astres réunis, et comme un coquillage qui s'ouvre, il montrera des nouveaux paysages.

Un truc continue vaguement à nous ennuyer, même dans l'insouciance. La culpabilité d'avoir participé, de manière si infime soit-elle et sans doute même pas volontaire, à l'inflation menant au cataclysme. La tristesse d'avoir perdu toutes les personnes auxquelles on tenait, de les savoir mortes et grignotées par le sel de la mer, par des poissons, par des créatures terrestres variées. Un peu par notre faute, donc. Une peine morale. C'est ce qu'on se dit. Mais ce sont également des sentiments collectifs, on est tristes et coupables ensemble (et on met du pluriel ici mais tout aussi bien ça pourrait être du singulier pour ce que ça change).

Ce qu'on craint aussi unanimement mais à demi-mot, c'est qu'il n'y ait là-dedans aucun ordre, aucune logique, que nous soyons juste perdus sur une terre malade et détruite, qu'il n'y ait aucun remède. Ce que ça veut dire : on fait les malins mais au fond du fond on est sûrs de rien, et même si cette incertitude elle aussi est collective, comment on sait que c'est une preuve ?

Cependant la vieille Luisa introduit un inattendu assez agréable, qui nous traverse d'un petit courant de plaisir, quelque chose qui résout la question : tout est de sa faute à elle, et, plus précisément, de celle du diable qui aurait désigné Luisa pour réaliser ses basses œuvres. Qui aurait inspiré tous les développements industriels ayant mené à la catastrophe. Tout cela venait non pas de passions condamnables, humaines et connues, c'était une force surhumaine et souterraine, malveillante, qui infléchit les actions, qui morcelle l'univers et les êtres, se niche en eux, les parasitant, courbant les consciences pour servir le mal, un mal qui couvre tout comme une nuit, qui s'infiltre partout, qui tue, déchire, condamne, tourmente, lutte, maltraite. Qui traverse et inquiète. Qui fait pleurer les soirs de solitude ou de peur : rien, jamais rien n'est possible, songe-t-on alors, l'empire de la mort s'étend partout.

Et alors Luisa aurait fini par tout prendre. Ce n'était pas vraiment de sa faute non plus, pas définitivement. Elle avait été l'un des instruments, elle était comme un paratonnerre qui avait dévié le mal de nous, en dernière instance. Ok.

Son récit est présenté sur un plateau, et presque sans la moindre mauvaise foi, on peut s'en emparer et éclaircir un point qui nous causait auparavant un certain souci.

Le diable ça peut très bien être l'asphalte qui a empêché l'eau de s'écouler, les arbres coupés qui ne repoussent plus, qui laissent à jamais le fantôme de leurs souches pourrissant dans la terre devenue toxique, spongieuse et morte ; ça peut être des usines, des camions, des sacs plastiques qui soufflent dans le vent. Ça peut être des épidémies préhistoriques libérées de la glace définitivement fondue, des épizooties nées dans les élevages intensifs. Pourquoi pas ? Ça voudrait dire : oui, indubitablement ce sont des humains qui ont fait tout ça, faire fondre la glace millénaire et jeter leurs papiers gras par terre, mais est-ce qu'ils n'exécutaient pas les ordres d'une volonté maléfique, *qui n'avait rien à voir avec eux* ? Ça expliquerait pas mal de choses. Les humains avaient été intoxiqués par le virus du mal, voilà, la grande volonté de ce virus fragmenté en des milliers de contagions. Chaque contagion poursuit le projet de l'accroissement de l'épidémie. On peut être porteur sain. On peut avoir juste des poussées. Pourquoi ça ne pourrait pas être ça ?

La vieille reste donc et son emprise gagne doucement tous les esprits, elle se tient accroupie silencieuse au centre, tenant entre ses mains blessées tous les fragments de nos destins. Certains d'entre nous, de plus en plus nombreux, lui apportent à manger, la nourrissant même, comme un bébé, avec une cuillère en bois, raclant la purée coulant de ses lèvres qui sourient ironiquement. Lorsqu'elle fait quelques pas pour s'éloigner de l'âtre, nous la regardons tous avec attention, même les plus méfiants. Elle se dirige vers un jardin ou un autre, touchant la terre de ses doigts, caressant une tige, une vrille ou une feuille nouvellement née, marmonnant des trucs. Ces moments sont toujours source d'inquiétude : certes, elle détient un savoir supérieur qui fait d'elle un être magique, mais la manière même dont elle l'a acquis, imprégnée de violence, est effrayante. Ne risque-t-elle pas d'attirer une forme de malchance en marquant de son sceau notre terre et nos plantes ? Que faire si les fèves pourrissent sur pied, si les lentilles se flétrissent et meurent ? On craint une explosion de colère ou de stupre et on évoque en riant la possibilité qu'elle se couche dans les jeunes pousses de blé pour se masturber, avant d'y mettre le feu. On rit mais on s'inquiète, et peu à peu la présence de la femme devient non plus objet de fierté (elle nous a choisi, nous, Tabor !) mais de préoccupation. Nous la regardons avec méfiance : la messagère a progressivement été souillée par son message. Et finalement, nous voulons qu'elle parte. Mais elle semble n'avoir aucune intention de décamper. D'ailleurs, elle quitte de moins en moins le coin de l'âtre, pourtant froid la plupart du temps, dans la maison commune. Ses deux yeux se ferment, les paupières closes et collées bougent lorsque les globes oculaires roulent follement en dessous. Éveillée, elle trace dans la cendre de vagues signes du bout d'un bâton. On l'observe, on la nourrit de plus en plus, on la goinfre : surtout ne pas provoquer son mécontentement. Elle est arrivée famélique, on imagine l'apaiser en la sustentant. Elle se balance en silence, elle n'ouvre plus jamais la bouche sauf pour avaler des quantités incroyables de bouffe, habitée par une faim apparemment sans limites ; ou pour y fourrer l'embout de sa flûte en plastique. Elle en tire quelques sons stridents, la repose, fait des grimaces semi-comiques à l'attention de n'importe qui.

Un matin, assez tôt, les premiers levés l'aperçoivent assise sur le pas de la porte. Elle s'est recouverte de toutes les fourrures qu'elle avait semées autour d'elle près de la cheminée, on dirait à nouveau un étrange petit animal. Son œil vif observe les allées et venues. On l'observe aussi. On ne sait pas trop quoi dire.

Valérie se penche vers la femme qui caquette sans rien dire assise par terre, et qui finit par se lever. Elle marche. Valérie la suit, par curiosité, peut-être, ou par inquiétude. Elles contournent les dernières maisons, s'avancent vers les bois. Nous avons arrêté de travailler, nous sortons sur le pas de la porte, nous levons la tête, où se dirigent-elles ? Une rumeur se répand entre les maisons. Nous posons nos outils, nous décourbons l'échine et nous aussi nous suivons les deux femmes qui s'enfoncent dans les sous-bois.

La vieille marche vite, par moments, comme le premier jour de son arrivée, elle se met à courir à quatre pattes, les peaux qui l'enveloppent volent au vent et elle pousse de petits grognements. Nous nous mettons tous à trottiner derrière elle, et la forêt est emplie d'un plaisant vacarme : nos pas, les outils que certains ont gardé à la main et qui cliquettent dans la course, nos voix et nos rires. La vieille galope à quatre pattes et accélère, on court derrière elle en hurlant de rire, elle est d'une rapidité stupéfiante et nous avons du mal à la suivre. Puis tout à coup elle se relève, se remet à marcher comme si de rien n'était, tourne la tête vers nous pour nous regarder d'un air inquisiteur, presque perdu : qui sommes-nous, pourquoi la suivons-nous ? On a recommencé à marcher aussi l'air nonchalant, on a les mains dans les poches, on sifflote un peu bien qu'on soit essoufflés. On sait que ce sont là encore des blagues muettes qu'elle nous adresse par-dessus son épaule. On joue avec elle aussi. Elle se retourne pour nous faire des clins d'œil.

Enfin, la vieille s'arrête près d'un ruisseau qui coule entre deux berges de mousses roussettes, tapissées d'aiguilles de pin. Elle s'allonge là, au sol, et nous regarde par en-dessous. Son air malicieux a disparu. Elle ferme les yeux et laisse reposer sa tête sur un bourrelet de fourrure. Elle ne bouge plus du tout. Valérie soucieuse essaye de lui parler. Pas de réaction. Elle semble inconsciente. Valérie tâte son pouls mais ne détecte rien d'anormal. Quelqu'un pousse la vieille du pied, une autre lui secoue un peu l'épaule. Rien. Il est difficile de savoir s'il s'agit de l'une de ses plaisanteries incompréhensibles ou bien si elle est sérieuse. Elle oscille toujours entre le jeu et le solennel et puis souvent les deux se mêlent. Mais elle ne bronche pas. On dirait une gamine qui ferait semblant d'être endormie ou morte. Mais tout aussi bien elle pourrait déjà dormir tout à fait ou même être carrément cannée sans en donner les vrais signes, parce que la régularité de la mort elle-même peut s'être égarée. Nous restons là un moment, à la regarder, étendue au pied de son arbre, mais comme rien ne semble se passer, peu à peu, nous reprenons le chemin du retour. On lui a laissé du pain, un fruit. Elle n'ouvre pas les yeux à notre départ.

Quand nous sommes rentrés, Jonas était déjà apparu. Les rares restés à Tabor nous l'ont raconté, comment il s'était matérialisé au bas de la colline, comment il était monté doucement, plaçant un pied devant l'autre d'un air concentré, comment il était propre, net, rasé de près. Mince, il sentait même assez bon !

La vieille était partie, Jonas était là à présent. Nous les nourririons tous deux. Jonas nous rappelait à tous, par sa mise soignée et sa peau propre, le temps d'autrefois. Il prenait un soin infini en toute chose et nous avons fini par oublier sa présence, ou du moins son caractère exogène : il mimait à la perfection, avec une application remarquable, chacun de nos gestes, nos mimiques et nos manies, les vagues traditions que nous avions instituées. Il les maniait toutes avec aisance à peine une semaine après son arrivée. Il s'intéressa particulièrement à ce que nous disions de la vieille, et puis, bêtement, à Mona et Valérie, qui n'étaient pas à proprement parler les cheffes de quelque manière que ce soit (car nous n'avions pas de chef, de gouvernement, de conseil, il nous avait semblé tout à fait naturel de laisser faire les choses et les choses s'étaient faites, et il se trouvait simplement que Mona et Valérie étaient intelligentes et avaient souvent de bonnes idées, mais seul un étranger aurait pu penser que cela leur conférait un quelconque statut supérieur, car qui pouvait dire que telle ou telle idée venait directement de Valérie par exemple, même si elle était accomplie par Valérie, elle aurait pu tout aussi bien se déployer dans le geste d'Amine ou de Natacha et il n'y avait aucune raison de penser que Valérie avait sur nous une sorte de prééminence ou d'ascendant, toutes les idées circulaient et prenaient corps dans ceux de nous qui à ce moment-là étaient capables de les accomplir, ce qui ne laissait rien présupposer des capacités individuelles de chacun, mais plutôt des états de circulation des concepts, des décisions et des affects, dont on ne pouvait imaginer qu'ils se rattachent avec plus ou moins de richesse à l'une plutôt qu'à l'autre). Mais enfin toujours est-il que cet étranger, Jonas, malgré toutes ses singeries, ne comprenait pas tout à fait comment les choses se passaient ici et il nous demeurait étranger par là-même ; et il s'intéressa donc à la vieille et à ce que nous en disions, et accompagna quelquefois ceux qui décidaient d'aller la voir pendant les quelques semaines où elle vécut dans les bois. Il la regardait alors par-dessus nos épaules sans rien dire, et semblait parfois agité d'un rire silencieux et presque hystérique. Il était alors secoué de tremblements nerveux, s'étouffait, essuyait spectaculairement ses yeux et nous jetait des regards hilares.

La vieille, elle, ne mangeait plus et n'ouvrait pas les yeux. Plusieurs d'entre nous avaient pris l'habitude d'aller la voir, quand nous avions un peu de temps, et de lui raconter nos secrets, nos chagrins si nous en avions, nos pensées intimes. Elle ne montrait aucun signe de compréhension, ne réagissait pas. Parfois elle se tournait ou soufflait dans son sommeil, ou marmonnait quelque chose d'inaudible. Il fallait alors que nous discutions pendant des heures pour savoir ce que cela signifiait par rapport au problème qu'on lui exposait et les interprétations étaient toujours ardues, nous tombions rarement d'accord, et d'aucuns concevaient une certaine tristesse de cette illisibilité (et si l'une d'entre nous seulement était triste, nous l'étions tous). Elle avait ouvert une voie nouvelle pour comprendre nos vies, nous avions compté sur elle, et maintenant son mutisme nous paraissait un abandon, ou un signe de négligence, ou pire, de mépris.

Jonas assistait parfois aussi aux séances de confession, l'air de rien. Il se tenait à l'écart mais on se doutait qu'il écoutait tout de même, ce qui était à la limite de l'impolitesse, surtout qu'il s'agenouillait parfois lui-même près de la vieille, lui chuchotant on ne savait quoi dans les oreilles, si bas qu'on ne pouvait rien entendre, interpréter ou imaginer ; et alors elle se retournait en gémissant et dieu seul sait ce que tout cela signifiait, c'était là, sans aucun doute, une réponse des plus véhémentes mais que voulait-elle dire ? Et il s'éloignait, l'air satisfait et presque méchant, ce qui évidemment nous surprenait car il avait plutôt la carrure d'un homme affable voire doux, peut-être un peu idiot, pas un méchant en tout cas, c'était certain.

Un jour, et il faut bien remarquer que c'était le lendemain de l'une des visites de Jonas, avec le recul nous le prenons en compte même si à l'époque nous n'en pensions rien, un jour comme nous nous dirigions vers l'arbre au pied duquel elle s'était tenue recroquevillée si longtemps, apparemment sans boire ou sans manger (car la nourriture que nous lui apportions restait à côté d'elle intacte puis au bout de quelques jours disparaissait sans laisser de trace, et nous nous demandions si par hasard d'autres ermites silencieux ne vivaient pas dans les parages ; quant à l'eau, qui sait à quel moment elle buvait à la source, car sans doute elle y buvait, ne serait-ce que pour ne pas mourir tout à fait, mais toujours en notre absence, nous ne l'avions jamais vue faire, nous ne l'avions jamais vue accroupie sur la berge à laper le ruisseau), un jour, donc, nous ressentîmes une grande peur et une grande absence, et en effet en arrivant près de l'arbre, elle n'y était plus. Aucune trace de son corps, de ses peaux, pas un poil de bête, rien. Nous marchâmes un peu aux alentours mais sans succès. Plus loin, nous découvrîmes au prix de recherches minutieuses et interminables une rognure d'ongle parmi les aiguilles de pin, mais qui pourrait affirmer qu'il s'agissait de la sienne ? Ce n'est que quelques jours plus tard que son corps fut découvert, tout en bas d'un ravin depuis le sommet duquel elle s'était peut-être précipitée, dont peut-être on l'avait poussée, ou au pied duquel elle s'était heurtée, un dernier mur infranchissable. Son corps était désarticulé, on la reconnaissait à peine, à part son étrange visage au nez raboté et l'œil borgne, tourné vers le ciel.

Renato, qui était lui-même très âgé et qui parlait mal la langue (on ne savait d'ailleurs pas comment il avait réussi à venir jusqu'ici seul – de nombreuses familles, venues de plus loin au Sud encore, de l'autre côté de la mer par exemple, s'étaient échouées au bas de ces collines, mais c'était des familles jeunes et vigoureuses, et Renato était seul et visiblement malade), raconta qu'il avait rêvé cette nuit-là de sa tête, de la tête sans corps de la vieille, que la vieille lui était venue en rêve sous la forme esseulée de son crâne, laissant son corps acéphale se baladant parmi les arbres de la forêt ou déjà au fond du ravin peut-être. Elle était triste, et elle avait versé des larmes amères. Elle était si vieille soudainement, ses forces lui manquaient. Elle avait voulu repartir mais elle avait échoué. Un sort l'avait maintenue contre la terre, les yeux clos, dans la forêt, expliquait-elle à Renato. Elle ne pouvait plus manger. Elle avait compris que son heure était venue et elle s'apprêtait à mourir. Si ses forces revenaient, elle mourrait de sa propre main. Son heure était venue, répétait-elle, et il faut savoir mourir à point, les réserves de vivres ne sont pas suffisantes pour tous et si le corps défaille, le corps doit disparaître. Elle avait déjà suffisamment goûté à notre bonté, elle avait mangé tout son soûl, et désormais il lui fallait laisser la place pour *autrui*, son heure était venue et elle avait accompli ce qu'il lui fallait accomplir, elle mourait fière.

Et salut la compagnie, elle avait disparu, et Renato était triste et seul dans son lit. Au réveil, il n'avait eu personne à qui raconter son rêve car ici il n'avait pas vraiment d'amis, il se tenait à l'écart, il s'éveillait et s'endormait toujours seul sur sa couche et qui sait à qui il pensait, une famille, des enfants, les personnes qu'il aimait, qu'il avait aimé, toutes englouties sous des trombes d'eau supposait-on, rien de plus à présent que des souvenirs silencieux dans une réalité sur laquelle il n'avait pas prise. Qui sait quels rêves de macchabées le hantaient toutes les nuits sans que jamais il n'en parle, tous les matins solitaires dans son petit carré de jardin à attendre la mort. Mais aujourd'hui c'était différent, cette morte-là tout le monde la connaissait – et pour cause ! – et il était heureux de répéter encore et encore son cauchemar à qui voulait l'entendre et sa voix coulait à flots à présent, après avoir été silencieuse aussi longtemps, et il réalisait, nous réalisions tous, qu'il parlait même plutôt bien, le français avait dû faire du chemin dans sa tête, sans même qu'il n'y pense, ou bien était-ce par son contact miraculeux avec l'au-delà qu'il avait trouvé la capacité de parler ? La vieille avait choisi de communiquer avec lui depuis la tombe et ce n'était certainement pas un hasard. Nous commentions excités les dernières paroles de Luisa, quel était cet *autrui* qu'elle évoquait ? S'agissait-il d'une personne spécifique, vouée à reprendre un rôle ? Avec nous, auprès de nous, ou plus largement dans le monde ? Ou bien n'était-ce que le nom générique de toutes les générations futures, des animaux humains à venir ? Nous étions tristes bien sûr. Elle était morte seule dans les bois, acceptant son éloignement des autres après une existence d'abnégation et de soin. Mais il nous semblait aussi que sa disparition ouvrait pour nous des voies nouvelles et des possibilités. La vie nous appartenait. C'est ce qu'on se disait.

Il s'accoude contre un mur l'air de rien pendant qu'on est en train de trier les pommes de terre, qu'on creuse des canaux, qu'on répand du compost, qu'on tente de construire le métier à tisser (une idée de Valérie) ou encore qu'on se livre à d'autres activités plus occultes : choisir les bons cailloux, tresser ensemble des herbes et des fleurs, dresser des autels rustiques. Il s'accoude et il nous pose des questions. Personne ne pense tout de suite au fait qu'il ne travaille pas pendant que nous oui, d'ailleurs bien souvent les étrangers, enfin les visiteurs, ne travaillent pas ou pas beaucoup, ou pas comme nous. Ils aident comme ils peuvent, même s'ils ne connaissent pas le campement, ne nous connaissent pas non plus, même s'ils n'ont pas la conscience secrète que nous possédons de l'urgence, de l'ordre et de la logique des actions à accomplir, comment et pourquoi, tout ce genre de choses. Cela nous semble important et indéniable, il existe un ordre, institué par nous : nous, on a augmenté d'un sens occulte tous nos actes. Valérie, qui ne souscrit pas à la théorie de l'importance des manières mystiques de se comporter et qui aime faire des formules, dit que c'est pour avoir l'impression de vivre et non pas de survivre, ce qui est possible. N'empêche, l'expérience qu'on fait de l'existence est bien celle de la survie, mais on a commencé à se dire que si les choses ne s'améliorent pas c'est parce qu'on ne les fait pas encore efficacement, mais aussi parce qu'on n'a pas encore trouvé les protocoles magiques exacts leur correspondant. Ainsi le respect scrupuleux des rituels établis doit s'augmenter d'explorations toujours renouvelées dans le domaine des rituels possibles, de ceux qui sont véritablement efficaces ou qui, combinés aux rituels existants, pourront élargir le champ de notre puissance. On continue à essayer. On sait à présent pour sûr qu'on se trouve au seuil d'un lieu magique (qui est Tabor et qui ne l'est pas) où il nous est loisible d'exercer de nouvelles manières de faire car celles-ci sont devenues possibles. Ces choses qui autrefois n'avaient d'autre existence qu'imaginaire, des rêveries marrantes ou folles mais sans fondements, font partie de notre quotidien. On habite une planète désaxée et dansante, entourée de sphères nouvelles et d'étoiles aux pouvoirs discrets, on se recommande à leur force et on se soumet à leur empire. Les arbres même ont retrouvé leur voix, il nous suffit à présent, ce n'est pas rien mais c'est dans nos cordes, d'en apprendre la portée et les ondes.

Jonas donc, n'accomplit pas ces tâches précises, mais comment pourrait-on lui en vouloir ? C'est pourquoi nous n'y prêtons pas garde et pourquoi, le visage tourné vers le sien qui nous surplombe, nous répondons à ses questions.

« Comment êtes-vous arrivés ici ? », qu'il nous demande, ce qui est une question dont tout le monde ou presque souhaite avoir la réponse en arrivant à Tabor. Sa voix est comme celle d'un chat, presque grinçante mais néanmoins agréable.

« Par des chemins et d'autres, lui répondons-nous donc comme à notre habitude. Nous récitons : Valérie est la première à avoir atteint les maisons, seule. Par une curiosité géographique, qui fait aujourd'hui notre force, par ici ça a presque complètement été épargné par les inondations du grand déluge. L'eau n'est jamais montée plus haut que le premier étage des maisons, et les arbres fruitiers étaient presque intacts quand elle est arrivée. Plus tard ils ont fleuri. Ici la descente des eaux a été plus rapide qu'ailleurs, et un chemin sec menait à notre colline, même dans les plaines inondées devenues des lacs et des marécages. Elle a découvert de la nourriture et des outils dans une ferme antique, plus haut un ruisseau fournissait de l'eau potable. Les jardins ont été semés, certaines plantes ont miraculeusement survécu à l'immersion. Elle a vécu seule ici un moment, elle était comme une exploratrice solitaire sur une île déserte, à tous points de vue une naufragée. Elle a réorganisé l'univers, tout doucement. A réapprivoisé les chats et les chèvres, a retourné la terre, a cueilli les fruits. On l'imagine assise le soir à regarder la vallée qui peu à peu s'assèche, à regarder l'horizon, attendant que nous arrivions. Qui sait combien de temps ça a duré ? Trois jours, trois mois, trois ans ? Qui sait ? Elle était seule et puis elle ne l'a plus été. Les autres sont arrivés. On a nettoyé, reconstruit, semé, planté à notre tour. On a partagé les premiers fruits. On partage tout. »

Jonas sourit. Il tapote impatiemment ses cuisses de ses mains, mâchouille un brin d'herbe. Il veut savoir combien nous sommes. Y a-t-il eu des morts, des naissances ? Des couples se sont-ils formés ? Comment se déploient la vie, les corps et leur distribution ici ?

« Les premiers temps, oui, il y a eu pas mal de morts, récitons-nous consciencieusement (les questions sont toujours les mêmes, et par un hasard qui n'en est bien sûr pas un, elles sont toujours posées dans le même ordre, et nous n'avons qu'à dévider le fil de notre mémoire, systématiquement et calmement. Nous reprenons :) les plus faibles, les très vieux ou les très jeunes sont morts, mais pas seulement. Épuisement, maladie. L'été dernier il y a eu la sécheresse, et alors quelques-uns sont morts encore. On a enterré les morts là-bas, derrière la pinède. Quelques enfants sont nés, même si on contrôle les naissances. Si malgré tout, des bébés voient le jour, ils sont choyés et aimés de tous. On élève ensemble tous les enfants. Nos histoires d'amour sont multiples et belles, on aime qui on veut, parfois, parce que ça arrive, on aime plusieurs personnes en même temps, et on en est plutôt heureux ; et puis on se détache avec le temps de certaines histoires, de manière permanente ou provisoire, ou alors on s'unit dans un amour qui n'est pas toujours sexuel, on développe un répertoire de toutes les intensités possibles. L'amour est l'une de ces choses précieuses qui nous restent du temps d'avant, devenu plus profond, plus complexe dans l'univers nouveau. On ne prétend pas comprendre l'amour, oh non, mais c'est l'un des domaines où l'on applique le moins de règles, si ce n'est celle du respect des sentiments. C'est pas, jugeons-nous bon de préciser, qu'on soit des babas cool sur le retour, c'est plutôt qu'on essaye de faire mieux là où les choses ne fonctionnaient pas.

– Il n'y a donc pas de jalousie ? », s'étonne à moitié sérieusement Jonas. Puis il ajoute, en riant et on comprend qu'il sait très bien que non : « J'ai déjà beaucoup voyagé, vous savez, vous n'êtes pas les seuls à avoir ce fonctionnement. »

Les patates germées s'entassent d'un côté, beiges et terreuses, molles, les pousses sont des languettes dures, blanches et vertes, qui se tendent vers une lumière hypothétique. « Qui aurait pensé que le nouveau monde aurait les mœurs si légères », songe-t-il à voix haute. Tout cela nous amuse. La morale n'est plus tellement un enjeu, expliquons-nous (mais il le sait déjà).

On poursuit : « Peu à peu l'idée de responsabilité individuelle a décliné en nous jusqu'à ne plus tellement exister du tout. » (Ça aussi, il le sait, mais on a envie de le lui dire, comme tout le reste, encore et encore, perdus dans un temps sans trame et sans fin.)

À sa place ? Rien de particulier. On existe sans morale et sans culpabilité, du moins c'est ce qu'on s'affirme les uns aux autres, encore et encore ; mais si on se glissait dans les esprits de chacun, sans aucun doute y trouverait-on toujours les mêmes pincements, les vrilles, les trous, les fissures et les crevasses, ces choses et d'autres qui font que la vie, secrètement, demeure un enfer, même effacés les motifs, les êtres, les peurs qui la rendent détestable. On n'est pas exempts de souffrance. Ce n'est qu'à demi qu'on tente de la combattre. Parfois le désespoir nous gagne, lorsqu'on pense qu'il existe des conditions dont il est inimaginable de se dépêtrer, et qu'on a atteint les limites des possibilités de bonheur. Mais on est tous ensemble, et peut-être qu'on parvient vraiment à les repousser.

Jonas reste songeur. Sans rien dire il prend une pomme de terre germée, et gratte de ses ongles les pousses, les brise, ôte jusqu'à leurs racines mêmes, méthodiquement, toujours du bout de son ongle. C'est malin, on peut plus la planter maintenant, mais elle servira à la soupe du soir, ou au grand processus de distillation que tente de perfectionner Kader. On le regarde sans rien dire. Il a l'air de venir d'un autre moment ou d'un univers parallèle. Ses mains sont fines mais fortes, elles nous semblent exprimer une vision volontaire du monde. Ses ongles sont bien formés et propres. Tout de Jonas est défini et présent, là où l'on commence, nous, à devenir des flottements indéterminés, des fragments de chair, des corps sans identité, qui se fondent les uns dans les autres. Cela ne nous dérange pas, ces fusions indénombrables sont des sources de plaisir, mais il est différent. Il n'est pas beau. Mais sa corporalité, dans cette pièce sombre, nous traverse comme une lame. Il est ce qu'on n'est plus, et cette manière d'exister le rend rayonnant et majestueux. On est tous un peu amoureux, peut-être. Ses mains sont maintenant dans ses poches. Cachées. Il esquisse quelques pas, revient vers nous. Il nous sourit avec les dents et pendant une minute cela nous semble une bénédiction. Évidemment qu'on l'acceptera et qu'on l'aimera, lui aussi, s'il veut se joindre à nous, puisqu'on l'aime déjà si profondément. On l'ingérera, on le fondra dans la masse, ses beaux membres dessinés et réels ne seront plus que certains des membres, utiles et discrets, de l'être communal que nous formons tous ensemble. Nous lui sourions à notre tour, discrètement. C'est lui qui nous fascine, mais nous qui savons ce qui l'attend.

Qu'est-ce qu'on cultive ? Quels fruits, quels légumes, quelles graines ? Des pois chiches ? Des lentilles ? Des courges, des pommes ? Où trouve-t-on notre bois de chauffage ? Et où est-ce qu'on va dénicher nos condiments et nos épices ? Les chèvres, on en fait quoi ? Et leur viande, la mange-t-on ? Possède-t-on un pressoir à huile ? Notre eau ? (et pourtant on sait bien que Pauli lui a montré le réservoir il y a quelques jours. Pourquoi nous redemande-t-il ? Il veut être tout à fait certain, répond-il). Il semble fasciné, émerveillé par notre vie et notre organisation. Les conditions sont dures mais la vie est belle, qu'on lui affirme, à moitié pour crâner. Il a plutôt l'air d'acquiescer. En vrai, mais on ne se le dit pas, même à nous, on a du mal à faire pousser ne serait-ce que des tomates, les céréales pourrissent sur pied, on ne sait pas irriguer, tout est trop sec ou noyé dans une boue liquide, les feuilles brunissent avant l'heure, les légumes sont infects. On les mange quand même, on mange tout, on nettoie la moisissure et on enfourne dans le gosier, on réfléchit plus, on a faim, on déteste être ici, on en a marre des conserves distribuées mais on veut pas mourir de faim, on est des incapables mais on progresse, c'est sûr, on réussit tout de même à produire quelques trucs mais tout est bancal et décevant, c'est compliqué – là-dessus on se tait.

Procède-t-on à des échanges avec d'autres communautés ? Est-ce qu'il est possible de vivre dans plusieurs communautés à la fois ? Il y a d'autres moyens de transport à part nos pieds et nos vélos pour atteindre les autres villages et procéder aux échanges ? Possède-t-on des livres, est-ce qu'on lit ? Une bibliothèque ? Des artisans et des arts ? Il est toujours aussi fasciné, et c'est flatteur, même si ses questions sont fatigantes. Ses yeux bleus sont comme des gemmes dans son visage un peu mou. Cette mollesse même est adorable.

Il nous félicite pour notre ingéniosité, notre richesse. « Mais on a seulement eu de la chance ! s'exclame-t-on avec un étonnement théâtral.

– La chance n'existe pas, lance-t-il en éclatant bruyamment de rire.

– Pourtant si, désolés, on a eu de la chance d'être arrivés ici, répond-on, histrioniques, de mauvaise foi, déclamant un peu trop fort. Découvrir ce pli de terre épargné c'était de la chance, déso, on aurait pu atterrir n'importe où et crever la gueule ouverte, qu'on proteste. On a eu la chance d'arriver ici avec des gens aimables et des ressources en quantités suffisantes, et pas de pollution, ça aurait pu être n'importe où, on aurait pu tomber en enfer. Il paraît que dans certains coins, très loin d'ici (nos voix chuchotent bruyamment et on regarde de tous les côtés pour se prémunir d'oreilles ennemies complètement imaginaires), il existe des lieux où les êtres sont réduits en esclavage, enchaînés, tués à la tâche. Ils doivent nettoyer des usines chimiques, ou cultiver des terres, ou reconstruire des villes et ils ne sont pas libres. On a entendu ça. Gare à toi Jonas ! (Son visage exprime l'inquiétude). Ici, on a aussi la chance d'être cachés. »

On ajoute, comme si c'était la conclusion inévitable de notre petit discours (car c'est la conclusion que nous atteignons à chaque fois) : « On vit libre, quoi. »

Alors que le tri des pommes de terre est déjà bientôt terminé, Jonas s'accroupit à nos côtés et commence à les manipuler. On n'est pas tellement sûrs que ce soit une bonne idée, mais on le laisse faire et il travaille vite.

Dans les jours qui suivent, Jonas se met à l'ouvrage avec nous. Il s'affaire aux champs, rapidement, silencieusement. Nous, on n'a jamais trop su ce qu'on faisait, mais lui semble assuré, ses gestes sont fermes, il est concentré.

Comme frappé d'inspiration divine, un jour, il s'assied au métier à tisser rudimentaire qu'on a laborieusement réussi à construire, et en quelques heures en a fabriqué un autre, élégant et efficace, et tout le soir, dans la maison commune, il tisse une couverture avec des fils de laine colorée qu'il a trouvé on ne sait où. Il regarde autour de lui avec un air à la fois rusé et affable. Ses yeux comme des gemmes sont aussi comme des fentes ouvertes sur un paysage mystérieux, le genre d'endroit inconnu dans lequel on aimerait s'enfoncer mais que l'on craint car il pourrait grouiller de bêtes dangereuses, de plantes venimeuses, d'individus méchants. Ses yeux parfois plissés renferment la promesse d'une certaine menace. Une fois sa couverture terminée, il la roule et l'emmène avec lui et on la revoit plus. On espérait qu'elle serait offerte en cadeau, peut-être accrochée aux murs de la maison commune comme une tapisserie, avec toutes ces belles couleurs vives, mais elle disparaît. Par la fenêtre, on la voit jetée nonchalamment sur son lit, une flaque de couleur dans la petite chambre sombre. Certaines autres choses disparaissent depuis que Jonas est arrivé, mais on essaye de ne pas y prêter attention. Loin de nous l'idée d'accuser qui que ce soit de vol. Mais apparemment, il ne comprend pas tout à fait la communisation qu'on a mise en place. Chacun peut se servir de ce qu'il lui faut, et aussi longtemps qu'il le faut mais on arbore alors toujours, dans ce cas-là, une expression faciale ouverte et honnête quand on ramène chez soi une chaise, un outil ou même de la nourriture. Le principe de rétribution n'a pas tout à fait cours, mais on essaye d'exprimer par tous les moyens possibles qu'on rendra l'outil, qu'on contribuera autant ou davantage que ce panier de pommes, qu'on s'aime tous dans des proportions variables et même pas toujours tant que ça (il existe des hostilités et des inimités entre nous bien sûr, mais ça, on évite d'en parler aux étrangers), mais qu'on ne souhaite de tort à personne, ni qu'on a l'intention de flouer qui que ce soit. Jonas, lui, ne sait pas comment s'y prendre. Si d'abord on a été époustouflés par sa capacité à comprendre les différents rituels et à s'y soumettre sans presque demander comment faire, on voit à présent que cette fantastique intuition n'est que partielle, ou alors qu'il est peut-être un peu égoïste. Il ramène chez lui son métier à tisser, il passe son temps à prendre de la nourriture et à la consommer seul dans sa maison, en regardant par la fenêtre, au nez et à la barbe de tous. Évidemment il fait ce qu'il veut et peut-être a-t-il d'autres soucis. Mais des voix commencent à s'élever contre lui. On le trouve un peu agaçant et pas toujours très sympathique.

Un jour il parle pendant beaucoup trop longtemps aux lavandiers descendus au ruisseau pour le grand nettoyage de printemps (draps, couettes, vêtements, et tout le reste sont débarrassés à grandes eaux de leur rassurante crasse hivernale), il parle de l'anté-déluge et comment on aurait pu si on l'avait voulu arrêter cette catastrophe, comment il était possible de faire les choses différemment : si on avait consommé différemment, si on avait mangé bio et qu'on avait acheté des voitures électriques, si on avait su faire confiance aux gouvernements, aux entrepreneurs, qui avaient commencé à lancer un plan de transition écologique… Certains ont alors pris le parti de ricaner, la provocation est trop énorme, il ne fait que répéter ce qui est devenu une plaisanterie universelle, ou un moyen sûr de se faire taper dessus par des inconnus dénués d'humour. Mais pour d'autres, la sincérité dans son foutu regard-gemme et la longueur de son développement traduisent une sorte d'attachement maladif à cette idée.

D'autres encore se demandent à demi-mot si au fond il n'a pas raison. Valérie est parmi les lavandiers ce jour-là et ses yeux à elle lancent des éclairs. Elle est furieuse et marmonne dans son coin « putain de conneries » et « sale facho de merde », ce que tout le monde ne comprend pas – et finit par se dresser face à Jonas qui, appuyé contre un arbre grignote encore un brin d'herbe (c'est une véritable manie), pour lui lancer : « Ça c'est ce qu'on essayait déjà de nous faire croire à l'époque. Tu sais très bien que ce que toi et moi nous mangions ça ne faisait aucune différence. C'était pas nous le problème. Le problème, c'était l'inéluctabilité de l'avidité capitaliste. L'avidité des gouvernements et de leur écologie à la noix. C'est l'avidité, c'est la grande passion de l'avidité qui a fait basculer le monde, et puis qui a empêché qu'on agisse justement à cause de ce capitalisme vert de mon cul ! Mais enfin, faut vraiment avoir de la merde dans les yeux pour ne pas le voir ! T'as de la merde devant les yeux, dis ? Tu veux que je te l'enlève ? » Elle lève son poing vers lui. Valérie est ordurière et lyrique mais pas violente et nous sommes étonnés de la voir réagir ainsi. Jonas aussi. Il a cessé de nous expliquer la vie mais reste appuyé nonchalamment contre l'arbre. Il a l'air surpris, puis insolemment, se remet à sourire. Valérie baisse son poing, les mains qui tenaient ses bras pour la retenir s'ouvrent et la relâchent.

« C'est pas possible d'entendre des âneries pareilles, encore aujourd'hui, après tout ça. Qu'est-ce que tu veux ? Qu'on batte notre coulpe en avouant qu'individuellement nous avons failli en ne faisant pas le recyclage alors que tout se jouait ailleurs, entre des forces inimaginables ? Avec des enjeux incompréhensibles pour le commun des mortels... Comment peut-on être aussi con ?

– J'imagine que ces questions sont rhétoriques, lui répond aimablement Jonas avec sa voix de chat.

– Écoute, mon vieux, la rhétorique c'est pas tellement mon truc. Je me demande juste ce que tu fais là, ce que tu cherches à faire. On est peut-être des pouilleux mais on n'est pas complètement idiots. Tu as quelque chose derrière la tête. Si tu veux nous tester, nous rendre fous, nous briser, arrête. Si tu veux vivre ici, avec nous, vis en paix. Nous ne voulons que la paix. Pigé ?

– Pigé, pigé. Je t'ai pas attendue pour le piger, Valoche. Je vois bien que vous êtes de bonnes pâtes. Je ne vous veux pas de mal. D'ailleurs qu'est-ce que je pourrais faire seul, tout seul, contre vous tous ? Soyons réalistes deux secondes, par pitié. Mais acceptez que je sois peut-être un peu... différent. Je n'aspire qu'à vous rejoindre mais soyez patients. Et respectez mes opinions, ajoute-t-il d'un air vexé. Navré de ne pas partager ce qui semble être devenu une pensée unique par ici, mais j'espère quand même qu'on a encore la liberté de penser par soi-même dans ce havre de paix, non ? »

Il récolte quelques murmures approbateurs et jette un regard triomphant à l'assemblée. « La liberté de penser est l'une des plus belles. » Il baisse les yeux d'un air songeur. « Des plus belles libertés », précise-t-il après un temps.

Mais il n'a qu'une partie du public avec lui parce que tout le monde aime beaucoup Valérie, et que seuls ses plus proches amis l'appellent Valoche (Jonas a donc commis un impair). Elle marmonne « Je t'en foutrai de la liberté. Liberté de dire des conneries, oui. » La tension retombe, sans doute parce que personne ne s'intéresse plus vraiment au débat d'idées. On en reste donc là, en se détournant de Jonas et de sa semi-paresse, de son irritante tendance à la sur-explication et de sa déplaisante propension à thésauriser ce qui appartient à tout le monde.

Le nettoyage est terminé, on étend les affaires sur l'herbe, on charge les paniers de vêtements humides, de fleurs cueillies au bord du ruisseau, on remonte vers les maisons. Jonas est à la traîne, mais on ne prête plus attention à lui et on se dirige vers la maison commune où nous attendent le pain plat et des pommes de terre bouillies. Parfois les pommes de terre nous donnent envie de vomir de désespoir et d'ennui mais il faut bien manger donc on les mange malgré tout. C'est un moment difficile car il faut attendre que les nouvelles plantes poussent et finir de consommer les récoltes de l'an dernier et c'est un peu déprimant. On mange parfois des épinards, de la mâche, coupant quelques feuilles, attendant que de nouvelles repoussent comme les têtes d'une petite hydre végétale qui ne meurt jamais. Là aussi il y a de la magie.

Il n'y a plus de courges, dieu merci, et plus beaucoup de pommes. On a mangé des orties à s'en rendre malades. Mais bientôt si l'on n'est pas trop nuls et que le temps est clément, on pourra se donner des indigestions de fruits, on croulera sous les tomates, les courgettes et les haricots, dont les graines circulent dans de mystérieux réseaux souterrains d'échange dont nous faisons apparemment partie ; des équipes se relayeront jour et nuit pour faire des conserves dans la moiteur des cuisines (on priera pour qu'elles ne moisissent pas, pour que le botulisme nous épargne). Nos bouches se tendront sous la subtile acidité des fèves fraîches, et nos doigts seront bleus, tachés de jus de cerise. On reposera nos membres fatigués des moissons sous les meules, sous les arbres aux feuilles épanouies. On sait que c'est pour bientôt (et par bientôt, on entend un temps futur pas trop lointain, pas forcément cette année, ni la suivante, mais bientôt, bientôt). On sait que ces forces sont irrésistibles, inéluctables, qu'il est impossible de lutter contre les puissances chthoniennes qui se meuvent silencieusement, lentement, faisant croître et mourir les plantes et les bêtes.

C'est l'un des premiers jours où l'on ose se dire que le printemps est définitivement arrivé. Le bon soleil frappe le monde depuis un angle inédit, et tout est révélé sous une sémillante nouvelle identité. Les peaux se libèrent de quelques couches de tissu ; frissonnantes, elles font monter dans l'air et disparaître enfin l'odeur de fromage et de renfermé qui leur pèse depuis des mois. L'herbe est brillante et chaude, sauf à l'ombre, où elle conserve les attributs déprimants de la pelouse hivernale, humide et aplatie sur une terre gorgée d'eau. On ne regarde pas l'ombre, pour ne pas y penser, on détourne la tête quand on passe à côté, on se concentre sur les branches encore nues pour certaines, tendues de sève et brillantes elles aussi, prêtes à craquer de vigueur à la pointe de leurs bourgeons gonflés ou ouverts, sur les visages heureux, sur le grand soupir de soulagement poussé par le monde entier.

On est tous là, à se dorer la pilule sans faire grand-chose, quand Molo arrive en pédalant à toute vitesse de je ne sais quelle incursion vers la vallée, en criant qu'un convoi approche. On sait ce que ça signifie. Si Molo l'a vu depuis la vallée c'est qu'il est encore loin, car la vallée est longue et plate. Il s'arrêtera sans doute d'abord à La Guetteuse, une ferme au bord de la rivière : il nous reste un peu de temps, on peut s'organiser. J'alerte Valérie et Pauli, et ensemble nous faisons le tour des champs, des maisons et des cabanes pour réunir tout le monde, et nous nous retrouvons une demi-heure plus tard sur la place, avec pas mal de Taborites, pour commencer l'ascension. Tabor n'est pas exactement à flanc de montagne. Le campement est au sommet d'une colline qui domine la vallée à l'aspect méditerranéen, elle-même dominée par de grands monts abrupts et sauvages, dont je suppose que notre butte est une sorte de contrefort.

Pour accéder aux montagnes, on suit un chemin qui coupe le col et qui nous emmène rapidement dans la forêt, le chemin qu'a pris la vieille Luisa lorsqu'elle s'est enfuie. On presse le pas. C'est le début de l'après-midi, le soleil est chaud et la nature entière semble une fête, on ne prend pas trop au sérieux cet exode. Peut-être même qu'on lambine un peu, on s'attarde pour admirer les points de vue, la forme des nuages ou les arbres en fleur. On est déjà trop loin pour que les individus en combinaison nous rattrapent. On atteint la clairière où l'on se réfugie habituellement, et chacun s'installe, se met bien à son aise pour supporter l'attente. Ces moments sont aussi des pauses bienvenues dans le défilé harassant des jours : on peut rester allongé oiseusement, les yeux dans le vague. Moi je vais, depuis une avancée rocheuse qui surplombe notre camp, surveiller les évènements. De gros camions sont garés sur la place et les combinaisons sont plus nombreuses que d'habitude, accompagnées, cette fois-ci, d'hommes en uniforme. Ces derniers n'ont jamais eu l'audace de se garer chez nous, restant toujours un peu à l'extérieur du village, en contrebas, et ces camions au milieu de nos maisons sont une manière d'affront. Ils s'affairent, je les vois rentrer dans les maisons et les cabanes, aligner ceux qui pour une raison ou une autre sont restés (et peut-être nous faut-il toujours, là en bas, des regards qui prolongent les nôtres, nous les braves planqués, afin que les intrus ne nous échappent pas tout à fait, comme nous ne pouvons tout à fait leur échapper, afin que nous gardions sur eux et sur nos destins une mesure de contrôle). Je les vois descendre dans les terrasses et les champs, rassembler les chèvres en leur courant après dans les pâturages, leurs blousons noirs brillent dans le soleil printanier, ils sont là à courir les mains tendues, trébuchant sur leurs matraques et leurs mitraillettes, les magasins de munitions, lourds et courbes, se répandant parmi les fleurs.

Plus haut, ils montent une immense tente blanche qui scintille au soleil, du genre de celles qui étaient dressées pour des mariages ou des meetings politiques, des évènements type garden party ou repas champêtre (mais je suppose qu'ils ne sont pas venus là pour pique-niquer) ; puis extraient d'un camion, sur des roulettes, un grand appareil en acier brillant, qu'ils poussent, sur une rampe, jusque sous le barnum, dans lequel ceux qui sont restés défilent les uns après les autres. Ils restent des heures et des heures, et je demeure immobile à les regarder, j'attends, je suspends tout dans l'observation de leurs gestes, je ne suis plus rien d'autre que cela. Dans la clairière où les autres sont réfugiés, j'entends les chants et les jeux.

La nuit est tombée et maintenant de grands projecteurs diffusent une lumière blanche qui monte en rais épais jusqu'au ciel. Ils ont aussi allumé les phares des camions. Du plateau de l'un d'entre eux ils font descendre lentement, sur des chenilles, une foreuse mobile. Elle se déploie comme une mante religieuse, c'est une longue tache blanche dans la pénombre. Un tintamarre métallique monte de Tabor. Dans la clairière, les voix se sont tues. Pauli n'est pas venue me voir une seule fois au rocher où je monte la garde, personne n'est venu, et je suis restée seule, seule, à épier les gestes des intrus, hypnotisée, incapable de m'arracher au spectacle et dévorée d'une tristesse dont je ne connais pas tout à fait la source. Quoiqu'il arrive, toujours, je m'isole et me tais, je reste silencieuse, perchée, pensive, seule, seule, je me rappelle l'arbre où j'ai attendu enchaînée que l'amour me cueille et sur ce souvenir plane bizarrement le fantôme d'Olivier, ami tutélaire et amant muet et solitaire, il détient des secrets, le secret de ma vie, comment les absents prennent-ils si facilement les masques de demi-dieux omniscients ?

Avec l'obscurité, je suis aveuglée par les spots lumineux, et je décide de rejoindre la clairière où l'on s'entasse à présent, collés les uns aux autres contre le froid. Tout Tabor me regarde avec une sorte d'espoir dans les yeux, l'assemblée est muette à présent. Les enfants dorment, les visages sont fatigués, légèrement inquiets. Jamais les visiteurs en combinaison ne sont restés aussi longtemps.

Je cherche Pauli du regard mais elle n'est nulle part, et je suis accablée une fois de plus par le chagrin, le cœur anéanti un instant. Puis je secoue la tête dans le noir pour m'éclaircir les idées, personne ne me voit, et je m'assieds près de Valérie, qui tend la main vers moi et me frotte vaguement l'épaule. Je crois la voir me sourire plus gentiment que d'habitude, mais la pénombre déforme peut-être ses traits.

Il faut parler à voix suffisamment haute pour que chacun m'entende dans la clairière silencieuse, et élever la voix me fait tourner la tête, je ferme les paupières, je parle : « Ils ne sont toujours pas partis. Ils font je ne sais pas quoi avec une machine bruyante. » Je réalise d'ailleurs à ce moment que la forêt a étouffé les sons venus d'en bas et qu'on n'entend d'ici qu'un vague vrombissement. Certains se lèvent, se précipitent vers le promontoire rocheux, reviennent déconcertés.

Du coin de l'œil, je vois Pauli réapparaître dans la clairière, elle a presque l'air de tituber et en un éclair j'ai l'impression de totalement comprendre la situation, mais cet éclair, comme il se doit, ne dure qu'un instant puis disparaît avec la lucidité qu'il a permise, me laissant simplement avec la certitude qu'il a eu lieu, parce que Valérie me déconcentre en me demandant :

« Mais qu'est-ce qu'ils foutent ? Qu'est-ce qu'ils ont fait toute l'après-midi ? Quel besoin ont-ils de traîner ici pendant aussi longtemps ? Ils savent très bien qu'on est la moitié à être cachés ici – si tu veux mon avis, ils restent aussi longtemps exprès pour nous faire chier, pour bien nous mettre le nez dedans. Genre, comment est-ce qu'on peut vous montrer de la manière la plus éloquente le mépris total qu'on ressent pour vous ? Que vous n'êtes qu'une bande de merdes indignes même de la plus élémentaire des sollicitudes ? Tu vois ?

– Oui, je sais pas, Valoche. Je pense qu'il y a une vraie raison, ils sont descendus dans les champs, ils ont examiné les chèvres. Et puis surtout cette machine bizarre, et cette tente. Et là on dirait qu'ils font du marteau piqueur. »

J'essaye désespérément de me souvenir de ce que j'ai compris pendant cette fraction de seconde où j'ai vu Pauli réapparaître, et d'une certaine façon je sais encore de quoi il s'agit, ça a toujours à voir avec mon rôle éternel de sentinelle solitaire, de perdante, et même de trahie, même maintenant que j'ai réussi à donner la direction que je voulais à ma vie ; mais je laisse les souvenirs m'échapper, et je me répète : « c'est en vain, c'est en vain, je ne me rappelle pas. » Pauli s'approche de moi, m'enlace et fourre son visage dans mes cheveux. « Tu es partie si longtemps », murmure-t-elle, et j'entends une note d'insincérité dans sa voix. Mais je n'ai rien à lui reprocher. N'a-t-elle pas droit à sa propre vie ? Comment pourrais-je l'enchaîner, elle ? Elle m'embrasse. Elle ment : « Je suis partie marcher seule tout à l'heure. Je m'ennuyais et l'ambiance était mortelle ici, et j'ai entendu des bruits, moi aussi. Dans les bois.

– Quel genre de bruits ? C'était sûrement un animal. Parfois les chouettes poussent des cris vraiment horribles, on dirait des âmes en peine. C'est ça que tu as entendu ? Tu as eu peur ?

– Non, pas vraiment peur. Pas peur du tout même.

Mais c'était pas une chouette. C'était comme si quelqu'un m'observait. J'ai déjà eu cette impression ici, tu sais. »

Je le sais. Pauli a pour habitude de m'exposer en détail ses moindres pensées et ses craintes les plus infondées, comme s'il s'agissait d'indices importants pour je ne sais quelle enquête. Sa peur des bois ne m'a donc pas échappée. « Et puis j'ai entendu du bruit dans les fourrés...

– Ha ! crie Valérie. Madame va fouiner dans les bois et elle se sent observée et elle entend des bruits dans les fourrés et elle flippe ! T'as pas la conscience tranquille ma vieille, voilà tout. Qui viendrait t'observer dans les bois, franchement ? On était tous ici.

– Tu sais bien que c'est pas ça. Tu le sais, Mona », me susurre Pauli à l'oreille, et sa voix est tellement grave et belle que je sais à peine ce qu'elle me dit, si elle me parle de sa culpabilité ou de ses craintes.

– Tu sais ce que je veux dire. Ce sentiment d'être observée. Tu le sais.

– Tu as entendu autre chose ?

– Peut-être, je sais pas. J'ai essayé de pas écouter. Il y avait le bruit de la machine en même temps, plus loin. J'ai fini par avoir peur. »

Nous nous sommes résignés à passer la nuit ici, et des petits tas de dormeurs se sont formés. Il fait froid et nous n'avons guère de quoi nous couvrir. Le regard de Pauli croise celui de Jonas debout, qui surplombe les corps enlacés et assoupis, et je capte l'échange d'œillades. Je n'ai pas non plus vu Jonas à mon retour, et de nouveau, je suis aiguillonnée par une compréhension jalouse. Bien sûr que j'ai saisi, je ne suis pas idiote, mais c'est plus fort que moi, je choisis de ne rien voir. Valérie à son tour saisit tous les regards qui circulent et elle pousse un grognement de dédain. Elle voue une haine incompréhensible à Jonas. Je me sens lasse et neutre, tout glisse sur moi, comme si je n'avais plus aucune émotion.

L'image de Jonas s'éloigne, je suis si triste soudainement que tout m'est bien égal, les machines, les hommes en combinaison, Jonas, le froid, Pauli dissimulatrice. Je m'appuie contre elle qui grelotte légèrement, je ferme les yeux et me concentre très fort sur l'idée du sommeil (une technique éprouvée mais aléatoire). Valérie s'est levée, « je vais aller monter la garde au rocher ». J'entends ses pas qui s'éloignent sur les feuilles mortes, puis un silence intense, lourd, épais, se pose sur la clairière.

Nous somnolons mais nous sommes tous tirés du sommeil au même instant par quelque chose qui est d'abord indéfinissable, entre le sentiment et le son, un malaise pernicieux qui se fait si intense qu'il est impossible de continuer à dormir. Puis les sons commencent vraiment, il y a un tintamarre comme du fer frappé, d'abord sourdement, puis de plus en fort, comme par quelqu'un qui, mis en transe par la tâche, se serait laissé emporter, perdant le contrôle. J'entends maintenant plusieurs percussions qui tintent, grincent, retentissent, un bruit de tous les diables, qui vient de près, de très près, de quelques mètres à peine. Plus loin des chiens, sans doute errants, de ces meutes dangereuses qui traversent la campagne en tuant tout ce qu'ils trouvent, commencent à pousser de longs aboiements déchirants, modulés. On entend du remue-ménage dans les sous-bois, quelques oiseaux se mettent à piailler, des animaux inconnus hurlent à la mort, de leurs voix qui ne servent jamais. Elles sont un peu éraillées, criardes et étranges dans la nuit noire. Des chevreuils traversent en galopant la clairière, fantomatiques, le toupet blanc de leur queue oscille de haut en bas dans la pénombre. Des enfants se dressent sur leur séant, pointent du doigt muettement les animaux qui fuient, et plus loin l'obscurité forestière dans laquelle ils disparaissent. Les sons s'accroissent maintenant, on dirait qu'il y a des cloches et des hurlements de rire hystériques, plusieurs voix humaines, toutes identiques, qui résonnent contre les troncs d'arbres. Les rires sont des boucles rythmiques qui se déclinent comme un chant. Et puis au milieu, s'élèvent soudain des hurlements, une colonne de souffrance, une voix qui se brise et s'essouffle, qui continue à crier. Les chiens aboient de plus belle, les animaux des fourrés grognent et geignent. Nous sommes paralysés, tétanisés, en panique, seuls nos regards bougent, et chacun d'entre eux est comme un sémaphore dans la nuit, nous allons être repérés à force d'éclairer la nuit du blanc de nos yeux. Ne vaudrait-il pas mieux les fermer, se plonger au plus profond de soi pour ne plus rien entendre de tout cela, ne pas être là, ne jamais avoir été là. Je serre Pauli contre moi, j'ai très peur, une peur animale. Aucune idée de ce qu'il se passe, et la peur n'a donc aucune limite, elle se développe et se répand dans le moindre recoin de nos cerveaux comme un liquide vicieux, dans le moindre recoin de l'univers, cet univers où ces rires et ces sons fous sont possibles, où cette sensation d'être face au mal le plus absolu est possible. Les enfants sont frappés de mutisme, certains adultes pleurent silencieusement, sans presque bouger, la poitrine contractée et les membres engourdis par la terreur, ça fait mal. « Putain, je saigne du nez », murmure une voix d'homme. Les cris et les rires continuent, les hurlements animaux aussi. Il y a des sons de chaîne et de métal à nouveau, des tambours profonds qui semblent faire résonner la montagne entière, sous nos corps pelotonnés. C'est comme si tout se passait à deux centimètres de nos oreilles, dans nos têtes mêmes. La peur est insoutenable et je suis à peu près certaine que nous avons tous envie de mourir à cet instant. Les battements se font plus forts et sont indistincts des battements de nos cœurs, du sang dans nos oreilles et dans nos poignets. Je vois des lèvres, des mains, des genoux mordus de pure angoisse, les yeux exorbités.

Soudain Pauli hurle « Valérie ! » et, s'arrachant à mes bras, s'enfuit en courant. J'entends quelqu'un d'autre se lever et la poursuivre. Les bruits de la course sont nets sur le fond continu des cris de toutes sortes. Je suis paralysée, incapable de lever le petit doigt. Je souffre infiniment, cosmiquement, lumineusement. S'ajoute désormais la souffrance intime d'avoir perdu mon seul amour. Pauli ne peut survivre à cette forêt et je suis incapable de m'arracher à la peur pour la retrouver : je l'ai perdue, irrémédiablement.

Puis l'air s'éclaire un peu, on perçoit à nouveau la silhouette des arbres. La forêt est silencieuse. N'était-ce, selon la formule consacrée, qu'un rêve ? Combien de temps avons-nous dormi ? Je tâtonne affolée à la recherche de Pauli qui a bel et bien disparu. Elle n'est pas là, pas là ! « Où est Pauli ? Pauli ! Elle est où ? » Je me lève en criant, je cours dans tous les sens dans la clairière sombre. « Pauli ! Pauli ! »

« Chut ! me siffle-t-on. Tais-toi ! Ta gueule ! »

Je suis frénétique. Autour de moi, les corps ont l'air engourdi par un sommeil trop lourd. On s'étire, on baille même un peu. Mais l'inquiétude n'a pas disparu et le silence qui règne à présent dans la forêt n'est pas particulièrement rassurant. Je marche sur des mains, sur des pans de vêtement, sur les cheveux rattachés à des têtes encore alanguies sur le sol. Mes gestes sont saccadés, je ne sais pas où je vais. L'absence de Pauli me paraît être un gouffre terrifiant, plus terrifiant encore que le cauchemar surnaturel qui vient de se terminer. « Pauli ! » Je crie, et un écho presque moqueur revient de la profondeur de la forêt, des roches et des falaises qui veillent plus haut sur la pente. Une main ferme se saisit de moi et m'oblige à m'asseoir. « Tais-toi, m'intime-t-on, c'est vraiment pas le moment de se faire repérer. » Je reste prostrée et silencieuse dans les feuilles mortes. Le sol me paraît si froid, glaçant, le froid pénètre ma peau, mes os. Un murmure parcourt le groupe. Trois silhouettes, avançant lourdement, entrent dans la clairière. « Pauli ! »

Je hurle encore mais je m'en fous. Je pourrais danser de bonheur. Jonas et Pauli soutiennent le corps inanimé de Valérie, un bras sur chaque épaule, ses pieds désarticulés traînant dans l'humus. « Ne l'étouffez pas » intime Jonas au groupe qui se presse déjà autour de Valérie.

« Elle est vivante ? Qu'est-ce qu'elle a ?

– Elle est vivante. Elle a perdu connaissance. On l'a retrouvée en contrebas du rocher, elle était tombée je crois. Regarde si elle a quelque chose de cassé. »

Je palpe son corps mais j'ai du mal à savoir. Tous ses membres sont mous. Je lui tapote les joues, lui fais respirer au hasard des feuilles que je froisse sous son nez. Ses paupières papillonnent, elle reprend connaissance. Elle halète, ses yeux se révulsent d'effroi. Elle s'accroche à moi, à ma veste, des deux mains.

« Je l'ai vue, je l'ai vue. Elle est là. »

Puis elle ne dit plus rien. Nous nous massons autour d'elle. La nuit est en train de décliner, elle est à son point le plus froid, juste avant le petit matin. Nous nous serrons les uns contre les autres. Je tiens à nouveau Pauli dans mes bras mais elle ne me regarde pas, elle ne veut pas me parler. Nous restons tous silencieux.

Dès que le soleil se lève et qu'il fait suffisamment jour, une délégation se dirige vers le rocher d'où l'on peut observer le village. Elle revient avec les informations suivantes : le village est vide. Les camions sont partis. Plus une trace de leur visite.

Nous rassemblons nos affaires. Nous mourons de faim. Absurdement, nous sommes partis sans provisions, sans couvertures : nos membres sont engourdis par le froid, nos ventres gargouillent dans l'aube. La prochaine fois, il faudra prévoir. Il faudrait construire une cache dans la clairière. Mais – la prochaine fois ? Quelle prochaine fois ?

Nous murmurons entre nous : il est hors de question que nous remettions les pieds dans la clairière. Nous avons tous entendu la même chose pendant la nuit.

J'hésite entre la certitude de mon expérience, corrélée par celle des autres, et le doute. Nous vivons les uns sur les autres. Lorsque notre groupe semble faire corps, nous sommes trop proches, trop en tension. Nos sens nous ont peut-être trompés. Ne s'agirait-il pas, plutôt que d'une expérience surnaturelle, d'une sorte d'hallucination collective, générée par le stress et la faim ? D'une paralysie du sommeil à grande échelle ? Quand j'étais petite, ma sœur me réveillait en pleurant dans le lit voisin, elle entendait des voix crier dans ses oreilles, une présence menaçante dans l'embrasure de la porte : « paralysie du sommeil », avait conclu la médecin fatiguée qui avait reçu ma mère, inquiète de ces pleurs quotidiens. Rien à faire. Est-ce que c'était la même chose ?

Maintenant que le soleil s'est levé, j'ai du mal à croire que tout cela était réel. Mais fondée ou pas, la peur de cette nuit a changé quelque chose. Même si je voulais revenir à la clairière, personne n'accepterait de m'y suivre. Dans l'imaginaire local, la forêt abrite désormais quelque chose qu'il s'agirait de ne plus croiser. Même Tabor, même la sécurité close de nos maisons et nos cabanes sera désormais trop proche de la forêt et de la montagne, j'en suis sûre. Où donc allons-nous nous cacher à présent ?

Pour ma part, je suis davantage préoccupée par ce que fabriquaient les visiteurs cette fois-ci. Devons-nous nous attendre à des visites encore plus fréquentes à partir de maintenant ? Avec le jour levant se dessine toute une série de questions et de doutes pressants qui viennent remplacer la terreur abstraite et fuyante de la nuit passée. Peu à peu, ce que ces craintes avaient de plus substantiel s'estompe puis disparaît dans l'air frais du matin, rejoignant pour tous le domaine des cauchemars, un lieu comme un calque qui existe toujours sur notre monde, mais que l'on peut écarter d'un revers de la main en riant. Valérie se lève, incertaine, ses jambes flageolent, et Pauli et moi l'attrapons, comme hier soir. Mais maintenant c'est moi – et pas Jonas – qui l'épaule avec l'aide de Pauli, comme il se doit ; d'ailleurs Jonas s'est volatilisé. Je ne m'inquiète pas de son absence. Le jour est venu réparer tout ce que la nuit a renversé. Pauli et moi soutenons Valoche tout le long du chemin que, lentement, nous prenons en direction de Tabor.

Je m'accroche aux épaules de Jonas, je serre fort. J'ai brièvement l'impression qu'il me sauve. Nous nous sommes à nouveau aventurés sous les arbres mais c'est avec inquiétude après ce qu'il s'est passé dans la forêt. Enfin moi, je flippe, mais lui ? Il a l'air serein et un peu bête, comme d'habitude. Il soupire, l'air absent.

Quand nous sommes revenus de la montagne au lendemain de cette nuit affreuse, le village était silencieux. Un rectangle d'herbe était tout aplati à l'endroit où Mona avait dit que se dressait la tente, et au milieu béait un large trou. Ils n'avaient même pas pris la peine de le reboucher. Ça devait faire un mètre de diamètre mais le fond, tout en bas de parois caillouteuses, était invisible. Un tas de terre gigantesque et précaire à côté de lui témoignait de sa profondeur. Dans la lumière pas rassurante de ce lendemain, le trou était effrayant, lui aussi. J'avais le sentiment qu'il irradiait de malveillance, celle des entrailles de la terre, qui apparemment ne nous voulaient pas du bien. Mais je n'avais pas le temps de réfléchir à tout ça, il fallait ramener Valérie chez elle, discuter de ce qui s'était passé ici pendant la nuit, s'organiser dès maintenant pour la prochaine fois. On avait un milliard de choses à faire et méditer sur la profondeur de ce trou débile n'en faisait pas partie. Et de fait, il est resté là quelques temps, grand ouvert sous la lune, sous la pluie, avalant la lumière des jours et les pétales des bourgeons, sans trop qu'on y pense.

Valérie ne s'était pas remise de son malaise. Elle était incapable de dire ce qu'il lui était arrivé, à part qu'elle avait été saisie d'une crise d'évanouissement. Elle n'avait rien entendu, rien vu. Mais elle se sentait contusionnée de l'intérieur, répétait-elle en boucle à qui voulait l'entendre. Elle ne parlait à personne en particulier, le regard vide. Mona me faisait les gros yeux pour que je dissimule mon agacement. Valérie, avec ses certitudes et son sale caractère m'avait toujours tapé sur les nerfs, et plus encore parce que Mona devenait inexplicablement aveugle lorsqu'il s'agissait de ses défauts. Mais cette animosité, bien sûr, il fallait la garder pour soi, pas seulement pour maintenir la paix entre Mona et moi, mais parce qu'à Tabor, il fallait toujours enterrer toute forme d'hostilité, qu'on se regarde avec un amour calme et patient, qu'on discute de nos conflits en faisant les gestes appropriés de la non-agression. Pourtant, dans cet état second qui la rendait vague et stupide, Valérie était encore plus énervante que d'habitude, et je devais me faire violence pour ne pas le montrer. Mona lui faisait frénétiquement avaler des décoctions de passiflore ou d'aubépine « pour la calmer », alors que Valérie avait déjà les yeux qui dérivaient vers nulle part, complètement stone. C'était comique, si on veut. Un serpent défoncé qui se mord la queue sans très bien viser.

Ce qui était vraiment inquiétant, par contre, c'était le mutisme de ceux qui étaient restés pendant la visite des camions. Un autre genre de reptiles. Tout fuyants, silencieux, les yeux en coin, froids. Ils ne parvenaient pas à expliquer ce qu'il s'était passé, et la plupart ne voulait même pas en parler. Ils erraient, le regard vide, au milieu des cabanes. Nous remarquâmes la disparition de Pierre, un type calme et effacé, mais il était impossible de savoir s'il n'était pas parti de lui-même sans nous dire au revoir et sans qu'on s'en rende compte, quelques jours plus tôt (ce qui n'était pas impossible), ou s'il avait été kidnappé par nos énigmatiques intrus. Ceux qui étaient restés à Tabor ce jour-là n'étaient pas particulièrement loquaces à ce sujet-là non plus. On a réussi à comprendre cependant que les bonhommes avaient repris toutes sortes de mesures, qu'ils avaient prélevé le sang de certains sujets – c'est-à-dire, nous – et de certaines chèvres. Qu'ils avaient même emporté un chat avec eux, dans une cage en métal. À quelle fin, mystère.

On se faisait collectivement la réflexion que leur statut était toujours brouillé, soit serviteurs affables mais inquiets d'une puissance merveilleuse, soucieuse de notre maintien dans la vie, soit fonctionnaires grouillants d'un appareil de contrôle aux velléités scientifiques – mais pourquoi restaient-ils silencieux, pourquoi nous étaient-ils si illisibles ? Il aurait suffi d'un geste.

« Justement, murmuraient ceux qui étaient restés. Justement. »

Rien de plus. Ça, pour être sibyllin, ça l'était.

Je m'impatientais. Seul le petit Otto, un gamin déjà triste et peu bavard, chétif et pas sympa, qu'on avait recueilli quelques mois plus tôt, parlait un peu. Il avait mué sans que personne ne s'en rende compte et sa voix était vilainement grave, faisant vibrer son minuscule corps d'avorton. Il nous apprit que les hommes en uniforme tactique noir, qu'on voyait traîner d'habitude en bas de la colline, étaient cette fois-ci montés chez nous. Ça, on le savait déjà, on l'avait vu de loin. Mais il ajouta qu'ils portaient des vêtements marqués du sigle d'une entreprise de sécurité privée que nous avions tous connue autrefois, 6AB. Le visage cagoulé et lourdement armés, ils avaient circulé tout autour des maisons et des cabanes, étaient parfois carrément entrés, et avaient parlé aux nôtres (pour leur dire quoi, mystère). Puis ils s'étaient enfoncés dans les bois de la vallée en bande. Ensuite, l'affreux boucan du forage, nous racontait Otto. On n'était guère avancés.

De toute évidence il se passait quelque chose d'anormal, mais on ne savait pas vraiment mettre le doigt dessus. Que faisaient là des employés de 6AB ? C'était une sacrée surprise. Dans le temps, 6AB avait été une entreprise pionnière dans l'émergence de contrats de maintien de l'ordre publics-privés, les rois de la sous-traitance armée. La limite entre la police et les agents de sécurité privés avait commencé à s'estomper ; je me souviens qu'à l'époque de mes frasques alcoolisées – non pas que j'y prêtais une attention particulière, mais tout de même – ils étaient de plus en plus interchangeables, les flics et les autres, et on les retrouvait parsemés ici ou là dans la ville. Quelle déception de constater qu'ils n'avaient pas disparu avec le reste du monde institutionnel, comme nous l'aurions espéré. Comment 6AB s'était-il maintenu jusque-là ? Ça faisait beaucoup d'incertitudes.

Sur ce dernier point, cependant, Awatif était prolixe. Awatif avait été surprise par les catastrophes alors qu'elle était en voyage, essayant de gagner le nord de l'Europe. Elle était partie de ce qui autrefois avait été le Soudan (autrefois, parce que : qui sait comment avaient été redessinées les cartes ?). Elle avait marché, navigué, progressé, enfin, de manière périlleuse, hésitante, mais sans relâche. C'était l'été des canicules et des incendies, un été qui s'était prolongé, brûlant, jusqu'aux confins de l'automne. Tout le continent cramait. Les routes poussiéreuses sous les arbres secs.

Elle nous racontait : après la sécheresse, le déluge avait tout détruit, pour elle aussi, effaçant les frontières, leur iniquité mais l'intérêt aussi de se retrouver derrière certaines plutôt que d'autres, les itinéraires et les cartes qu'elle avait esquissés dans sa mémoire. Elle avait dû sa survie à un concours de circonstances incluant une arrestation, un centre de rétention dont elle avait réussi à s'évader à la faveur des inondations, un canot de sauvetage à la dérive, miraculeusement vide d'autres êtres humains qui auraient pu avoir des idées sur les procédures à suivre, mais, tout aussi miraculeusement, plein de vivres. Le canot l'avait emmenée sans encombre jusque dans les Carpates, supposait-elle – mais peut-être était-ce les Alpes – ce qui était certainement un signe de Dieu ou d'une puissance bienveillante. Échouée sur un sommet recouvert d'une épaisse forêt qui était, à ses dires, infestée d'ours et de loups qu'elle avait dû combattre quotidiennement, ainsi que de créatures plus mystérieuses qu'elle refusait de nous décrire en détail ; elle avait attendu que les eaux redescendent. De là, elle avait commencé à marcher sans s'arrêter, au hasard, seule, meurtrie par ce nouvel effondrement, consciente de la destruction et de la perte irrévocable de tout, même de ses aspirations. Rejoindre l'Europe n'avait plus aucun sens. Revenir au pays non plus. Quel pays ? L'eau avait définitivement annulé les frontières, exauçant son vœu le plus puissant tout en la condamnant à l'enfer de son inutilité. Et alors, la puissance bienveillante qui avait voulu sa survie se transformait en démon, la condamnant aux tourments contraires mais logiquement complémentaires de la vie préservée, vide, solitaire. Awatif parlait de suicide mais ne s'y résolvait pas, n'était-ce pas exactement ce qu'on attendait d'elle ? Et ce « on » prenait dans sa bouche une teinte particulièrement sinistre, à mi-chemin entre les entités mystérieuses des délires paranoïaques et les ourdisseurs d'un complot de persécution politique.

Elle nous disait, prolongeant son récit que nous connaissions tous si bien : 6AB, elle en savait quelque chose. À l'époque, ils géraient certains centres de rétention en sous-traitance. Grèce, Italie, Turquie, Lybie. Ils étaient connus pour leur brutalité. Il se passait des choses innommables sous leur règne, des rumeurs circulaient sur des cas de torture, de bestialité, des tueries effroyables, commises pour le plaisir dans des zones grises, contre des personnes qui légalement n'en étaient pas tout à fait – mais ça, elle préférait ne pas en parler. Et alors apparaissait devant nos yeux avec une confondante clarté l'identité profonde des tortionnaires de 6AB. Des démons.

Après les catastrophes, elle avait eu l'occasion, à plusieurs reprises de les croiser à nouveau, sur les chemins, dans les campements qu'elle avait traversés. C'était comme une espèce particulièrement résistante de mauvaise herbe qui avait survécu à tout. On disait que 6AB était le bras armé. De quoi ? C'était difficile à savoir. Déjà à l'époque, s'empressa de se souvenir Mona qui en connaissait toujours un rayon sur ce genre de sujets, on avait pas mal parlé de 6AB à propos d'exactions, et carrément de massacres, perpétrées pour le compte de grandes puissances étatiques ou industrielles, dans des zones de guerre. 6AB n'avait rien à voir avec les entreprises de sécurité qui recrutaient à tour de bras parmi les plus précaires des non-blancs pour surveiller les supermarchés urbains, ça avait été, même à l'époque, comme une semi-armée secrète de type à gueules de néonazis. 6AB avait une réputation des plus sulfureuses : tout ce qui était universellement reconnu comme étant indiscutablement condamnable d'un point de vue moral, l'entreprise s'en chargeait, évitant aux États d'avoir à le faire directement, et c'était sans doute ce qui assurait sa longévité et son inattaquabilité. Mona s'excitait. Nous nous en souvenions vaguement, à présent. Ça nous paraissait incroyable d'avoir su tout ça à l'époque, de façon plus ou moins précise, mais d'avoir continué à vivre comme si de rien n'était. Mais c'était ainsi, dans ce temps-là, c'était toujours la même chose, on cohabitait avec des réalités pas possibles qui auraient pu rendre fou, mais qui n'étaient que des titillements désagréables à l'arrière de la conscience. On passait à autre chose, on ouvrait un nouvel onglet de navigation, une nouvelle bière, c'était fini.

Mais aujourd'hui ? On regardait les choses en face : il existait probablement quelque part des puissances politiques, qui comme des braises pas tout à fait éteintes, continuaient à brûler très lentement quelque part, sans fumée, sans presque dégager de chaleur. Des organes de pouvoir, des proto-administrations qui rédigeaient des rapports, publiaient des circulaires, communiquaient des édits, des moratoires, des prorogations. Awatif avait entendu parler quelque part d'un tribunal. Mais reconnu par qui ? Et exerçant, sur qui, quelles lois, quelle juridiction ? Quels procès s'y tenaient, au nom de quoi ? On imaginait des peines encourues dans le plus grand secret, des condamnations fantomatiques et fatales. 6AB, selon elle, *participait*. Si le pouvoir existait, 6AB y était lié, sous quelque forme que ce soit, sbires ou mêmes juges, pourquoi pas, ça ne paraissait pas si insensé. Et après tout, ce jour-là, on osait se poser la question : pourquoi le pouvoir n'aurait-il pas continué à exister ? Pourquoi même aurait-il été détruit ?

On a fini par reboucher le trou. On a balancé dedans, à coups de pelle, la terre du monticule. Ça a pris deux jours. Au début, on ne l'entendait pas atteindre le fond, impossible de la voir. C'était un gouffre. Le tas formé par l'excavation ne contenait pas assez de terre pour la reboucher entièrement, et elle ressemblait maintenant à une sorte de puits assez profond mais où l'on discernait néanmoins, à plusieurs mètres, la paroi finale de terre humide, infiltrée de ruisselets d'eau. Le convoi avait dû emporter le reste dans des sacs de chantier. Pour quoi faire ? Mystère. On a trouvé une grosse pierre, qu'on a roulé jusqu'au trou et posé par-dessus. On avait commencé à se dire que ce trou c'était comme un acte de propriété, qu'ils avaient pris possession de notre terre en la forant. Ou bien que des profondeurs entrouvertes s'étaient échappés tous ces fantômes qui étaient venus se perdre dans les bois et nous hanter, et peut-être même la maladie de Valérie, toujours alitée. D'un point de vue temporel, ça collait.

Je me faisais quand même du souci pour Valérie, malgré mon agacement. Je ne m'explique pas vraiment ce qui m'avait poussée à aller la chercher, ou même à me souvenir qu'elle était partie. Mais ça avait fait comme un flash, je m'étais précipitée à sa rescousse. Je n'avais pas réfléchi, j'avais couru, mon seul souci à ce moment-là était de protéger Valérie, l'exaspérante amie de ma meuf, ma camarade humaine. Jonas avait bondi à ma poursuite comme un bon chien-chien. Je ne sais pas comment ni pourquoi lui aussi a réussi à s'arracher à sa transe d'horreur, j'ai pensé que peut-être, tel un fidèle mâtin, il ne pouvait envisager d'être seul, de ne pas voir ce qu'il se passe, d'être exclu du cercle magique de l'attention – mais je me suis aussi laissée aller à imaginer, au-delà de mon mépris et des idées que je me faisais sur son compte, que c'était peut-être parce qu'il m'aimait et qu'il ne supportait pas l'idée de me laisser m'enfoncer seule dans ces bois hantés, qu'il m'avait suivie pour me protéger, pour ne pas risquer d'aimer dans le vide une silhouette qui s'éloigne, et qui dans son éloignement, même s'il ne dure qu'un instant, semble s'évanouir à tout jamais, condamnant l'amant au malheur. Ça, c'était sûrement une pensée dangereuse.

Nous avions couru jusqu'au rocher et du coin de l'œil j'avais cru voir des formes s'enfuir à notre approche, des substances à forme vaguement humaine, comme si elles avaient voulu revêtir un costume. C'était la continuité du cauchemar. Au moment d'arriver au corps de Valérie, que nous découvrîmes gisant au sol, je jurerais avoir vu une silhouette, une silhouette que je connaissais, se détacher de Valérie inconsciente et partir en galopant à quatre pattes, ses fourrures et ses haillons ondoyant derrière elle comme des oriflammes noires. La panique avait alors atteint un niveau inégalé de stridence, chacun de mes muscles tendus faisait siffler à mes oreilles l'alerte claire. Nous sommes restés tétanisés, Jonas et moi. Puis tout s'est dissipé pour de bon. Valérie était d'une lourdeur de plomb, seuls ses yeux révulsés gigotaient dans son crâne. Elle était d'abord silencieuse, lorsque nous l'avions hissée, pesante, sur nos épaules, mais sur le chemin elle avait commencé à babiller. Sa voix était méconnaissable, déformée comme par une ivresse violente. Seul Jonas, dans cette nuit tournoyante, avait su rester solide, garder le cap. Sa bêtise était ce qui le rendait inébranlable (c'est ce que je me disais du moins).

Et maintenant je suis à nouveau dans les bras de Jonas, à nouveau dans les bois (mais pas les mêmes, une futaie calme pas trop loin du village où on pouvait presque se sentir en sécurité), où se mêlent l'apaisement de la jouissance sexuelle et la peur sylvestre, ce qui n'est pas au fond un mélange désagréable.

«Je me demande quand même bien qui sont ces types en combinaison, lancé-je à tout hasard, comme ça, pour dire quelque chose.

– Ouais.»

Silence. Le rapport de Jonas à la parole est déconcertant. À moi, il ne m'a jamais beaucoup parlé, même si pour ma part je me suis souvent confiée à lui. Mais je sais, pour l'avoir déjà entendu, qu'il se lance parfois dans de longs monologues à destination générale, ce qui lui donne l'air un peu plus dégourdi. Obtus, mais pas complètement con. Presque habité. Je le relance: «Mais toi, par exemple, tu penses que c'est qui?

– Mais j'en sais rien, moi, comment veux-tu que je le sache? Enfin, je vois pas très bien comment je pourrais savoir ça.

– Jonas, enfin, c'est pas du tout ce que je te demande. T'as pas de théorie? D'idée? De pronostic délirant? (Je le pousse un peu dans les côtes. Il est torse nu et il rigole, il baisse la garde.)

– Non. Ça me rassure pas pour vous, c'est tout ce que je sais. Moi, en fait, avant, je faisais pas confiance aux institutions, aux uniformes, tout ça, m'explique-t-il du ton docte du mec qui a tout compris à la merde secrète, aux complots qui nous écrasent. Il continue : J'ai jamais eu de chance dans la vie. Je viens d'un quartier pas facile, à la base. Mais je me suis toujours tenu à carreau. Et puis on a déménagé quand j'ai eu douze ans et on est partis dans un bled à la campagne. C'était pas vraiment mieux, je veux dire qu'il y avait pas mal de deal, de violence, c'était crado et triste aussi là-bas. Moi j'étais sérieux, mais mon grand frère, il a fait les quatre cents coups et il a eu des gros problèmes. Du coup, tu vois, j'étais méfiant mais je restais toujours du bon côté de la barrière. Je voulais respecter la loi, même si parfois je me disais que les flics abusaient.

– Mais t'y étais jamais vraiment confronté ? »

Je suis intéressée mais méfiante – pourquoi il me parle de tout ça maintenant ? Pourquoi il arbore cette ridicule expression faciale de petit professeur ?

« Non, non. Je faisais gaffe. Je faisais profil bas, tout le temps. Je me faisais pas remarquer. Les flics abusaient, je le savais, mais je me disais qu'ils avaient quand même la loi avec eux et ça, d'une certaine manière, je le respectais. J'ai toujours trouvé ça beau le fait que la loi et la république nous enveloppent tous, qu'on se retrouve tous dans cette même maison, qu'on soit égaux.

– Oui, mais enfin tu viens de dire toi-même que c'était pas vraiment ça... Que c'était pas comme ça que les choses se passaient.

– C'est sûr, mais c'est une idée que j'avais, par-dessus la réalité. Bon en tout cas j'ai grandi, je suis revenu à Paris. Je travaillais dans un hôpital. »

Il marque une pause. Il hésite un instant, reprend.

« Je faisais le ménage, dans le service des urgences, soins intensifs, ce genre de trucs, pour me faire un peu de fric. J'ai vu des choses affreuses. T'as pas idée des horreurs que les gens se font, entre eux, ou tout seuls.

Des accidents où je me dis que c'est pas possible que ça ait pas été un peu exprès. Les corps en bouillie, les os on les voyait, les entrailles, la merde, le sang évidemment. Un jour, y a une ambulance qui arrive. Le type est dans une sorte de coma. Un mec qui dealait dans la gare du Nord, juste à côté. Ces gars-là je les voyais tous les jours quand j'arrivais au travail. Ils consommaient aussi, la plupart du temps. Ils venaient retirer des jetons à l'hôpital pour pouvoir prendre des kits stériles d'injection. J'aimais bien ce quartier mais c'était toujours comme si un nuage noir planait au-dessus, comme s'il faisait toujours moche, même en pleine canicule. C'était souvent triste et sale, mais en même temps, c'était aussi ça que j'aimais. Y avait un truc qui me fascinait dans cette obscurité aussi. »

J'ai des vagues d'émotion à penser que Jonas et moi avons vécu tous les deux dans la même ville, dans une ville qui n'existe plus vraiment, les souvenirs de lieux, de rues, le reflet de nos regards dans les vitres du métro.

« Et ce mec, qu'est-ce qu'il lui est arrivé ?

– Il dealait à la gare, donc. Il s'est fait prendre en chasse par un groupe de sécurité. Justement, ces types en uniforme qui patrouillaient dans les gares, tu savais jamais trop si c'était de la police ou pas. Peut-être des ex de la police, avec des têtes de brutes, des gens agressifs, ou peut-être que c'était juste la BAC, ou 6AB d'ailleurs, ou j'en sais rien. J'ai pas vu l'évènement en fait, mais ça n'a aucune importance. Ils avaient coursé ce type. Il était tout jeune. Plus jeune que moi à l'époque. C'était plus ou moins un ado. Ils ont réussi à le choper, à le maîtriser. Ils l'ont plaqué par terre. J'ai appris plus tard que comme par hasard c'était dans un endroit où y avait pas de caméra de surveillance. Un des angles morts bizarres.

– Comme la république, hein ! Enfin qui surveillait tout... Sauf ce qui les arrange... C'est ce que tu disais... Enfin, tu sais... » je bredouille. Ma plaisanterie s'étiole.

Jonas se concentre une seconde sur ce que j'ai essayé de dire. Renonce, l'air agacé. À une époque, vieille de cinq minutes, j'aurais certainement pensé que c'était parce qu'il était trop idiot pour comprendre et qu'en avoir conscience l'attristait. Mais maintenant, je n'en suis plus si sûre. Mon interruption l'a énervé, il voit très bien où je veux en venir, il me trouve désespérante. Il aimerait que je me taise et que je l'écoute. Je suis amusée et vexée, je me compose un masque de passivité attentive. Je bats même un peu des cils. Ça fonctionne et il reprend. Je me sens subtilement humiliée, sûre qu'il jubile intérieurement de cette humiliation.

« Ouais. Peut-être. En tout cas, là, y avait rien, c'est ce qu'ils disaient en tout cas. Ils l'ont plaqué au sol. Et quelques minutes après le gamin respirait plus. Arrêt cardiaque. Les mecs ont dit que c'était parce qu'il avait avalé toutes ses doses pour pas se faire prendre et qu'il s'était étouffé dessus, ou bien qu'un des pochons avait explosé dans son estomac, qu'il a fait une intoxication, une overdose. Y a aucun moyen de savoir s'ils l'ont pas juste étouffé avec une clé d'étranglement. Y avait aucun moyen de savoir ce qui s'était vraiment passé. Et je passais dans la chambre de ce garçon, qui avait mon âge, un peu moins que mon âge. Tu sais, pour faire le ménage. Il était dans le coma. Je passais et y avait une atmosphère électrique dans la chambre, comme des champs de force, des trucs que je captais pas, qui me traversaient et presque qui me nourrissaient, je sortais de la chambre et j'avais l'impression d'être augmenté et meurtri, j'avais fait serpenter sur le sol la serpillière humide, j'avais recueilli une force qui sinon allait s'épuiser, ça me donnait la gerbe et en même temps ça me galvanisait ; une ou deux fois, j'ai osé, j'ai touché son visage de comateux, et mes doigts fourmillaient. Après il est mort, assez vite. Je pensais à comment l'État, qui est une puissance incommensurable, l'avait violenté, l'avait projeté dans le domaine de la mort. Comment l'État avait contourné ce qui le constituait pour exercer son pouvoir et que son pouvoir n'était même pas mesurable à l'identité qu'il se donnait, ou aux bornes qu'il se fixait et puis de toute façon ces bornes étaient la preuve éclatante de sa toute-puissance. L'État, c'était comme l'univers, un empire qui n'avait pas d'autres limites que les lois de la physique. C'est à ce moment-là que j'ai réalisé que l'injustice ne pouvait même pas rentrer en contradiction avec l'État et sa légitimité, que l'exercice de la justice comme de l'injustice était ce qui faisait de l'État une entité absolue et légitime, administrant la vie et les choses sans rendre de comptes à personne. Il y avait quelque chose de lourd, une chape de plomb sombre (le nuage noir c'était ça aussi), et puis en même temps de vraiment sublime, de magnifique. L'organisation de ce qui est à la lumière et de ce qui ne l'est pas, l'organisation de la lumière, de l'obscurité même. C'était une prise de conscience presque métaphysique. Ça m'a fait penser différemment. J'ai commencé à voir les choses sous un autre angle. »

Jonas se tait. La première chose que je me dis (sans parler du fait qu'il est loin d'être le benêt que je croyais, malgré l'artificialité de ce petit speech), c'est à quel point j'ai du mal à imaginer Jonas en personnel de ménage hospitalier. Mais je me dis aussi que nos fonctions ancillaires, même enfouies dans le passé, moi bonniche dans les bureaux, lui dans les hôpitaux, les deux faces cachées et sales d'une vie organisée entre le travail (la vie) et l'alitement inactif (la mort) ; des alternances de jour et de nuit, de propre et de sale, de pur et d'impur – bref, que tout ça nous rapproche en quelque sorte. Comme n'importe quelle amoureuse, je cherche absurdement les signes qui m'attachent à l'être aimé. Enfin, je réfléchis à ce qu'il me dit. À pourquoi il me dit ça maintenant. À toutes les contradictions qu'il n'a cessé d'incarner depuis qu'il est arrivé parmi nous : pontifiant, égoïste, travailleur, dévoué, idiot, paresseux, ingénieux, courageux, bavard et mutique, et d'autres choses encore sans doute. Je contemple Jonas et son visage et son corps si neutres, apparemment dénués d'émotions fortes, l'incarnation de la normalité. Il me renvoie un regard vide, comme s'il n'avait rien dit, comme s'il ne venait pas de raconter quoi que ce soit de personnel, qu'il n'avait pas obscurément philosophé sur la nature profonde de la justice. Il détourne la tête et s'étend par terre de tout son long. Ses bras sont raides de chaque côté de son torse nu. Il ferme les yeux et respire doucement par le nez. Je prends ses mains qui supposément auraient nettoyé des matières organiques sur le sol d'un hôpital et les embrasse. J'embrasse ensuite ses bras, sa nuque, sa poitrine si étonnamment plate et le creux de son cou. J'embrasse son visage, je suçote ses cheveux. Ils sont fins et un peu gras, ils crissent sous la dent. Il m'embrasse à son tour, me plie dans ses bras, je le plie dans les miens, et pendant quelques temps nous oublions la magie noire d'un État depuis longtemps englouti.

C'est quelques jours plus tard que, pour la première fois, je perçois un changement. Je me sens lourde, pataude, et, surtout, vraiment énervée. Le monde entier me reste en travers de la gorge. Rien ne me paraît correct et j'ai dans le ventre une aigreur qui m'empêche de profiter des choses que j'aime. Même boire de l'eau m'énerve et me dégoûte. Je suis fébrile, j'essaye de ne pas trop y penser – serait-ce possible, enceinte, déjà, aussi vite ? Mon irritabilité n'ayant aucune limite, je suis de toute façon plus concentrée sur la colère et le dégoût que je tente de contenir en permanence que sur le minuscule espoir concomitant. Par ailleurs, je suis toujours aussi divisée sur mon désir de grossesse : il me semble que ce qui a toujours été un souhait naïf et nonchalant, presque un jeu, un souhait pour de faux (mais sûrement que je ne peux affirmer sa nonchalance qu'après-coup : sur le moment, l'était-il vraiment ?), a acquis une forme d'inéluctabilité.

Mon état se prolonge encore et mes règles n'arrivent pas. Une semaine passe, deux, et toujours aucun saignement, juste une tension croissante au bas de mon ventre. Je pense à cette possibilité qui croît, peut-être, en moi, à l'improbabilité du mélange opéré entre nos gènes, à Jonas et à moi, le ridicule même de cette idée me fait pouffer.

Ces derniers temps, Mona est presque complètement sortie de ma vie. Elle fait ce truc où elle se retire, un réflexe qu'elle a lorsqu'elle est déçue, mais qu'elle avait progressivement abandonné depuis qu'on était arrivées à Tabor et qu'elle avait réussi à modeler les choses à son image.

Elle a dormi toutes les nuits au chevet de Valérie qui ne va pas mieux, l'écoutant, l'apaisant, dévouée, patiente, presque surnaturellement oublieuse d'elle-même. Elle ne permet à personne d'autre de s'occuper de son amie. Je vois bien ce que c'est. Elle a peur que Valérie délire, parle, révèle à des oreilles indiscrètes la réalité de notre situation. Tout le monde ici, même moi, a accepté leurs histoires. La découverte de Tabor par Valérie, notre arrivée par radeau, le choc de titans : Mona et Valérie, les ennemies devenues alliées, même la catastrophe préliminaire. Du pipeau, évidemment.

Je me souviens vaguement que nous avons abandonné notre Fiat Panda à une dizaine de kilomètres d'ici, et que nous avons fait le reste du chemin à pied, sous les pluies diluviennes, jusqu'à ce hameau abandonné en plein Massif Central, repéré par Valérie quelques semaines auparavant. Si la catastrophe n'avait pas encore eu lieu, elle ne manquerait pas de se produire plus tard. Peut-être que c'était maintenant, ou que ce serait dans dix ans. On ne voulait plus rien savoir. Les autres sont arrivés, cahin-caha, par hasard ou par bouche-à-oreille. C'est vrai qu'il avait énormément plu, après des mois et des mois de sécheresse caniculaire et d'incendies. La pluie d'abord avait été accueillie avec joie, éteignant les incendies, abreuvant la terre devenue aride. Et puis elle avait commencé à tout détruire. Des inondations très graves, il y en a eu. Mais peut-être pas tout à fait autant que ce qu'on avait fini par raconter. De toute façon, tout le monde était convaincu de l'effondrement et que la seule solution pour survivre était de se couper du monde. Renoncer à tout. On n'avait plus de nouvelles de l'extérieur. Il fallait vivre raisonnablement, modestement. C'était la nouvelle plénitude. Les arrivants étaient briefés. Les histoires qu'on se racontait sont devenues vraies à cent pour cent. Nos autres souvenirs se sont estompés. Les catastrophes avaient tout détruit. C'était mieux comme ça. Pourtant, cette réalité est fragile, et avec tout ce qu'il se passe en ce moment, ces intrusions d'outre-monde, venues d'au-delàs surnaturels ou gouvernementaux, elle se fissure. Mona est inquiète et elle est déçue, parce que cette réalité soigneusement échafaudée menace de se péter la gueule.

Lorsqu'elle n'est pas garde-malade, elle s'emploie ailleurs, et je ne la vois plus que de loin, aux champs, ou plus rarement dans la maison commune où elle me regarde en coin sans rien me dire. Elle se perd dans un délire de moralité et d'abnégation. Elle a toujours été comme ça, à attendre les bons moments pour exprimer clairement ce qu'elle est : une ascète radicale. Ça lui fait plaisir.

Nous dormons à des endroits différents, et pas aux mêmes heures. Si par hasard je la croise, je vois dans ses yeux une très grande tristesse mais je me sens impuissante : Mona ne m'intéresse plus. Au contraire, elle me pèse, je n'ai pas envie de lui mentir davantage, ni qu'elle me mente encore sur notre vie ici.

Je soupçonne une vague amourette entre elle et Valérie mais ça m'est bien égal. Je ne comprends pas que Mona et moi, le power-couple de Tabor, personnifiant l'amour fou, ayons pu en arriver là. Ça ne me serait jamais paru possible, et tout d'un coup c'est arrivé, il n'y a plus rien qu'une sorte de gêne, puis je m'avoue que c'est simplement la peur qui m'envahit, je tremble et je cours oublier en m'étourdissant de conversations sans intérêt avec n'importe qui – parler à n'importe qui, de n'importe quoi, seulement ne pas parler à Mona, de rien, plus jamais.

Je passe certaines de mes nuits avec Jonas. Le temps est doux et nous pouvons dormir à la belle étoile, la peau nue sous la brise nocturne. Jonas ne m'a plus reparlé comme il m'a parlé ce soir-là. Il est redevenu gauche et silencieux et j'ai l'impression qu'il m'évite, lui aussi. Je n'évoque évidemment pas mes doutes et mes espoirs. Il ne sait rien du projet que j'ai de concevoir, et je lui suis reconnaissante de son ignorance. Je profite de lui pendant qu'il en est encore temps. Je sens que tout cela va prendre fin bientôt.

Au bout de ce que je suppose être trois semaines de retard, j'ai la quasi-certitude d'être enceinte, et je ne crois pas me tromper. Tout à coup, comme une explosion déclenchée par ma soudaine certitude, j'aime Jonas à m'en rompre la poitrine. Je pars à sa recherche. Il n'est pas aux champs, pas à la bibliothèque, pas dans les bois, pas dans la maison commune. Je commence à paniquer. Je croise Molo : « T'as vu Jonas aujourd'hui ?

– Ah ça oui, je suis sorti tôt ce matin et je l'ai vu descendre la route. La dernière fois que j'ai regardé, je l'ai vu disparaître sur le virage. On ne le reverra pas de sitôt, si tu veux mon avis. » Molo a l'air sacrément content de m'annoncer la nouvelle.

Mon cœur cogne contre mes côtes. Je suffoque « Merci Molo. » Il ricane. Je m'éloigne en respirant trop fort. J'ai envie de tomber par terre. Je sais que je ne le reverrai plus. Depuis son monologue de l'autre soir, il était fuyant. Je le retrouvais parfois assis au milieu d'un cercle attentif en train de prêcher d'un air convaincu, lançant des regards équivoques aux personnes réunies autour de lui. J'entendais des bribes de phrase : guerre finale, sommeil magique, renaissance et retour, victoire, justice et promesse, etc. Des rumeurs avaient commencé à circuler : il était doté de pouvoirs surnaturels, il allait accomplir des miracles qui augmenteraient nos vies, peut-être même qu'il serait à l'origine de ce temps nouveau, encore un autre, qui paraissait imminent à certains, à tous en réalité, même à moi. Je commençais à croire ces nouvelles histoires qui se murmuraient au campement. Peut-être simplement que les preuves s'accumulaient de la pérennité du monde qu'on avait voulu quitter (et donc de la nécessité renouvelée de sa destruction), ou qu'on s'emmerdait et que le surnaturel était un moyen de combattre l'ennui. Mais je me disais aussi : on ne pouvait pas tous avoir rêvé la même chose, si ? La vieille, la forêt hantée, tous nos rituels ? Que la magie existe ne me semblait vraiment plus être une idée si loufoque. Certains signes annonceraient la nouvelle période, apparemment. Bientôt. Ce serait le signal, expliquait Jonas. Mais cette ère de paix ne pourrait advenir qu'à travers la perte, la disparition, peut-être la mort. Nous le découvririons en temps voulu.

Et voilà Jonas enfui : son départ annonce peut-être la crise qui nous fera entrer dans le monde final, le dernier des mondes. Je me sens abattue, je l'aime, je l'aime ! Comment exister sans son corps précieux et son mutisme divin, qui est en réalité un présent qu'il n'offre qu'à moi (vu qu'avec les autres c'est une vraie pipelette) ? Que faire à présent ? Je cours à tout rompre vers la cabane de Valérie, je grimpe les escaliers et les échelles, je traverse les passerelles suspendues, je cours jusqu'à sa chambre – vide. Mon état m'est insupportable, je me noie dans la peur et l'appréhension, dans l'amour et son absence, dans l'attente et la soif. Je cours en tous sens, je dégringole d'une pièce à l'autre de la cabane, je me précipite dehors et fonce dans des directions diverses et sans ordre.

Je hurle « Mona ! » et les têtes se tournent. « Mona, Mona, Mona ! » Je suis au désespoir. J'entends les autres ricaner. Mona sort de la maison commune, elle a quelque chose dans les mains, éternellement industrieuse, occupée peut-être pour ne pas penser à moi ou à l'effondrement de sa société idéale en des prospections religieuses, ou à l'État-nation qui n'a jamais cessé d'exister, et oui, la voilà qui se tourne vers moi avec dans les yeux un espoir affreux à voir, les yeux chavirés de bonheur, les yeux d'un chien fidèle (encore un) que son maître fou ignore et malmène. Je m'approche, essoufflée. « Mona, je lui dis en l'enlaçant. Mona, je suis enceinte. »

La colère profonde et vénéneuse qui bouillonne dans mon cœur comme un chaudron de poison, je n'aurais pas imaginé la ressentir un jour. Je ne me suis jamais sentie aussi trahie. Je m'étais persuadée que la trahison ne faisait pas partie de ma gamme émotionnelle, qu'elle ne pouvait pas m'atteindre, que ça ne m'intéressait pas. Mais avec quelle puissance vicieuse je la ressens maintenant ! Comme ça me brûle et me tourmente ! J'aimerais me rouler par terre, je trépigne et je serre les poings, je grince même des dents – je ne savais pas que ça pouvait arriver ailleurs que dans les romans russes. Mes vêtements m'incommodent, je voudrais les arracher, mais me concevoir nue est une idée tellement ridicule que je suis encore plus furieuse, je grince des dents plus fort, j'en ai mal à la mâchoire.

Pauli m'apparaît nimbée des flammes de la perfidie, l'œil mesquin, les mains sont habilement dissimulées, sans doute qu'elle tient le couteau qui lui servira à me frapper dans le dos dès que je relâcherai un instant mon attention, dès que je m'adoucirai par pur réflexe. Ne pas s'adoucir. Son ventre gonflé est monstrueux dans ces visions, parcouru de vagues, il devient le protagoniste de cette duplicité, son incarnation, et c'est sur lui que se porte plus particulièrement ma haine.

Mais je rends ma détestation invisible, et je passe même quelques semaines apparemment apaisées avec Pauli.

Passé l'ébahissement au moment de l'annonce, quand j'ai tout laissé tomber (mes yeux écarquillés, ma bouche ouverte, mes mains qui font choir les outils et les plantes que je tenais à la main, mes jambes qui flageolent), nous avons à peine parlé. Ceux qui nous regardaient se tournaient les uns vers les autres inquiets, ils s'attendaient à l'explosion, ce n'était tout de même pas chic ce que Pauli m'avait fait, tout le monde savait depuis longtemps et moi j'étais restée obstinément inconsciente de ce qui se jouait sous mon nez. Nous n'avons pas parlé, je me suis ressaisie, je me suis penchée pour reprendre ce que j'avais tenu dans mes mains et qui était maintenant au sol (tout cela me semblait gravement métaphorique), Pauli s'est baissée, elle s'est accroupie à mes pieds pour m'aider à ramasser. Pauli est une finaude quand il s'agit de se faire aimer, elle ferait tout et n'importe quoi pour qu'on l'apprécie, mais à un niveau profond, elle s'en fiche. Elle agit ainsi par jeu ou par habitude, ou par désœuvrement, parce qu'elle n'a rien de mieux à faire à ce moment-là, dans quatre secondes elle n'y pensera plus, ce sera comme si elle n'avait jamais croisé ton chemin (dans sa tête à elle, quant à toi, tu seras dévastée d'amour). Je sais tout cela, et alors ? Enchanteresse et méchante Pauli. Pas dupe mais troublée, comme toujours, je ne dis rien, je me relève et m'éloigne, Pauli m'emboîte le pas, trébuche adorablement pour me rattraper, balbutie quelque chose à mon oreille – et ce soir-là nous nous étions remises en ménage, comme si rien ne s'était passé.

Je continue à vivre au chevet de Valérie, à travailler sans relâche. Je fais bonne figure en public, je ne quitte jamais mon masque de bonhommie fatiguée, j'élude toute question à notre sujet. Mais en réalité, je suis déchirée, fendue en deux : une partie de mon être, sans doute la plus superficielle, est réellement heureuse du retour de Pauli et du renouvellement de ses affections après ces semaines d'éloignement déprimant. Maintenant je peux croire que la vie n'est pas aussi vaine que je le craignais alors. Je vois ce retour comme une gratification, un juste retour des choses. Cette partie-là de moi comprend ces retrouvailles comme la victoire de l'amour vrai et pur, de la patience, de la bonté. La deuxième moitié de ma tête, évidemment, est celle où se bousculent la colère et la désolation. Je les garde sous contrôle, je les oblige au silence et à l'immobilité, mais elles resurgissent dans des rêves et des accès de colère soudains. Je continue à aimer Pauli, mais je dois aussi composer avec la rancune qui me ronge et qui ronge mon amour, qui me fait souhaiter de ne plus jamais poser les yeux sur elle, qui me fait vivre son retour comme la plus subtile des humiliations, une cerise amère sur un douloureux gâteau de merde. C'est à cause d'elle, aussi, à cause de sa trahison, que Tabor s'écroule.

Pauli fait comme si de rien n'était. Nous dormons parfois ensemble, lorsque je ne suis pas aux côtés de Valérie. Mais j'évite de toucher son corps, particulièrement son ventre sur lequel ma main pourrait s'égarer pendant la nuit. Je prends des précautions. Nous ne faisons plus l'amour. Je ne peux me résoudre à caresser cet organisme qui supposément en porte un autre, parasite et étranger. Ce corps qui a fait l'objet des attentions de ce minable de Jonas, un être tellement insignifiant et plat que je ne parviens toujours pas à comprendre que Pauli ait jeté son dévolu sur lui. J'ai honte de ces mouvements idiots de possessivité, encore un de ces sentiments que j'imaginais ne jamais connaître : qu'est-ce que cela change, que Pauli ait fait l'amour avec quelqu'un d'autre ? Sa peau, son sexe et ses bras restent à elle, Pauli, ils n'ont rien à voir avec Jonas ou qui que ce soit d'autre. Pourquoi suis-je incapable de la toucher ? Je trouve ça bête, mais je persiste dans mon évitement maximal du contact physique, je dors au bord du lit au risque chaque nuit de tomber dans le vide, je lave avec une énergie maniaque la vaisselle et les couverts qu'elle aurait pu utiliser – le contact imaginé de sa bouche sur une surface quelconque suffit à soulever en moi des accès de nausée. Même moi, je me lave plus que de raison, obstinément.

Certes, je vois bien que la finalité de toutes les manœuvres félonnes de Pauli, c'était de se faire engrosser, que Jonas ne compte sûrement pour rien si ce n'est comme l'instrument aveugle de cette finalité. Mais la soumission de Pauli à ce supposé impératif biologique, sa soumission à une nature traversée de forces obscures, pétrie d'hormones et de liquides sexuels m'est une pensée particulièrement pénible.

Je suis perdue. Je ressasse mes contradictions sentimentales. Les jours passent, rien ne s'atténue. Je continue à aimer Pauli, et dans le même temps je continue à lui vouloir du mal, et je continue à me voir comme un être supérieur plutôt compréhensif étant donné les circonstances. Je ne suis pas aveugle : Pauli souffre, malgré ce qu'elle essaye de faire croire. Lorsqu'elle se croit seule, son visage retombe, marquant la tristesse qu'elle dissimule en permanence. Elle se sent abandonnée et malade.

Quant à moi, je souhaite la mort du fœtus. Vivement, ardemment. Je veux libérer Pauli de cette servitude qu'elle n'a certainement pas choisie. Je pense à la longue marche des femmes pour la maîtrise de leur corps et de leur fertilité, une marche historique qui aboutit, car chacun dans sa vie est la mesure de l'histoire, à ce fiasco minable. Les millénaires d'avortements clandestins, les complications, la honte et les maladies, les condamnations et les luttes, tout ça pour ça, pour que dans un monde ruiné une gouine me plante un couteau dans le dos. À quoi bon les avancées scientifiques si c'est pour se retrouver comme une chatte en chaleur ? À quoi bon les combats pour le contrôle de sa vie si c'est pour arriver à cette situation sordide où on fait n'importe quoi ?

Je veux que cet embryon reparte fissa de là où il est venu. J'ai évidemment conscience de la folie de mon projet, je sais que je délire, que c'est absurde et fanatique. Pourtant, je conspire, j'ourdis des complots sombres et risibles. Par exemple : quel moyen pourrais-je employer pour faire boire à Pauli des litres d'infusion de rue officinale, d'herbe du diable, de persil ou de menthe pouliot ? Ou pourrais-je la faire chuter d'une hauteur suffisamment élevée pour provoquer une fausse couche ? Appuyer si fort sur son ventre que l'embryon en sortirait comme un diable de sa boîte, la mettre au défi de plonger du rocher qui surplombe la rivière ou de me battre à la course (elle serait incapable de refuser) ?

J'ai déjà entendu qu'une botte de persil enfoncée dans le vagin pouvait suffire à provoquer un vague empoisonnement menant à des contractions assez violentes pour expulser l'embryon. Mais comment s'y prendre ? Il faudrait tromper Pauli sur la destination exacte de ce dispositif, la rassurer sur l'innocuité des plantes. Un jeu érotique quelque peu inhabituel ? Cela paraît impossible. De toute façon, Pauli se méfie. Les plantes ne sont pas sûres, et je ne peux décemment pas m'imaginer renverser l'échelle au sommet de laquelle est perchée Pauli attachant les vrilles des haricots à une treille ; ni la pousser au bas du petit ravin que nous longeons. Mais j'y pense sans arrêt, et je suis obligée de réprimer quelques impulsions brutales aux moments possiblement opportuns.

Évidemment qu'il m'est impossible d'exercer une quelconque forme de violence sur qui que ce soit, et encore moins sur Pauli. Et mentir, tromper et blesser physiquement, voilà sans aucun doute une violence vraie. Mais ce qui est mauvais perd singulièrement en consistance. Où se situe le mal ? Dans la trahison ? La duperie ? Dans le fait de concevoir, donner naissance, élever un enfant dans ce contexte impossible ? Dans le fait de le haïr et de le tuer alors qu'il n'est encore rien ? Dans le fait même de vouloir du mal à un individu ? Mais l'humanité entière ? Quelle mesure pour le tort qui lui est causé et la nature profonde de ces maux ?

La naissance de cet enfant est un obstacle insurmontable dans un avenir de moins en moins lointain. Que vais-je devenir dans cette nouvelle configuration des choses ? Pourrai-je encore aimer Pauli lorsqu'elle sera tout occupée aux soins et à l'amour de son vilain bébé ? Je tiens l'idée de reproduction en une telle horreur qu'il me paraît improbable que je puisse porter de l'affection à cet enfant. Je n'ai rien contre les bébés en général, je ne pense pas que les homosexuels ne devraient pas en avoir, je ne déteste pas l'enfantement comme symbole de l'hétérosexualité. Mon problème, c'est que je ne suis capable d'examiner le monde qu'à travers une vue d'ensemble, désespérément synthétique. Et un être humain de plus, c'est une menace de plus. C'est un risque de plus de voir le monde irrémédiablement laid et détruit ; et en puissance, c'est toute une marmaille qui se presse autour du ventre fertile de Pauli, c'est des dizaines de chances en plus, car à terme, on le sait bien, les enfants finissent eux-mêmes par se reproduire et on ne s'en sort plus.

Mais surtout (et l'urgence particulière de cette question est ce qui me blesse le plus), est-ce que Pauli pourra encore m'aimer, quand elle s'occupera de son nouveau-né ? Je sais bien que la parentalité est un état absorbant, presque monomaniaque. Je ne souhaite pas voir Pauli s'y enfoncer, mais je sais pourtant que c'est inévitable, aussi inévitable que tout ce qui se produit dans ce malencontreux épisode. Comme à chaque fois que j'essaye de faire quelque chose de bien, ça capote. Tabor fonctionnait pourtant, c'était ma seule réussite. Mais il devait forcément se passer quelque chose pour tout gâcher. Est-ce de ma faute ou de celle de Pauli ? Ou d'aucune de nous deux ?

«Je ne sais pas quoi faire. Je pourrais exiger, par amour, qu'elle s'en débarrasse. Mais comment puis-je exiger quoi que ce soit ? Elle m'a assez montré que mes exigences n'avaient pas de poids pour elle.

– Mais pourquoi... Valérie hésite, pourquoi tu ne peux pas accepter ce qui arrive ?»

Elle est toujours faible, très calme. Elle est souvent seule. Personne ne vient lui rendre visite, à part moi. Ce n'est pas uniquement par dévouement amical, ni juste pour monter la garde parce que je ne veux pas qu'elle complique encore les choses en se mettant à se repentir sur les soi-disant mensonges qu'on aurait raconté, comme l'a insinué Pauli. C'est aussi parce que Valérie a quelque chose qui m'apaise, je la trouve sans âge et sans sexe, c'est très agréable.

J'ignore à peu près tout de sa vie passée, nous nous étions rencontrées dans un contexte militant où la discrétion était de mise, nous avions beaucoup parlé, une nuit, non pas de nos vies mais de nos rêves pour un monde meilleur, et de nos craintes des conséquences d'un effondrement qui semblait de plus en plus probable. Nous avions mis sur pied ce projet d'exil. Elle avait trouvé l'endroit parfait, un hameau entier, abandonné, que nous avions décidé de squatter. En même temps les choses s'accéléraient, ces pluies diluviennes, les épidémies qui se multipliaient, les émeutes. Pauli et moi avons quitté Paris. Finalement nous avions été nombreux à le faire. Quitter la ville en panique sans avoir nulle part où aller. Nous avons rejoint Valérie qui campait ici. Nous avons continué à rêver à voix haute. Comment les choses auraient pu s'être déroulées, dans un monde que l'on avait décidé de refuser. Comment le monde injuste, celui d'avant, était à présent totalement détruit. Les récits faisaient boule de neige. D'autres âmes perdues, des réfugiés plus ou moins volontaires s'échouaient chez nous. Défense de raconter ce qu'il y avait dehors. C'était la seule interdiction. Nous voulions continuer à ignorer ce qu'il pouvait s'être passé depuis notre départ. On les cueillait à l'arrivée pour leur annoncer la couleur. Peu à peu nos récits prenaient de la substance, ça devenait vrai, on pouvait créer quelque chose qui tenait la route. Nos vies n'étaient plus des bordels sans horizon, on vivait enfin l'autonomie, l'autogestion. De ce qu'on pouvait déduire de l'état dans lequel les nouveaux venus arrivaient, le monde avait réellement changé, il y avait eu des bouleversements et même une certaine forme de catastrophe globale. Un afflux plus important de gens qui avaient tout perdu. Nous ne voulions pas en savoir plus. Avant de virer doux dingues mystiques, les autres étaient d'accord. On avait décidé de tout oublier, de vivre ici et maintenant. Est-ce que c'était la vieille, Jonas, les mecs en armes qui avaient changé la donne ? Je ne savais même pas d'où sortaient leurs histoires de fantômes, leurs récits téléologiques. Je reconnaissais leur puissance, même moi je m'étais laissée happer par le surnaturel cette nuit-là dans la forêt, c'était facile. Il n'y avait qu'à se laisser glisser. Mais ça détruisait l'univers cohérent que nous avions patiemment tissé, tous ensemble.

Je m'imagine parfois que tout ce qu'a raconté Valérie sur son internat de médecine, c'est aussi du bluff, qu'elle improvise, qu'elle a pu se réinventer, que même notre relation fondatrice était basée sur des mensonges, et au fond je m'en moque éperdument, je n'ai pas envie de savoir, juste de profiter de l'ensoleillement sédatif qu'est pour moi la présence de Valoche. Valoche qui n'a jamais vraiment exprimé autre chose que des opinions, des idées quasi-impersonnelles, qui n'a pas de désirs ou de sentiments, qui reste vaguement drôle en toutes circonstances. Je ne me suis jamais interrogée sur sa vie affective, avant ou après le déluge. C'est un non-sujet et c'est très bien ainsi, ça laisse plus de place à mes problèmes, et je ne me gêne pas, je profite égoïstement de ce que

Valérie se retrouve seule dans sa chambre assombrie, souffrant d'un mal incertain, pour l'étourdir de mes considérations sentimentales, ce qui ne va évidemment pas sans une certaine culpabilité latente. Je reprends :

« Parce que c'est pas juste ce qui arrive. C'est plus que ça, et puis tu le sais, on en a déjà parlé... La trahison de Pauli...

– Ça, si tu me permets ma vieille, tout le monde s'en doutait. Putain, je comprends toujours pas que t'aies rien vu venir. Ils étaient tout le temps fourrés ensemble. On commençait à jaser, on voyait bien comment ils se regardaient. Les petits gestes qu'ils commençaient à se faire devant tout le monde, du genre : des mains au cul discretos, des œillades, des sous-entendus un peu lourds...

– Arrête. Vraiment, ça ne m'intéresse pas, et puis si c'était tellement évident, je ne vois pas pourquoi personne ne m'en a parlé plus tôt.

– Parce que c'était vos affaires à vous, on se disait que t'étais forcément au courant et que ça allait, quoi. (Je souffle par le nez – c'est toujours la même chose, les histoires de tromperies, on protège les trompeurs, parce qu'on n'a pas envie de porter la mauvaise nouvelle aux trompés et devoir se taper la tristesse et la colère). Même si on pigeait pas trop que Pauli en pince pour quelqu'un d'aussi fade. Enfin pas fade – bizarre, en fait. Tu sais ? Il était pas net d'une certaine manière, je veux dire, y avait rien de consistant chez lui, j'arrivais pas à le cerner. Mais ça fait qu'il était un peu fascinant.

– Oui, enfin personnellement, je l'ai toujours trouvé chiant comme la pluie. »

Elle rit faiblement. Que je verse dans la vulgarité lui procure à chaque fois un plaisir indicible, elle voit ça comme une concession que je lui fais, moi qui prends toujours un tel soin à parler correctement (le verbe n'est jamais que l'expression de nos actes). J'essaye de m'y appliquer plus souvent depuis qu'elle est malade. Un petit juron par-ci, un blasphème par-là, pour l'aider à remonter la pente. Je reprends, légèrement goguenarde, puis rembrunie : « Mais ce n'est pas que ça, ce n'est pas seulement lui qui m'embête, c'est surtout que Pauli, que j'estime et qui me connaît et qui sait ce que je pense et qui m'estime aussi, contourne à ce point tout ça, tout ce qu'il y a entre nous, et notre confiance. Je ne veux pas d'enfant, je ne crois pas dans le fait d'avoir des enfants, je n'y ai jamais cru, ça m'a toujours déprimée, ça me déprime toujours, je trouve ça stupide et égoïste, et d'autant plus maintenant. Et puis limitant, tu peux plus rien faire après, ta vie est finie.

– C'est vrai, ça paraît un peu couillon de faire un gosse maintenant, mais c'est le genre de machin qui se contrôle pas, j'imagine. Moi non plus, ça m'a jamais travaillée, d'avoir des mômes, mais il paraît que c'est un vrai truc, et pas seulement chez les femmes. Que ça vous prend comme ça, comme une envie de pisser et que ça vous lâche plus. J'avais un ami qui était désespéré parce qu'il avait toujours pas de gonzesse et il se disait que le temps lui était compté. Bon, il se trouve que oui, puisque si ça se trouve, il est mort maintenant. Ha, ha, ha ! Bien fait pour lui ! »

Elle sourit en souvenir du bon vieux temps, ce moment facile où on organisait des plans cul sur internet avec l'espoir de trouver l'amour de sa vie. Enfin, les autres, pas elle. Elle avait toujours méprisé l'instinct commercial qui poussait à fourrager pour un partenaire de vie comme si c'était un bibelot précieux, pour lequel on marchanderait en crânant, avec son existence comme devise, dont le résultat contractuel était une servitude quasi-esclavagiste. Bon débarras. Elle ricane encore. La vie urbaine se dresse comme un continent perdu, hérissé d'un tas de trucs qu'on a bien fait d'oublier.

« T'as déjà pensé à comment l'idée démocratique était liée à la ville ? Je veux dire que c'est parce que les villes et leurs bourgeois ont pris vachement d'ampleur d'un point de vue culturel que la démocratie est devenue un truc raisonnable et même inévitable à un moment donné. La ville est devenue le club select dont fallait faire partie, c'était ça qu'était bien, vivre en ville, alors qu'avant, le fin du fin, ce qui était vraiment bonard, tu vois, vraiment bien, c'était vivre dans des châteaux tout seul. Mais avec l'idée démocratique ce truc-là est devenu ringard, et c'était bien plus cool d'être en ville. C'était inévitable parce que c'est devenu à la mode. Et là, on est arrivé à autre chose, genre habiter en pleine cambrousse ambiance Moyen Âge mais sans les donjons, et on peut pas dire que ce soit sans lien avec l'air du temps et le goût du jour. Mais maintenant on est tout seuls, et comment on fait pour savoir ce qui est à la mode ? On se base sur quoi pour concevoir notre système politique ? Tu vois ce que je veux dire ?

– Peut-être, dis-je avec mollesse en feignant d'être intéressée. La mode. C'est un peu léger. Mais je suppose que ce que tu veux dire c'est qu'on n'a plus de boussole morale maintenant, donc on ne sait plus comment faire.

– Ouais. Comment on peut savoir quoi faire si on sait plus comment se comporter ? Si ça se trouve on est plus du tout *in*, mais impossible de se faire une idée. Et du coup, tu peux plus agir parce que ça résonne dans rien du tout. On s'est acculés à l'incertitude. Tous seuls. On peut même plus imaginer qu'il y ait des trucs à la mode, parce que pour la mode aussi, faut une boussole. »

Je suis songeuse. C'est vrai. C'est ça, c'est exactement ça. Pas de boussole, ça ne résonne dans rien. Plus d'espace vraiment : mes actions se déroulent dans un vide intersidéral. J'invente ma morale en avançant, c'est un assemblage sans logique et j'ai besoin d'unité, mais comment faire ? La question me rappelle irrépressiblement mes problèmes avec Pauli (tout me rappelle mes problèmes avec Pauli), ça me démange, je ne peux pas faire autrement.

« Valérie, écoute, le truc c'est que là non plus je ne sais pas quoi faire. Je suis paumée de chez paumée. Je crois que je vais la perdre quoi qu'il arrive, qu'elle le garde ou non. Je ne peux pas vivre ça, je ne peux rien vivre, ni sa perte, ni cette grossesse, encore moins cohabiter avec un enfant. Mais ce qui me fait le plus mal, c'est de me dire qu'on a reconstruit nos vies, et on a fait quelque chose de bien. On a fait quelque chose de beau ici, et malgré tout ça, malgré tout, ça va s'arrêter, ce bonheur va s'arrêter ou alors peut-être pas ce bonheur mais cet accord entre nous qui faisait que la vie était bien. Et ça va s'arrêter pour des raisons affreuses et stupides, des choses contre lesquelles on pourrait lutter...

– Mais Mona, attends, si c'était possible de lutter définitivement et de manière efficace contre nos pulsions irrationnelles, tu penses pas que ça se saurait ? Enfin excuse, mais ton histoire elle a rien d'original. C'est juste toi, la super-ermite super-morale, qui tolère pas les faiblesses des autres. C'est pas parce que tu fais ça mieux que tout le monde que tu dois mépriser ceux qui y arrivent pas. Et puis ceux qui ont même pas envie de vivre comme toi.

– Mais je le sais très bien, merde ! (Je la vois frissonner de contentement à ma vulgarité. Ou c'est peut-être juste la fièvre.) Tu me prends pour une sorte de moine-soldat mais c'est pas ça, je me fiche de ce que font les autres. Après moi le déluge, et tout. (Valérie rit faiblement à la plaisanterie devenue classique.) Mais je ne pourrais jamais accepter de vivre contre mes principes, et là, Pauli est en train de me forcer à le faire et c'est la chose la plus horrible que j'aie jamais ressentie.

– Mais c'est pas le moment de prouver ton amour en te sacrifiant ? » insinue Valérie avec un air moqueur. Elle est fatiguée et elle aimerait conclure cette conversation qui l'ennuie, je le vois. J'en suis consciente mais je n'arrive pas à me retenir.

« De toute façon, Pauli ne m'aime plus. » Au moment où je le dis, j'en suis totalement convaincue, mais cette certitude s'est déjà estompée, lorsque j'ajoute : « J'aimerais prendre soin d'elle. Je sais prendre soin des gens. Mais elle m'en empêche, elle me fuit. Et je ne sais pas si je pourrais prendre soin de quelqu'un qui m'a trahie et blessée comme ça.

– Prendre soin des autres c'est s'oublier, c'est savoir ne plus avoir de corps pour aider celui des autres.

– Mais je n'ai déjà plus de corps, je suis complètement désexualisée, je ne ressens plus rien à part la tristesse et la colère. Enfin tu es d'accord que je ne peux pas exiger qu'elle avorte ? », je demande subitement, comme frappée par une inspiration soudaine, alors que c'est déjà la sixième fois que je lui pose la question (je le sais, je le sais, je suis impuissante).

« Évidemment que je suis d'accord. Tu ne peux pas faire ça. Faut que tu réussisses à t'oublier assez pour la garder, *elle*, mais alors peut-être qu'il restera plus grand-chose de *toi* pour en profiter. Ou alors faut que tu t'affirmes, mais dans ce cas-là tu t'engages dans un monde où elle ne t'aime déjà plus et où elle ne souffrira presque pas de te quitter. Tu fais ce que tu veux. Mais maintenant laisse-moi dormir. »

Un matin, très tôt, une lumière s'allume à Tabor, dans la maison où vit Kader. Pas une bougie ou une lanterne, non, une véritable ampoule électrique. Le crépuscule autour est encore gris, et les teintes mouvantes prennent une profondeur nouvelle contre la clarté des fenêtres, éveillant les souvenirs d'années englouties, d'années éclairées et lumineuses, d'années rapides, où la lenteur du matin se mesurait à l'aune des lampes : les années antédiluviennes, où les matinées encore sombres prenaient l'odeur du café, une denrée dont le souvenir même est irréel, un luxe pas possible, à jamais évanoui.

Bien sûr, on reçoit des vivres et du matériel (dont, certes, de la chicorée dans de gros bidons, mais la chicorée, vous en conviendrez, c'est pas pareil). Pourtant il ne saurait être tout à fait question de confort, avec ce froid humide qui monte des sols boueux, nos chaussures trouées et détrempées un jour sur deux, le froid insupportable des nippes toujours mouillées qui s'instille sous la peau, la fumée âcre qui envahit les maisons et qui colle au corps, sans éclairage autre que les chandelles suiffeuses de mauvaise facture, sans l'aide précieuse de tout cet arsenal de machines et d'appareils inventés spécifiquement dans le but d'améliorer la vie et d'alléger les tâches désagréables. L'existence depuis notre installation avait été tolérable mais imparfaitement satisfaisante. On racontait que des ingénieurs itinérants aidaient à construire des éoliennes et à se procurer, à partir de mystérieux réseaux, des batteries de stockage, des moulins à eau, des grosses dynamos de bicyclette, moyennant des paiements en nature indéfinis. Mais aucun d'entre eux ne s'était aventuré jusqu'ici et on restait sans autre ressource que la force de nos bras.

Ce matin pourtant, grâce au travail de Kader, l'une des ampoules distribuées quelques mois plus tôt s'est allumée. Celui-ci, bouleversé par sa réussite, a vaqué à ses tâches matinales dans un rêve électrique, mettant de l'ordre dans la cuisine avec des gestes de somnambule, dans une lumière plus vive et plus sèche que n'importe quel soleil, jusqu'à ce que Jean, Mumu et Claude, qui dormaient dans la pièce d'à côté et qui ont sans doute été réveillés par le vacarme produit par le générateur, entrent les yeux gonflés de sommeil dans la cuisine éclairée. Ils sont ébahis, s'arrêtent nets dans l'embrasure de la porte, crient, agitent les bras, parlent tous en même temps, théâtraux car conscients de vivre un moment historique. Au même instant le générateur garé juste à l'extérieur de la maison toussote et s'arrête, avec une dernière pétarade ralentie. La lumière s'éteint.

Pour produire suffisamment d'énergie, il faudrait distiller sans discontinuer une quantité phénoménale de végétaux, accumuler les ordures et les faire macérer, alimenter le feu, entendre comme une basse continue le grondement du générateur. Kader soupçonne qu'il faudrait, en réalité, cultiver tout exprès des betteraves, par exemple, car les déchets seront toujours en quantités insuffisantes et ne contiendront jamais assez de sucre de toute façon. Déjà il voit la quantité phénoménale de travail en plus que va demander l'alimentation du générateur, travail dont il ne sait même pas s'il est concevable à Tabor. Les récoltes sont plus qu'erratiques, les méthodes aléatoires, le lancement d'un plan quinquennal de culture de la betterave sucrière paraît pour le moins irréaliste. En est-ce vraiment la peine de toute façon ? La nuit a été longue, les formes de l'alambic, qu'il a martelé, façonné, rivé pendant des semaines, dansent encore devant ses yeux, les tuyaux serpentent et sifflent, la grosse cucurbite dans laquelle ont chauffé les matériaux palpite comme un cœur animal affamé, se surimposant à tout ce qu'il voit, image résiduelle, obsession. Il aimerait aller se coucher mais ses amis se précipitent sur lui et l'assaillent de questions, de l'extérieur d'autres accourent, attirés par l'inhabituelle lueur qu'ils ont vu briller puis s'éteindre dans la pénombre du petit matin. Il fait presque jour à présent et cette longue nuit de transmutation quasi-alchimique, dans la chaleur infernale de la grange, a raison de Kader qui d'un geste las de la main congédie tous ces importuns et se retire dans son lit, s'endormant immédiatement d'un sommeil lourd et sans rêves.

La journée se passe en projets fous : lorsqu'on aura l'électricité, on pourra veiller toute la nuit et écouter de la musique enregistrée au lieu des putains de solo de harpe de Pauli, on pourra garder des choses au frais dans les frigos qui attendent dans le tas de rebuts, se servir du grand four électrique de l'ancienne boulangerie, allumer des ordinateurs et des téléphones et essayer de communiquer avec autrui, avec ceux dont on a gardé précieusement en mémoire le numéro de téléphone ou l'adresse mail, que l'on suppose morts mais qui sait s'ils le sont vraiment ; et avec l'éthanol, on pourrait alimenter les quelques épaves de voitures, partir très loin, là où sans aucun doute tout va mieux que dans ce trou à rats sordide, ne jamais revenir.

En quelques heures, le campement se décompose en désirs et en possibilités : la perspective d'un ailleurs, aussi lointain soit-il, la tentation plus ou moins nécromantique de communication avec un au-delà dont on ne sait s'il est de ce monde ou de l'autre, rendent l'accumulation froide et humide des jours insupportable, la vie choisie, vécue et chérie : morne. Certaines voix s'inquiètent gravement de cette explosion de projets, et espèrent : ne serait-ce pas là l'un des signes annoncés par Jonas dans ses prophéties ? Il avait parlé d'un feu, d'un feu sacré qui éclairerait la nuit.

Mona, bien sûr, ne voit pas d'un bon œil l'arrivée de cette source d'énergie qu'elle avait tout fait pour combattre – on peut bien le dire maintenant, c'est elle, Valérie, et quelques autres, qui avaient décrété qu'on n'avait plus le courant et que tout l'électroménager ne servirait plus à rien, « au tas ! » ils nous avaient dit, « hop ! », et on avait décidé de dire ok. C'était plus simple. De toute façon, c'était ce qu'on voulait, au début ; et on avait pris l'habitude, et on ne se posait plus la question. À Tabor, c'était ainsi, point d'élec et basta.

Alors aujourd'hui, aux yeux de Mona, Kader se transforme malgré lui en Prométhée luciférien. Les désirs individuels, pas forcément contradictoires d'ailleurs, qui avaient été tus et cachés par la nécessité de constituer un corps social uni, tirent chacun vers des horizons qui ne sont pas le lent et silencieux contentement du monde présent. Mona aime ce monde présent. Ça lui est égal de savoir si ses parents, ses collègues ou même Olivier sont vivants alors qu'elle a décrété qu'ils étaient morts ; ce qui l'intéresse : le rythme des saisons sur la colline qui l'amènent vers la mort, les oiseaux qui déploient des chants merveilleux à la longueur de ces saisons, et tout ce qui s'ensuit. Et par moments bien sûr, Pauli.

Pauli, quant à elle, a visiblement repris du poil de la bête, il paraît que c'est parce que Mona a bien voulu la reprendre pour de bon. La possibilité de l'électricité lui est assez indifférente. « Tu vas enfin pouvoir te branler sur les sites porno ! » lance-t-elle à Molo qui complote avec deux autres hommes autour d'une carcasse d'ordinateur portable.

Plutôt que de la fatiguer, comme elle l'avait craint les premières semaines, sa grossesse lui confère une énergie qu'elle décrit comme « virile ». Elle est habitée par des idées de conquête et de domination, elle veut en imposer, elle veut être la plus forte et la meilleure – en quoi précisément, c'est dur à dire mais c'est sans importance, l'essentiel, justement, c'est de jouir de sa puissance. Ses dispositions dominatrices s'infiltrent dans des actes et des rapports qu'elle envisage comme des combats à échelle réduite, et elle aimerait que Jonas revienne, ne serait-ce que pour pouvoir à nouveau le martyriser lorsqu'ils baisent. Elle le revoit chaviré de jouissance, son visage perdu, sent dans ses mains le fourmillement fébrile de la gorge que l'on serre brièvement, par saccades subordonnées aux vagues de plaisir, un plaisir qui n'a presque rien de génital. Elle fait la fière mais elle est toujours plongée dans un délire de manque. Elle croit entrevoir Jonas dans chaque silhouette vue d'un peu loin, espère sans cesse la nouvelle de son retour, et de frustration brutalise vaguement ses co-taborites (nous !), donnant une bourrade un peu brusque à Josée, insultant Claude sans que l'on sache vraiment s'il s'agit ou non d'une plaisanterie, chantant trop fort et donnant des ordres masqués : « Il faudrait aller cueillir les petits pois, on n'a plus de bois, qui va faire à manger aujourd'hui ? » Elle aimerait que chacun lui obéisse, sauf Mona qui est redevenue – par un de ces mystérieux tours de passe-passe dont les sentiments ont le secret – sa seule suzeraine, à qui elle rend hommage, jure obéissance. Elle s'imagine voûtée et soumise sous la férule de Mona impassible et cruelle et ce rêve la parcourt de frissons.

Mona s'inquiète de Valérie. En public, cette dernière donne l'impression d'avoir guéri et elle a recommencé à vaquer à ses occupations. En réalité elle est fatiguée et maigre, et en la lavant (car Valérie est trop faible pour se laver seule, elle craint de se noyer dans la bassine d'eau dans laquelle elle trempe, de défaillir sous la douleur, de perdre conscience dans l'eau et de crever comme ça, seule et un peu ridiculement, elle ne l'avoue à personne, sauf à son amie Mona, qui éponge doucement sa peau en lui murmurant des paroles rassurantes et des gros mots), Mona a remarqué comme de longues traces de brûlures sur le corps de son amie, comme si une flamme avait été portée depuis l'intérieur de sa chair. Ses avant-bras sont rougis, ses côtes presque suintantes. Sa peau dégage une légère odeur de pourrissement, et Mona la voit marcher à petit pas entre les maisons, s'arrêter pour reprendre son souffle, se tenir la poitrine de douleur. Cependant, quand Mona l'interroge sur son état de santé, elle refuse de parler, repousse de la main les décoctions qu'elle lui apporte chaque jour. « Tu sais ce que je pense de tes remèdes bidons. Garde-les toi, va. » Sa voix n'a plus la nonchalance rieuse qui adoucissait ses remarques les plus offensantes. Blanchie et sèche, elle n'exprime que le mépris et le dégoût de la vie ; la fameuse méchanceté des agonisants.

Mona voit qu'elle ne mange plus, ou très peu. Pas assez pour la maintenir bien longtemps. Ses joues sont creusées sous les pommettes de squelette, et sa peau a pris une teinte vert-de-gris, ses yeux aux paupières lourdes se ferment à demi lorsqu'elle parle, même son nez et sa bouche paraissent pincés. Elle est un fantôme étique qui se balade, marchant à pas qui touchent à peine la terre ferme, elle n'est déjà presque plus là. Mona reconnaît sur son corps les marques de la mort à venir, la mort est nichée dans ses bras maigres qui se balancent, autour de sa nuque et de sa gorge où paraissent les tendons de muscles bandés vers l'au-delà.

Valérie aussi a compris qu'elle est malade et condamnée. Le savoir du médecin qu'elle est peut-être a d'abord été dissimulé par l'amour primaire de soi et du corps, un instinct de survie ne pouvant se résoudre à voir dans les symptômes épars – disséminés sur la peau, les organes et les os – le syndrome signifiant et mortel. Elle a d'abord refusé de reconnaître son agonie à venir, elle a refusé même d'admettre qu'elle souffrait physiquement. Elle s'en étonne car elle aurait pensé être au-dessus de ce genre de considération pour soi qu'elle juge mesquine. Elle a toujours pensé que gravement malade elle ne se mentirait pas. Pourtant les symptômes de son mal sont si flous qu'elle a cru pendant de longues semaines, lorsqu'elle ne niait pas jusqu'à l'existence de sa maladie, à une affection désagréable mais bénigne, d'un genre inconnu mais sans gravité. Sa vague rémission lui a fait penser qu'elle était sortie d'affaire, et que la fatigue qui continuait à l'écraser passerait comme étaient passés les affreux maux de ventre, les nausées, les diarrhées et les érythèmes ; les sensations diffuses de brûlure ou de désespoir qui la travaillent au corps depuis si longtemps. Depuis sa crise et sa perte de connaissance dans les bois.

Est-il cependant possible d'affirmer avec certitude que cet évènement trouble est la cause de son actuelle maladie ? Quant à nous, nous dirions que oui, bien sûr, les fantômes libérés par la fosse creusée cette nuit-là l'ont attaquée, ça ou autre chose, d'ailleurs le fait que les spectres circulent librement à présent, c'est un signe annonciateur du nouveau monde qui vient. Mais si on est moins sensible aux indices laissés par les esprits, on peut se dire qu'il s'agit simplement d'une coïncidence. Un choc, dans les bois, aurait déclenché la maladie qui attendait depuis longtemps, provoquant ces symptômes un à un pour les combiner artistement, composant enfin la maladie totale et homogène, ses vibrions et ses syllabes épelant le nom de la mort. Peut-être.

Valérie a donc reconnu en elle les marques de l'agonie à venir. Il lui reste une semaine ou deux, tout au plus : elle sent que son état se dégrade à nouveau. Elle sait qu'il en est souvent ainsi des irradiés : comme une rémission, puis le déclin définitif. Les symptômes sont d'ailleurs proches de ceux de l'irradiation aiguë, mais elle ne voit pas très bien d'où ça sortirait. De toute façon, les signes ne laissent pas de place au doute même si la cause précise demeure floue : elle mourra. En son for intérieur – mais elle pense tellement fort qu'il suffit de tomber sur sa fréquence, en cherchant bien on trouve et ses idées les plus intimes se pressent dans nos crânes ; secrètement, donc, elle pense : impossible de savoir s'il s'agit d'un virus, des effets d'une explosion chimique ou d'un incident nucléaire, ou bien de causes plus indétectables encore. On pencherait plutôt pour la dernière théorie, ou un subtil panaché de toutes, tant qu'à faire. Elle se rappelle des personnages de romans victoriens, qui pris de fièvre après une marche sous la pluie, décèdent vite et sans rémission possible. Les pages lues résonnent dans nos cerveaux attentifs. Elle, pareil : une balade en forêt de nuit, et couic. Elle fait face à la mort. Elle est amère mais résignée. Ce qui l'inquiète le plus, de façon caractéristiquement désintéressée maintenant qu'elle s'est ressaisie, c'est le mystère de la cause et la possible contagion. Elle nous surveille, lit dans chaque expression de malaise physique la possible déclaration de la maladie. Elle aimerait prélever et analyser à son tour, comme les scientifiques surprotégés, les éléments qui composent le paysage quotidien de Tabor : l'eau du réservoir, la terre et ce qui en provient, l'air respiré et recraché, infiniment. Valérie s'est toujours étonnée que le campement n'ait pas encore été atteint par l'une des quelconques pollutions post-apocalyptiques qui se baladent tranquillement de par le monde. La parenthèse idyllique de l'âge d'or est sur le point de se refermer, observe-t-elle avec une certaine satisfaction méchante (méchante, malgré tout) de savoir que le bonheur collectif ne lui survivra pas, et, plus secrètement encore (et cela elle n'en a pratiquement pas conscience, mais nous, oui, nous on l'entend) la satisfaction monstrueuse d'être non seulement partie en éclaireuse de la mort à venir, mais aussi d'avoir distribué ses conditions de possibilité.

La nuit tombe et l'ampoule électrique ne se rallumera pas, du moins pas ce soir. Alors que Kader se réveille avec les dernières lueurs, la tristesse ne l'a pas quitté. À la satisfaction d'avoir réussi à faire fonctionner le générateur, se double la conscience mélancolique d'avoir ouvert une brèche que rien ne pourra jamais combler, dans laquelle s'engouffrent et se multiplient les désirs et les insatisfactions. Il hésite à tout détruire, l'alambic, le générateur, dès ce soir, dès maintenant, à les ravaler illico au rang de souvenirs. Sa tête est lourde entre ses mains et il a envie de pleurer. Dehors il entend un hurlement, des pas précipités, des voix qui s'élèvent.

Le ciel a pris des teintes délirantes : de longues traînées de nuages violacés s'étirent derrière la silhouette des arbres secoués par un vent nauséabond (une occurrence qui n'est plus rare depuis quelques mois). Derrière les rochers, un ciel rougeoyant, toxique, comme le sont parfois les ciels les soirs de grand incendie. Sur la ligne d'horizon coule un mince liseré bleu-vert malade. Absorbé, Kader ne voit pas immédiatement le nœud qui s'est formé un peu plus loin, dans une zone d'ombre, où l'on se bouscule. Awatif est allongée sur le sol et elle pleure. Sa voix et ses sanglots presque enfantins effraient Kader qui n'ose pas s'approcher. Il oublie le générateur, l'alambic, l'électricité, tout, il est happé par cette voix affreuse qui répond aux couleurs dangereuses du soir, qui déclenche en lui une réponse animale, un désir de fuite et de mort, il veut se jeter contre des rochers, plonger dans l'eau froide et tourbillonnante du torrent, se jeter du haut d'un précipice. Il voit défiler devant ses yeux des catacombes entières de crânes accumulés. La mort lui apparaît à cet instant pour ce qu'elle est : non pas l'aboutissement du processus de toute une vie et le commencement de vies nouvelles ; mais comme la victoire sans cesse réitérée d'un principe négatif, l'œuvre maléfique de quelque chose qui guette, de la somme et de l'aliment de ce que nous craignons la nuit, de ce qui nous blesse et nous attriste, de ce qui est à la racine de nos gestes méchants. Il voit les réseaux comme du sang répandu relier tout ce qui dans le monde est mauvais et il suffoque pendant quelques secondes. Il sent la panique qui grise Awatif commencer à l'atteindre.

« Qu'est-ce qu'il se passe ? Qu'est-ce qu'elle a ? » finit-il par demander. On secoue la tête en se détournant, pas de réponse ; enfin Pauli s'approche de lui et lui raconte à voix basse :

« Awatif est allée dans les champs aujourd'hui avec les chèvres, elle est rentrée par les bois, elle a entendu du bruit, des bruits bizarres autour d'elle. Comme des chuchotements, des rires. Elle a paniqué, elle s'est mise à courir, elle a vu des formes se rapprocher d'elle, les chèvres ont paniqué aussi, elles ont commencé à galoper et quand Awatif a trébuché et qu'elle est tombée, les chèvres l'ont piétinée et puis elles sont allées se perdre dans la forêt. À terre, elle a vu quelqu'un s'avancer vers elle, et marcher sur son corps. Elle dit que c'était la vieille, la vieille Luisa, qu'elle l'a vue en chair et en os, qu'elle était toute nue et que ses plaies étaient ouvertes et qu'elles saignaient et qu'elle s'est tenue debout sur son corps. Elle nous a dit que Luisa s'est mise à hurler en répandant partout, sur les feuilles, sur Awatif, sur le sol : des gouttes de sang. Du sang brûlant. Elle nous a dit qu'il y avait des morceaux de chair qui voltigeaient sous les arbres, des cheveux, des ongles, des dents... Elle a piétiné Awatif en hurlant de rire. La pauvre. Elle est terrosisée. Mona pense qu'elle a dû faire une espèce de crise. Qu'avec la panique des chèvres, elle a dû se mettre à courir, s'ouvrir la tête en tombant, et c'est pour ça qu'elle est pleine de sang. Ce qui est embêtant, c'est qu'elle a vraiment perdu les chèvres, mais elles reviendront sûrement toutes seules, plus tard... »

Tous deux se taisent un instant, Awatif continue à crier. Elle fait une bonne grosse crise d'angoisse. Kader oscille entre la terreur et le détachement : le ton flegmatique de Pauli l'a rassuré. Mais s'il la connaissait un peu mieux, il saurait que son apparente impassibilité masque et tente d'atténuer le même effroi que lui.

Pauli, elle aussi, a vu les mystérieuses silhouettes dans la forêt, Pauli a eu affaire à la vieille Luisa et elle sait bien de quoi elle est capable, de sortilèges, d'attaques invisibles. Personne à Tabor ne serait surpris d'apprendre qu'elle a pu se réincarner ou qu'elle a même réussi à ne jamais mourir tout à fait, persistant dans l'univers, encore et encore, jusqu'à la fin des temps. Pauli sait aussi qu'elle a une dette envers Luisa et qu'elle viendra peut-être réclamer son dû, elle sait aussi que le problème dépasse très largement la simple figure de Luisa, elle comprend parfaitement que Luisa est le porte-nom de quelque chose de plus vaste et de plus terrifiant, une force qui existe dans le monde et qui ne cessera jamais d'exister. Elle voit, comme nous tous, que dans l'univers quelque part, au niveau des profondeurs de la planète ou alors loin dans les étoiles, dans la voie lactée, ou dans nos cœurs, ou dans le principe même de vie, partout, partout, est contenu le germe de la mort et de la violence, de ce je-ne-sais-quoi d'explosif et de pernicieux qui se fraye un chemin jusque dans les plus petites choses et modèle les racines gigantesques des plus vastes catastrophes, comme une roue tournant sans but dans l'espace. Une planète tournoyant autour d'une étoile qui bientôt l'avalera en disparaissant.

Le temps est étrange, il pue. Des odeurs de plastique brûlé, ou de merde, ou de pourrissement, ou encore de ces indéfinissables odeurs chimiques entre le bonbon fruité et le rat crevé, traversent par bouffées l'air du campement, emportées par un vent plus violent que d'ordinaire. Cette brise pestilentielle n'est qu'une trace de chamboulements qui nous dépassent. Évidemment, on ignore toujours ce qu'il s'est passé au juste (et la version du déluge nous convient fort bien), mais ce qui est sûr, c'est que l'univers est différent : on a d'abord pensé que les étoiles n'occupaient plus tout à fait les mêmes places dans le ciel, ou ne suivaient plus les mêmes orbites. On avait pu s'en convaincre en étudiant des ouvrages de vulgarisation astronomique découverts dans la bibliothèque de l'une des maisons, parmi les livres de recettes au micro-ondes et les sommes sexologiques. On avait pu constater des décalages entre les astres cartographiés et les astres réels, la disparition de constellations entières, ainsi que notre inculture s'agissant du *kama-sutra*. Tous ces corps cartographiés (célestes ou charnels) dans leurs relations les uns aux autres, ça donnait le tournis. Mais les étoiles qui disparaissaient c'était évidemment impossible, et on en a donc conclu que quelque chose dans l'axe de la terre, sa propre orbite ou encore dans ses pôles magnétiques, ou tout cela à la fois, avait changé. On suppute au hasard, hein, on n'est pas astronomes. Mais qui sait si l'on regarde où il faut : à présent les boussoles tournoient en tous sens sans jamais marquer de direction. C'est même devenu quelque chose de connu par chacun : pour les voyageurs, ou les habitants d'autres campements – car, oui, évidemment, on n'est pas les seuls. Dans la montagne, des centaines et des centaines de losers comme nous sont venus se réfugier pour essayer de « vivre pour de vrai » quand ils se sont rendu compte que leur existence habituelle n'allait plus durer très longtemps. Vaut mieux choisir que subir. Dans les temps apocalyptiques, le quidam préfère la campagne à l'enfer des métropoles. Il faut croire qu'on n'était pas si originaux que ça, à Tabor. On fait des blagues de tout ça, des étoiles et des boussoles qui foutent le camp, des néo-hippies qui galèrent, tout le monde est perdu dans ce monde sens dessus dessous. Le désordre magnétique comme convention conversationnelle. La confusion sociale comme horizon permanent. Les paysages mêmes ont quelque chose de subtilement pas pareil, bien qu'il soit évidemment malaisé d'affirmer que les montagnes, les collines et les vallées où nous vivons à présent sont changées, d'une quelconque manière, par rapport à un passé que nous ne connaissons pas. Pour être clair : on n'en sait rien. Le terrain semble tout de même avoir acquis une certaine inclinaison inédite, comme si nous évoluions dans un monde penché, chaque relief semble accentuer son identité élastique de pli d'une terre mouvante, liquide et épaisse, comme une pâte à gâteau dansant en vagues sur la surface croûteuse de la planète, se ramassant et s'étendant selon des rythmes qui nous sont incompréhensibles.

Je sais avec certitude que je suis enceinte maintenant. Valérie en m'examinant me l'a confirmé, et je me suis demandé quels sont les signes qui ne trompent pas, ce que le corps ou le sexe montrent de secret qui confirme la grossesse, je me suis demandé si Valérie inventait tout, ou encore si cet enfant avait été conçu le soir même du drame qui l'avait rendue malade – car pendant que Mona montait la garde, Jonas et moi nous étions éclipsés pour une énième fornication forestière express.

D'ailleurs, Mona a enfin consenti à refaire l'amour avec moi, et c'est une source de jouissance affolante. Quelques temps après que nous soyons arrivées à Tabor, je ne sais plus comment ni pourquoi, Mona avait commencé, parfois, à m'attacher au lit, aux meubles, aux arbres ou aux rochers, à me saucissonner. Ce n'était même pas toujours sexuel. C'était un jeu entre nous, une commémoration où nous réinterprétons de manière dévoyée notre première rencontre, quand je l'avais aperçue enchaînée dans les branches ; nous prolongions pour notre compte la longue tradition des prisonnières de légendes, enchaînées nues ou presque en attendant qu'un héros, un saint, vienne les récupérer au péril de leur vie. Une sorte de théâtre, quoi.

Lorsqu'aujourd'hui elle serre autour de mes membres tremblants des cordelettes, de me savoir enceinte et perverse décuple ma volupté ; j'aperçois en me contorsionnant le ventre tendu et déjà légèrement globuleux, comme un œil encadré par quatre rangées de cordes grises, et cette vision seule suffit parfois à me mettre KO. De savoir que si elle serre un peu plus fort, un peu plus sur mon ventre, elle a le pouvoir d'arrêter net ma grossesse, et que je me soumets momentanément à ce pouvoir, est grisant. Mais cet état second ne dure que quelques instants, et je reprends ma place. Je sens bien que Mona est contente de m'avoir récupérée, qu'elle ne le montrera pas mais qu'elle a eu peur et que son soulagement même est teinté d'inquiétude : qui sait si je ne vais pas décaniller à la première occasion. Elle fait bien d'attacher les liens, de les serrer aussi fort que possible, elle a raison, parce que malgré la solidité des cordelettes, malgré l'enchantement de ses cuisses sous mes mains, je me sens capable de m'enfuir d'une seconde à l'autre, alors même que mes poignets seront toujours liés, faisant traîner dans mon sillage, à la vitesse de ma course, des cordes comme les bannières de mon attachement et de mon ultime et destructrice liberté.

Elle fait bien de serrer les liens mais ce n'est pas suffisant, et un jour, un après-midi de lumière éclatante de plein printemps, qui est-ce qui monte, d'un pas nonchalant, vers le campement? Jonas. Propre, rasé de frais, agréablement odorant, l'œil vif, etc. Je ne sais plus quand je l'ai vu pour la dernière fois. Aucune certitude. L'absence de Jonas a été comme une longue plaine que j'ai traversée sans y penser, dont je prends soudain conscience comme je prends conscience de la lourdeur nouvelle de mon corps, de son manque éventuel de grâce. Je m'en inquiète. Pourtant Jonas m'aperçoit avec un plaisir évident, agite la main, sourit; la joie me submerge et me jette dans ses bras.

S'il m'enlace d'abord avec un abandon qu'il ne feint probablement pas, il se ressaisit vite et s'écarte, surveille les alentours avec inquiétude. Il plisse un peu les yeux, style mystérieux.

«Je viens vous avertir d'un grand danger», prononce-t-il avec gravité à l'attention des Taborites qui se massent autour de lui, détachant comme il se doit chaque syllabe, les sourcils froncés. Il ne me jette plus aucun regard. «Quel danger?», l'interroge-t-on de bon droit. «À quoi fais-tu précisément référence, cher Jonas, et par ailleurs, pendant qu'on y pense, sois à nouveau le bienvenu parmi nous.

– Merci, mes amis, répond Jonas avec toujours ce regard extrêmement inquiet et une voix aux intonations artificielles.

– D'où viens-tu? Où es-tu parti si longtemps, sans nous prévenir, sans nous dire au revoir? On voit que tu as été bien nourri pendant ton voyage et que tu es propre malgré la route. Comment as-tu retrouvé ton chemin? D'où viens-tu comme ça? Et quel est ce danger?»

Non seulement il ne me regarde plus, il ne regarde plus personne. Il adoucit sa voix pour en faire un miaulement presque inoffensif, supplie qu'on le laisse se reposer et dormir. Il souffle, ses yeux se plissent d'épuisement cette fois. Exit le cow-boy mystique, c'est l'homme-enfant fragile qui parle.

Je me fais la réflexion qu'en réalité, je ne l'ai jamais vu aussi pimpant – il n'a pas l'air fatigué pour deux sous. Il a même de nouvelles chaussures. Où est-ce qu'il les a dénichées ? Il s'agit, curieusement, de ces chaussures de sport un peu étranges qui n'ont jamais vraiment été à la mode, où le grand orteil est séparé des autres. Le pied, pris dans une membrane élastique fine et souple, un truc du genre Gore-Tex, se déroule à chaque pas comme la patte d'un animal. D'ailleurs ses pieds menus ressemblent à de petits sabots qui trottinent d'impatience sur la terre poussiéreuse. Il ne veut pas en dire davantage, déclare-t-il capricieusement, il veut s'allonger un moment, il nous expliquera tout plus tard, et je crois apercevoir dans ses yeux une lueur de frayeur, comme une bête prise au piège.

Nous n'avons pas d'autre choix que de le laisser aller se coucher, et je prends la résolution de ne plus jamais succomber à cette attraction vexatoire, infernale et sans répit. Quelle plaie, ce truc. Je repense à des histoires d'amour, Tristan et Iseult par exemple, condamnés par la fatalité et la magie à s'aimer. J'avais toujours trouvé cette idée désagréable, je détestais ce déterminisme. Pourquoi m'y abandonner à mon tour ? Ça n'a aucun sens, c'est ignoble. Il faut ne plus se laisser aller, refuser cette espèce de vulgarité sentimentale. Comment est-ce que j'ai pu accepter de me traîner à ses pieds ? Pour être inséminée ? Comment suis-je tombée aussi bas ? J'ai fait ce que j'avais à faire, pourquoi est-ce que j'insiste, encore et encore, en dépit du bon sens ?

Les quelques jours qui suivent, j'évite soigneusement Jonas, et ce parti pris fonctionne même assez bien.

J'oublie qu'il est là, c'est facile parce que le bouillon sensoriel que m'offre ces jours-ci le monde est complètement enveloppant.

Mona est inquiète, toujours plus inquiète, je sens son regard soucieux qui me couve en permanence, avec ses gestes absurdes de soignante, de précaution et de tendresse envers moi ou Valérie, qui de toute évidence ne s'en porte pas mieux. Je sens le regard de Mona et je frémis d'impatience face à sa lente acceptation cynique des choses, sa passivité, sa manière de se laisser porter par le flot. Je suis sûre qu'elle n'essaie même pas de soigner Valérie, qu'elle lui facilite la vie mais qu'elle ne fournit pas l'effort que demande son état, parce qu'elle est habitée au fond par cette sinistre volonté de mort pacificatrice. Je sais qu'on est en train de perdre Valérie (car quel que soit le degré d'affection que je lui porte ou non, elle est comme nous tous ici membre d'une même chose fragile et meuble où toute perte modifie l'équilibre total). Mona ne veut pas la sauver. Les yeux de Valérie deviennent minuscules dans ses orbites qui ne cessent quant à eux de grandir, ça étend sur son visage une ombre brune, ça creuse peu à peu la chair jusqu'à la faire fondre. Le crâne mortel qui sommeillait là-dessous depuis toujours se révèle, impatient d'affirmer sa blancheur ultime au soleil. Valérie dans son devenir-squelette me dégoûte, Mona dans sa facilitation de la liquidation à venir me dégoûte aussi. De menace nébuleuse, le danger dont parle Jonas commence à se faire sérieusement sentir, dans la mort qui guette Valérie, dans l'encouragement de la mort par Mona : tout s'obscurcit.

Un soir, Molo rentre et lui aussi a vu la vieille dans les bois. Elle ne lui a rien dit mais elle est restée là, à demi cachée par un tronc d'arbre, s'arrachant des lambeaux de peau, les jetant par terre, en le regardant d'un air bizarre.

Il a eu la frousse de sa vie, il a pédalé à toute allure sur les chemins, et quand il revient au campement en courant, ses cheveux sont encore hérissés. Elle a hurlé de rire pendant qu'il détalait, des hurlements qui l'ont poursuivi jusqu'à l'orée des bois, dans les premiers mètres trébuchants des prairies, et qui résonnent encore dans ses oreilles. Le lendemain il a une mèche blanche qui barre ses cheveux noirs. Mona dit qu'il l'a toujours eue, qu'on s'invente des histoires. Moi je ne sais pas trop.

Jonas parle peu, je le vois zoner comme une ombre contre les murs, les yeux grands ouverts ; il enregistre avidement tout ce qui se passe, tout ce qui se dit, comme un enfant curieux. Je sais que le soir il tient palabre dans un coin reculé de Tabor avec ses fidèles disciples – son pouvoir de fascination n'a de cesse de m'étonner, il est pourtant réel. Se pressent autour de lui toutes celles et ceux qui à Tabor étaient un peu plus paumés, un peu plus débiles que les autres, qui n'arrivaient pas à se résigner au fait que les plantations ne marchaient pas, que le monde était toujours pourri, toujours plus pourri, qu'on n'allait au fond nulle part, malgré tous les rituels qu'on inventait et les récits de grandeur ; qu'on n'était qu'une bande de rescapés pouilleux qui tentait de vivre parmi les déchets d'un hameau abandonné. Jonas leur raconte toutes sortes de conneries, des histoires de cataclysmes renouvelés, il dessine sur le sol des tours crénelées frappées d'éclairs. Ça me rappelle vaguement les tirages de tarot que mes copines lesbiennes mystiques me faisaient, une lame flippante qui revenait sans cesse pour moi, la Maison-Dieu, celle des désastres ; Jonas promet aussi une renaissance, un prince mort ou endormi dans la montagne, que la puissance du malheur ou de la foi réussira à ressusciter, à déterrer, et à ramener au monde où il régnera paisiblement. Jonas décrit son corps doux et blanc enseveli sous les roches et les racines, les mouvements secrets des flancs des montagnes au-dessus des siens, les cailloux sur ses yeux, entre ses doigts qui jouent avec les feuilles de gentiane, ses lèvres qui balbutient une chanson sous les corolles épaisses des digitales, amères et vénéneuses jusque dans l'immortalité. Il parle d'amour et de brutalité, il déblatère et s'emporte, je crois que personne ne sait de quoi il parle vraiment mais dans ces moments-là il parle sans cesse, et le flot berce les esprits des plus idiots d'entre nous ; moi-même je suis attirée par le son de sa voix que j'entends dans l'obscurité, ou au petit matin, infatigable, toujours la même histoire, toujours légèrement différente pour maintenir son auditoire sous le filet de l'attention. Parfois je m'approche. Parfois j'écoute un long moment, allongée par terre là où c'est commode, dans la pénombre. Il parle des animaux, des autres animaux, des animaux que nous sommes, animaux dévoyés et je sens son regard se faire doux et caressant pour ceux qu'il voit ; il n'est même pas un berger, il est lui-même troupeau, sa voix n'est rien d'autre que des sons accolés, ils s'égouttent et perdent consistance, ils tombent là dans la nuit, de vagues bêlements, des syllabes reniflées, on sait plus trop, je suis couchée sur le sol, le sol est le berceau naturel de mon corps, j'oublie tout, je veux qu'il me regarde, je l'aime.

Ce jour-là, Anna vient me trouver en pleurant : son bébé est atteint d'un mal inexplicable, des vomissements et des diarrhées, il se vide, des traces de brûlure alors qu'elle est toujours avec, qu'elle ne s'est jamais approchée du feu avec le gosse dans les bras. Des traînées écarlates, du pus qui suinte. Où est Mona ? Elle ne la trouve pas. Nous partons à sa recherche. Elle n'est nulle part. Nous passons près de Kader qui se prépare tristement à une nouvelle distillation. Tout dans ses gestes et dans son visage indiquent sa résignation malheureuse. Il en a marre lui aussi. Tout fout le camp. En entrant chez Valérie, je suis traversée d'un long frisson. Une prémonition. J'appelle :

« Mona », je gravis quatre à quatre l'escalier et déboule dans la chambre de Valérie. Mona se retourne d'un coup avec une expression coupable, et je comprends que Valérie est morte, qu'elle vient de mourir, dans sa chambre qui empeste déjà. La chair de ses bras qui pendent vers le sol est pratiquement à nu, son visage est rougi, son nez blessé semble grignoté par une flamme intérieure : la chair est à vif. Mona n'a pas eu le temps de lui fermer les yeux, donc il y a ce regard fixe que l'on connaît bien ou que du moins on n'a pas de mal à imaginer. La bouche de Valérie, de ce qui était Valérie – ce qui était la bouche de Valérie est ouvert, ça ressemble à un gouffre noir, une grotte, c'est sans fond et c'est moche. Mona se met à sangloter. Elle seule a veillé et soigné Valérie qui s'éteignait. Le reste du campement se tenait à l'écart comme s'il s'était agi d'une pestiférée, moi y compris. Maintenant Valérie, qui a fondé Tabor (si on veut), qui a été une amie, une guide, une guérisseuse à sa façon brusque et bricolée, est morte, et personne n'a eu la simple bonté de l'accompagner jusque-là ; personne sauf Mona, droite et fidèle, bravant la peur de mourir, la peur de se perdre ou de se détruire pour pouvoir accomplir l'action juste, obsessionnellement juste.

Lorsque nous portons son corps en terre, le soir même car nous craignons l'infection, nous sommes inquiets. Le temps s'est couvert et le vent souffle de plus belle, froid et malodorant. Les enfants pleurent, quelques adultes aussi, les larmes et la morve glacent les visages. Mona est inconsolable. Lorsque je passe mon bras sur ses épaules, pendant que nous descendons lentement vers les pins, elle s'affaisse à moitié contre moi, je la serre et la soutiens, et dans ma tristesse je me sens le roi du monde, capable de tout, d'une force inouïe et spectaculaire, je me vois portant Mona dans mes bras puissants, porter l'enfant dans mon sein, porter la tristesse et la peur de tous, travailler dur et sillonner la terre dans un seul et même geste large et princier, mes membres se démultiplient et je m'imagine en idole mystique ; mon risible chagrin d'amour n'est qu'un fardeau négligeable. D'ailleurs Jonas, dans la foule qui suit le corps, enveloppé dans un simple drap qui laisse un peu trop deviner les traits du visage, les subtilités de la silhouette ; Jonas à quelques mètres de moi m'est presque indifférent ou pas plus notable, en tout cas, que le reste de l'univers, je reconnais sa présence mais n'y prête aucune attention particulière (ce qui peut-être est une manière de toujours trop m'en soucier). Et puis je reconnais dans cette obsession les schémas délirants des amours adolescentes, qui font buter la pensée encore et encore sur le même obstacle, l'existence même de l'autre qui oblitère tout le reste, conditionnant la perception de tout ce qui n'est pas soi : tout ce qui n'est pas soi est la personne aimée et ubiquitaire, la personne aimée fait corps avec le monde entier. Nier la présence de Jonas, c'est donc le moyen parfait de l'affirmer encore plus, d'étouffer la brûlure dans ma chair et dans mon cerveau tout en y cédant. Pourtant, ce que je ressens par ailleurs est tout aussi authentique, y compris la méfiance que continue à m'inspirer la personne de Jonas, c'est-à-dire Jonas tel qu'il est, telle que sonne sa voix, tel qu'il réfléchit et espère des trucs, c'est-à-dire Jonas dans son indiscutable médiocrité, face inverse de Jonas adulé qui alourdit mon corps d'un long désir, à laquelle il se couple. Je suis faible et forte à la fois. Avec mes deux amours.

Je crains parfois de perdre les pédales dans cette nouvelle configuration, où je suis en même temps la puissance incarnée et la plus misérable des créatures, et puis, aussi, parfois, simplement Pauli, une personne tout à fait normale bien que quelque peu infréquentable – autrefois je ne me sentais pas en lien direct avec des puissances occultes, bien qu'il m'arrivait de sombrer dans l'obscurité de la boisson. Mais bon, la vie change, tout change, on ne peut en réalité se raccrocher à rien, et on s'en rend compte en vieillissant. Vivement la mort pour avoir tout vu et tout fait, me murmuré-je lugubrement mais non sans un certain sens de l'à-propos dramatique, en suivant le cortège funèbre. Les silhouettes ont une précision inouïe entre les branches d'arbres humides, sous le ciel gris.

Alors que le corps disparaît peu à peu sous des mottes de boue gluantes (depuis quand la terre ici est-elle aussi épaisse, noire, glaiseuse ?) que nous jetons avec nos mains, nos pieds, aussi bien que les quelques pelles en sale état du hameau, le caractère irrémédiable de la perte de Valérie me frappe vraiment. C'est souvent comme ça les enterrements, on se rend compte à la dernière minute, et c'est déjà trop tard évidemment.

On jette de la terre grasse sur son corps, et personne ne le fait par respect ou amour, il n'y a rien de symbolique ou de religieux, on l'a couchée nue dans le trou, enveloppée dans le drap de son lit de mort, on l'enterre parce qu'on a peur de la brûler, va savoir pourquoi, on la recouvre de terre, on jette la terre sur elle mais rien, rien, pas une once de sentiment, on ne sait même pas pourquoi on le fait, on jette de la terre sur elle mais dieu sait pourquoi, on le fait avec les mains, on gratte et racle, on jette, à pleines poignées, encore et encore, on pousse avec les orteils, on fouille avec les talons, ça fait un bruit presque comique, mais impossible de rire, pas parce qu'on est tristes, mais parce qu'on ne sait plus faire. On jette, on jette, ça ne veut rien dire. Mes yeux divaguent, puis se posent sur le visage de Jonas, qui en un instant affecte une expression de terreur compassée. Il me fait un geste de la main signifiant le besoin urgent qu'il ressent de s'entretenir avec moi dans un avenir proche. Je détourne le regard. Je continue à enterrer.

« Il faut que vous partiez, me glisse Jonas lorsque nous nous retrouvons seuls. Valérie est morte, c'est la première. D'autres suivront. Un mal vous guette. Vous n'êtes pas en sécurité. Ils vont vous chasser.

– Mais qui ? De quoi tu parles, Jonas ?

– Mais je me tue à vous le dire depuis que je suis arrivé. Les gens en combinaison. Les autres. Ils ne vous veulent pas du bien. C'est confidentiel. Peut-être qu'ils essayent de vous empoisonner. Il faudrait vérifier la terre, l'eau, peut-être bien l'air. Ça pue en ce moment, non ?

– Ok, donc tu sous-entends que la mort de Valérie et les mauvaises odeurs sont une seule et même chose. Ok. Et en plus que ça a un lien avec la bande en combi, c'est ça ? Je vois pas trop comment une mauvaise odeur pourrait nous tuer, en fait. Et puis pourquoi ils chercheraient à nous chasser ? Je croyais qu'ils étaient liés à l'espèce de nouveau gouvernement, c'est ça que j'avais compris. Pourquoi ils voudraient nous tuer ? Je comprends pas bien.

– Crois-moi, j'en sais beaucoup plus que vous. Je sais tout. Ils vont vous chasser, peut-être même vous tuer. Ils veulent récupérer leur hégémonie, même ici. Aucune bienveillance. Ils veulent seulement reproduire leur propre pouvoir, le pouvoir veut accroître son propre être et en jouir, et s'étendre. Son unique but est son maintien, sa perpétuation, sa propagation. Il s'infiltre jusque dans les failles rocheuses, dans les brisures de l'écorce, sous les peaux. Il est volatile et dangereux. Il se nourrit d'énergies et de labeur, de craintes. Mais j'ai peut-être la solution. Il faudra faire ce que je dis. Suivre mes instructions et mes conseils. M'obéir. Je sais d'où vient le danger. Je suis votre seul salut. »

Sa voix est toujours plus féline, grinçante, la voix d'une créature rusée qui se dédouble à son visage neutre et franc, avec son faux langage de prophète. Il fait tout à fait sombre et les arbres s'agitent doucement dans la brise pourrie. L'étoile du berger se lève, complètement de travers. Au lieu de monter tout droit, elle se tortille dorénavant à travers le ciel, zig-zague parmi les nuages. N'empêche, le ciel étoilé, la brise vespérale – je me tourne vers Jonas et l'embrasse enfin.

La maladie commence à se propager. Très vite après la mort de Valérie, le bébé d'Anna succombe aussi. C'était l'enfant qui avait tant fait rêver Pauli, qui était, si j'y réfléchis selon des termes quelque peu malhonnêtes, le point de départ de cette débâcle. Anna commence à montrer des signes de maladie. On n'a pas vu Awatif depuis un moment, mais on comprend bientôt que c'est parce qu'elle se terre dans son lit, la peau couverte de plaies, vomissant tout ce qu'elle tente d'avaler. Elle est presque dans le même état que Valérie, calcinée, purulente, elle fait mal rien qu'à la regarder. Contrairement à Valérie qui a connu le répit relatif d'une brève période de rémission, Awatif meurt vite, silencieusement, touchée par la main astrale de la maladie qui la fait se faner et se clore, concluant la vie fragile qui a été la sienne par la maladie post-apocalyptique qui convient. Les choses commencent à prendre une mauvaise tournure. Tout s'effondre à présent, un effondrement dans l'effondrement. Cet affreux Jonas est revenu et j'ai rapidement compris que Pauli était retournée avec lui.

Et puis ceci : au moment de mourir, prise de fièvre et de délire, Valérie a attiré mon visage près du sien. Ses mains étaient brûlantes, la peau pelait, j'ai penché la tête rapidement vers sa bouche pour qu'elle cesse de me toucher. « Il faut que je te dise. Il faut absolument que je te le dise maintenant. Pardon de t'avoir menti si longtemps. Depuis qu'il est arrivé parmi nous, je suis folle amoureuse de

Jonas. Un truc de ouf, raide dingue, à en crever. On a eu une liaison passionnée, mais il m'a abandonnée, je ne suis plus rien, je meurs. » Et quelques instants plus tard, elle était bel et bien morte. J'avais envie de ricaner tant c'était bête et même suspect. Tellement de gros sentiments, au nom de quoi ? Cette mise en scène dramatique de son propre trépas, à quoi bon ? Bête, bête, bête.

J'avais envie de méditer sur la mort de Valérie, de me recueillir sur sa dépouille, de lui rendre hommage pendant un instant, c'est ce qu'il aurait fallu faire, mais cette révélation me déconcentrait et je restais penchée sur son corps en pensant complètement à autre chose. Je ne pouvais m'empêcher de m'interroger, comme si ce qu'elle venait de me dire n'était pas juste le fruit d'un délire grotesque : Pauli l'avait-elle sentie, cette histoire de ouf ? Son aversion pour Valérie était-elle de la jalousie, avait-elle compris leur commerce ? Je me dis en un frisson que Pauli et son amant Jonas avaient peut-être voulu se débarrasser de Valérie comme dans un mauvais roman policier ; qu'ils l'avaient tuée par qui sait quels moyens occultes, au plus fort de la crise d'hystérie collective.

Mais non, bien sûr que non. Pauli n'a jamais apprécié Valérie, même avant que Jonas ne vienne détruire nos vies. Elle était jalouse à cause de moi, pas de Jonas. De toute façon rien de tout ça n'était vrai, pas d'amour, pas de liaison fiévreuse, Valérie extravaguait dans ses derniers instants. Peut-être même que, dans une sorte de translation fiévreuse de dernière minute, elle se prenait à cet instant-là pour Pauli ? Peut-être était-ce moi qu'elle aimait, qu'elle avait toujours aimé.

Ne l'ai-je pas aimée aussi, à ma manière, comme j'ai aimé Olivier, comme je n'aimerai jamais Pauli, de cet amour calme et total qui ne s'inquiète de rien, pas même des corps ? Mais comment imaginer Valérie amoureuse de qui que ce soit ? Absurde idée. Sa confidence, je l'avais trouvée affreuse, elle m'avait donné la nausée, comme un secret de famille soudainement révélé.

On en est là. Je ne peux faire confiance à personne. Tout le monde est odieux et fait n'importe quoi, c'est fatigant. Je ne vais plus pouvoir retenir tous les pans de la vie, impossible de rester organisée et maintenir la discipline dans ce foutoir ; je soupire.

Pauli est à nouveau collée aux basques de ce type, comme un carnassier auquel on présente de la viande, incapable de s'en arracher, prise dans ses revirements répétitifs : une force la pousse toujours à aller vers lui, à vouloir le toucher et le posséder. J'imagine leur bonheur stupide de futurs parents, je les regarde de loin. Pauli ne fait même plus mine de m'accorder de l'importance.

Je suis rongée par les soucis, par la conscience d'avoir été supplantée en amour à deux reprises (ce qui est considérablement pire que de ne l'avoir été qu'une fois : on s'accoutume au sentiment d'humiliation, mais l'habitude est écrasée par le renouvellement amplifié de la douleur. Et si l'on compte Valérie comme objet d'intérêt amoureux, quoique platonique, m'ayant délaissée, elle aussi, pour ce minable de Jonas, ça fait trois, ô fatalitas !). S'ajoute la menace d'une nouvelle épidémie. Je me tiens voûtée, me déplace la tête baissée, les mains croisées derrière le dos, préoccupée et mélancolique. Il me faut trouver des remèdes à ce mal, au moins pour alléger les souffrances, en attendant peut-être des distributions de médicaments. Je suis démunie sans Valoche, comment s'y prendre ? Elle me manque. Pauli me manque aussi. Le temps où nous formions à nous deux un ensemble parfait, une monade amoureuse, est terminé, irrévocablement clos, c'est sûr à présent. Finis, ces longs mois passés dans une harmonie allant de soi, le plaisir de la retrouver à la fin du jour comme si nous avions tout le temps du monde et aucune urgence à ne pas perdre une miette l'une de l'autre. Définitivement enterrée, l'excitation de l'aimer les premiers temps, lorsque le soupçon d'un trait commun, au visage, aperçu au détour d'une rue, chez une inconnue dans le métro, suffisait à faire naître des palpitations, la certitude heureuse que nous nous aimions déraisonnablement : le souvenir perd son sens et sa valeur.

J'avais parfois eu cette intuition banale que notre amour n'avait jamais eu d'égal au cours de l'histoire. Je savais évidemment que c'était faux, même autrefois, j'avais conscience que le fait même de penser notre unicité marquait notre caractère absolument ordinaire. Mais j'en avais à présent la preuve éclatante. Il n'y a rien là que de classique, on n'a rien inventé, rien fait de plus, nos sentiments s'invalident avec leur disparition, tristement triviale elle aussi, voilà, c'est ça la vie malgré tout. La vie, c'est ce sentiment d'inutilité et de ridicule lorsque je repense aux offrandes que je lui ai faites : des cadeaux, de longues conversations, le sexe, je lui ai tout abandonné, tout, et je me retrouve seule et amère, à lutter contre la maladie des autres ; le ventre ponctionné par la douleur. Tout ce qui me reste à présent, c'est la conscience désagréable que je n'ai jamais aimé les poèmes de Pauli, que ses poèmes, même, étaient mauvais, effroyables, stupides. Leur nullité me paraît être l'épitomé de notre relation : je les ai patiemment écoutés, applaudis, recopiés, encouragés, récités même parfois, pas à contrecœur mais pas sincèrement ; dans une cérémonie infinie de célébration de Pauli, de l'égoïste Pauli, dont je vois aujourd'hui qu'elle a aimé en moi quelque chose qui ne faisait référence qu'à elle et qui m'était demeuré caché tout ce temps.

Des jours sombres, traversés par ce vent puant, par de nouveaux foyers d'infection, par des témoignages : apparemment, on voit de plus en plus souvent la vieille morte, son fantôme, supposément, qui hante les alentours et terrorise ceux qui ont le malheur de la croiser, déclenchant à chaque fois ou presque les débuts de la terrible maladie qui décime le campement. Il s'agit là aussi, comme dans la forêt, de psychose collective, pas de doute là-dessus, mais je suis quasiment la seule à le voir à présent, et ce dérèglement généralisé est tout aussi inquiétant pour moi que le sont ces phénomènes pour ceux qui y croient. Dans tous les cas, il signe le crépuscule de Tabor.

Pour ne pas y penser, je me livre à des visions d'un autre genre. Je nous vois, Pauli et moi, marchant interminablement dans les rues, nous arrêtant dans des cafés ou sur des bancs, parlant, parlant, parlant, inextinguiblement – comment avons-nous eu autant de choses à nous dire, nous qui nous évitons désormais pour ne pas avoir à échanger un mot pouvant combler artificiellement le gouffre de silence ouvert entre nous ?

Le paysage autour de moi, les allées forestières, les ruisseaux et les monticules rocheux, tout, lentement, prend l'apparence de la ville de mes souvenirs, une ville perdue que je ne reverrai plus, Paris que j'avais tant haïe autrefois ; où je décelai alors dans les pentes, les berges maçonnées ou dans le tracé d'une rue, les vestiges fantomatiques d'une nature perdue, les layons, les trous d'eau, les bosquets aux franges d'herbes palustres qui chantaient imperceptiblement dans le soleil, la succion des boues, les mouvements paisibles d'animaux mésozoïques – les places devenaient des prairies où passaient en gargouillant des rus pliant sous leurs cours minuscules des herbes plates et larges, sous lesquelles roulaient des galets comme des billes. La Seine se métamorphosait en fleuve sans nom au cours différent, qui sans rien devoir à personne creusait les berges au bord desquelles se penchaient des saules, de la terre et des lys. La ville s'effaçait.

Mais à présent, dans un processus inverse, c'est ma vie d'ici, ma vie naturelle et froide, que je transpose dans le bouillonnement urbain, faisant des troncs alignés les pans de murs immenses, goudronnant les chemins, rasant les buissons et les fleurs pour ériger des sucettes publicitaires, des lampadaires et des caméras de vidéosurveillance, et surtout, des milliers et des milliers d'immeubles entassés. J'annule tout.

L'existence des bancs publics ou des stations de métro, la terre forée à l'extrême pour faire passer des tuyaux, des câbles, des tunnels, des rails, des magasins et des portillons, cela ne me paraît pas beaucoup plus improbable que la virginité supposée de la terre que je foule à présent, cette terre neutre et intacte, qui ne cache supposément dans ses profondeurs que davantage de cailloux et quelques câbles téléphoniques hors d'usage. Les souvenirs douloureux donnent à mon entourage naturel une apparence contradictoire, qu'il contient comme une promesse, comme la ville contenait la réminiscence du monde vivant auquel elle succédait.

Jonas répand des rumeurs étranges. Il dit par exemple : que l'eau est contaminée, qu'il ne faut plus en boire. Qu'il va trouver un antidote. Que l'air même que nous respirons est sali, impur. Il conseille à certains de se protéger le visage de bandes de tissu imbibées d'une mixture blanche et gélatineuse qu'il nous présente dans un gros sceau de métal brillant. Une poignée de Taborites accepte, se recouvre la tête de bandelettes. Des spectres enrubannés et dégouttant traversent le campement.

Quelques personnes, probablement sur ses recommandations, ont décidé de ne plus boire d'eau du tout, ou presque plus (toute l'eau dont l'organisme a besoin est contenue dans nos aliments, avancent-elles). Celles-là se dessèchent, tournent en rond, irritables, faisant éclater des disputes. Des factions reprochent à d'autres d'être responsables du cataclysme, qui de théorie conventionnelle est devenue une certitude absolue ; ou d'avoir, pour de sombres raisons, empoisonné l'eau (dont je continue cependant à boire sans aucun problème), ce à quoi le camp adverse les accuse de volontairement semer la zizanie dans le campement, alimentant ainsi les tensions et le sentiment d'instabilité.

Dès que Kader aura trouvé une manière de distiller suffisamment de carburant, de toute façon, on partira loin d'ici, affirme-t-on d'autre part. Tout autour de nous est une menace, une interminable menace, dont Jonas détient supposément la clé. S'inventant médiateur, il passe d'un groupe à l'autre, faisant mine de calmer les passions : chacun, d'une certaine manière, a raison, tout le monde a raison, il suffit d'un peu de patience et de compréhension pour que tout le monde s'entende, même si, bien sûr, le groupe auquel il parle à ce moment-là est évidemment celui qui a raison par une fraction de plus que les autres, qui a su reconnaître le vrai danger parmi la myriade de menaces. Le reste de Tabor finira bien par comprendre.

Je vois bien, moi, et sans doute ne suis-je pas la seule (mais parler est devenu excessivement compliqué, ma bouche est engourdie et froide), je vois bien que Jonas nous embobine et qu'il ne fait qu'amplifier les conflits, mais qui m'écouterait ? On se détourne de moi, je le sens, j'erre seule entre les maisons, dans les champs, je détourne la tête lorsque je croise un ami, je me comporte stupidement, je boude, je me sens méchante et dérisoire. Moi aussi, finalement, je me laisse piéger par la discorde qui règne.

Jonas possède à son avantage ses connexions mystérieuses avec le monde du dehors, qu'il laisse supposer de manière de plus en plus insistante, les origines de son savoir deviennent transparentes : il a des liens avec cette puissance qui cherche à exercer sur nous sa domination, quelle qu'elle soit. Ces liens sont presque avérés, presque tangibles : par exemple, la propreté de Jonas à ses arrivées successives, ses vêtements nets, ses petites chaussures en sabots fendus, sa peau, même, qui reflète une alimentation saine et variée, pas ces sempiternelles patates, lentilles et boîtes de conserve qui nous font un visage blet.

Pourtant, il a (soi-disant) choisi de trahir ses alliés, ceux auxquels il a prêté allégeance et qui en échange lui ont offert le gîte, le couvert, la propreté et la chaleur (une maison bien chauffée en hiver est un luxe que nous ne connaissons plus), pour lesquels il a accepté de venir ici, de se mêler à nos existences. Qui sont ses alliés ? Que nous veulent-ils ? De mon point de vue, il n'est maintenant que trop évident que Jonas est une sorte d'espion aux intentions peu recommandables, mais pourquoi aurait-il changé d'avis, pourquoi à présent se rallier à nous ? Pourquoi nous offrir, *peut-être*, les armes grâce auxquelles nous pourrions, *peut-être*, nous défendre contre ses maîtres ? Pourquoi, en même temps, alimente-t-il la crise qui nous désunit ? Sinon par calcul, mais, toujours, pourquoi ? Se pourrait-il qu'il soit réellement convaincu de ce nouveau rôle de prophète sur le retour qu'il a endossé ces derniers temps ? Paradoxalement, cela semble la plus raisonnable des explications : sans autre justification, son comportement serait purement erratique.

Et cette maladie, d'où vient-elle ? De cette puissance, de sous la terre, de l'eau, d'où ? Du fantôme de la vieille ? De Jonas lui-même ? Certains le murmurent, je le pense de plus en plus, de lui ou des agents 6AB, ou même de Luisa, tous arrivés de si loin sans masques ni combinaisons, nos conquistadors personnels. Tout est embrouillé dans ma tête, je tourne en rond, l'herbe pliée sous mes pas ne se relève plus, je suis écrasée de souci, de chagrin, de remords. Tout va mal. Tout est embrouillé et tout va mal.

Quand au loin nous apercevons à nouveau les camions s'approcher dans des nuages de poussière, plus personne ne veut rester au campement. C'est une cohorte qui s'approche, on ne les a jamais vus aussi nombreux. Ils rutilent au soleil et font naître dans nos cœurs un effroi délirant. Certains paniquent.

Comment éloigner les malades de Tabor ? Où se réfugier, maintenant que la forêt est zone interdite ? Que craindre le plus, les apparitions fantomatiques ou les manipulations des agents ?

On traîne les malades sur le sol, enveloppés dans des couvertures dont nous tirons deux pans, on les cache assez loin mais pas trop, dans un bosquet bas qui s'ouvre sur une petite clairière. Les malades râlent, leurs plaies s'ouvrent sous l'effet de la friction sur le sol caillouteux, les couvertures sont tachées de pus et de sang, ça sent mauvais sous les feuillages, c'est dégoûtant, nous ramenons nos tee-shirts sur nos bouches, nos yeux coulent, il faut faire vite, sans vomir, les cacher, espérer que leurs gémissements n'attireront pas l'attention, les dissimuler sous les branches, derrière les buissons, nous les détestons à cet instant, qu'ils crèvent ! au lieu de nous encombrer, on veut les planter là, seuls et sans défense sous des plantes probablement toxiques elles aussi, aussi imbibées de ce mal mystérieux que le sont leurs plaies.

Jonas organise tout, crie pour que nous accélérions. « Ils vont vous tuer, cette fois », répète-t-il sans cesse de sa voix nasillarde. Il faudra tout de même que quelques personnes restent avec eux, c'est trop injuste. Mais bientôt, celles qui se sont dévouées pour les garder nous rejoignent au galop. Tant pis. Nous courons vers la montagne. Nous suivons Jonas qui sprinte devant en faisant de grands moulinets avec ses bras pour nous encourager. Sous les tissus des masques, je lis dans les yeux un éclair de peur.

« **Mais en fait,**

c'est peut-être elle qui a lancé la maladie. »

Nous autres on ne sait pas, c'est difficile à dire, et plus personne ne parle vraiment à l'heure qu'il est. On ne sait même pas vraiment à qui ce « elle » fait référence. Regardez Mona, comme elle traîne la patte, abattue les bras ballants. Elle n'a plus sa superbe d'autrefois, ce temps où elle nous commandait quelque peu, où elle voulait nous encourager à vivre selon une haute idée, une haute idée qu'elle avait de nous, quelque chose qu'elles avaient façonné, Valérie et elle, à elles deux et avec d'autres, et nous, toujours, pas très loin derrière. Ce n'était pas des gourous mais elles savaient où on allait, elles nous aidaient à nous diriger vers cet horizon, dans cet horizon. Maintenant ce temps a passé comme un rêve, nous mettons le pied dans quelque chose de nouveau. Nous marchons/courons dans la forêt, guidés par Jonas, qui – s'en doutait-on ? – connait la forêt comme sa poche et nous amène vers un coin qu'il qualifie de « sécure ». Nous le suivons, nous murmurons entre nous. Il a proposé, paraît-il, une sorte d'immunité à Inès en échange de renseignements sur Valérie. Quel genre d'immunité ? Mais contre la maladie, pardi ! Est-ce qu'Inès a accepté ? Probablement pas, mais qui sait. La maladie fait peur : son issue est certaine, c'est la purulence puis la mort. À Kader il a fait promettre de perfectionner son grand alambic, à Mumu il a offert sa protection absolue et royale en toutes circonstances, en échange d'informations sur Kader. Heureusement que ces deux-là parlent entre eux, mais pas à n'importe qui d'autre. Ils ne feront rien pour Jonas, disent-ils. Mais au fond, comment en être sûr ?

Jonas avec sa voix de chat qui pose trop de questions manigance quelque chose à Tabor ; mais aussi il nous sauve. Il est un sauveur, il est doué sinon d'un pouvoir, du moins d'un savoir qui dépasse les nôtres. Il nous mène en un lieu sûr, il veut nous protéger de la maladie. Lui-même est en pleine santé. Pourquoi nous voudrait-il du mal, et, surtout, comment pourrait-il nous en faire ? Il n'est rien, rien qu'un petit blanc-bec propret et un peu désagréable. Et il pourrait même être ce qu'il prétend, c'est-à-dire doué de certains pouvoirs plus ou moins surnaturels qu'il mettrait à notre service. Lui seul s'intéresse vraiment à la maladie et à ses causes, et tente de nous en prémunir. Peut-être même y réussit-il, bien que certains chuchotent que c'est lui, en réalité, qui choisit les victimes du mal, les personnes qui se sont opposées à lui, comme l'avait fait Valérie. D'ailleurs c'est elle qui a été frappée la première. Comment savoir si les nouveaux morts, les malades n'ont pas résisté d'une manière ou d'une autre, sans que nous soyons jamais au courant, à sa volonté d'acier, et s'en sont trouvé punis ? Jonas a si parfaitement su tisser autour de sa personne un voile de secret et de mystère – et de peur – que nous serions bien en peine de savoir ce qu'il fait miroiter et ce qu'il demande aux uns et autres. En tout cas, ce n'est pas Mona qui va nous aider à démêler le vrai du faux. Mona ne s'intéresse plus à rien, elle est inutile, quant à Pauli et son étrange passion, n'en parlons pas. Tout ce qui l'intéresse, c'est Jonas, mais ce que Jonas *fait*, ça lui échappe complètement.

Bref. Nous marchons/courons sur le chemin forestier pour nous réfugier en lieu sûr, sur les traces de Jonas dont les jambes s'ouvrent et se ferment mécaniquement, accélèrent frénétiquement dans les virages ; ce sont des lames de couteau, des aiguilles dangereuses et tranchantes qui se frottent l'une contre l'autre en nous indiquant la marche à suivre.

Réfugiés dans une caverne, nous nous tenons silencieux et apeurés. Le moindre frémissement végétal est comme l'alerte de pas approchants, qu'ils soient surnaturels ou militaires. Finalement, le fantôme de la vieille et ces étranges spectres en combinaison ne seraient-ils pas une seule et même chose ? Comment savoir s'ils ne font pas partie d'un même monde, un monde des ténèbres, des profondeurs, que les bouleversements climatiques auraient libérés de terres glacées, comme les épidémies, avec elles ? On fait mille suppositions par minute, dans nos têtes ou à voix très basses, si basses qu'on ne s'entend pratiquement pas les uns les autres, mais il ne faudrait pas non plus que Jonas nous entende. Ses mains brillent dans l'obscurité, et nos chuchotements crépitent en écho contre les parois fraîches de la grotte. Nulle trace de fantômes, même si la nuit paraît plus profonde et englobante que n'importe quelle nuit.

Nous attendons longtemps. Quand enfin nous percevons pour de bon des pas qui approchent (et en nombre), c'est une immense tension qui se relâche, comme si nous n'avions jamais douté qu'ils nous retrouveraient, que ce soient les fantômes ou les types armés.

C'est ce qu'il nous semble à nous, Tabor, collectivement, dans la limite de ce qu'on peut voir et comprendre. Mais ce n'est pas l'opinion de tous (Tabor se fragmente) : à la minute où l'on commence à entendre le chemin faire craquer ses feuilles et ses branchettes, certains, paniqués, escaladent les rochers à l'entrée de la grotte, détalent en courant dans tous les sens et se perdent dans la forêt. Ils disparaissent.

La plupart d'entre nous n'avons même plus la force de déguerpir, nous en avons fait assez, nous sommes résignés à notre sort et lorsque les silhouettes des agents de sécurité bouchent tout à fait la lumière d'un petit matin de plein été, qui filtre jusque dans la caverne par la grande ouverture festonnée de lianes et de vignes, nous nous en remettons à notre destin, qui est, apparemment, d'être capturés.

Nous sommes rapatriés à Tabor. Le jour se lève sur les bois, sur les pâturages. Le silence de la nuit où éclosent des centaines d'odeurs calmes et secrètes est remplacé par le tintamarre indistinct des chants d'oiseaux se confondant, qui forment au-dessus de nos têtes baissées un deuxième ciel bariolé. L'été est là mais nous ne pouvons en tirer aucun plaisir, même si les frondaisons au vert profond s'agitent, même si la richesse de la terre pulse jusqu'au bout des branches des buissons, jusque dans les pierres qui minéralement exsudent la même joie d'exister. Rien de tout ça ne peut désormais nous atteindre. Nous marchons encadrés d'hommes en uniformes noir immaculé, la trame brillante du kevlar scintille au soleil de l'aube, les visages cagoulés s'en détournent. Ils portent, à leur ceinture plus noire encore ou dans leurs mains aux gants techniques, contre leur poitrine raidie d'un gilet pare-balles, des FAMAS, des armes de poing et des matraques, qui battent leurs cuisses épaisses. Leurs grosses bottes coquées aux semelles de plastique moulé en des volutes tactiques foulent les feuilles tombées, brisent en d'innombrables échardes le bois mort à terre. Ils ne parlent pas, à aucun moment ils n'ont parlé, ils se contentent de nous guider le long du même chemin que nous avons emprunté pour venir. Jonas est introuvable, mais personne ne doute qu'il ait tout fomenté, ça nous est apparu d'un coup d'un seul, comme ça, en se retrouvant ramassés à l'aube dans ce cul-de-sac naturel – parmi toute la montagne qui est plus ou moins infinie, ça nous a semblé évident qu'il nous a menés dans un lieu fixé d'avance dont il serait difficile d'échapper, que sans doute établir la réalité de notre fuite, notre refus de coopérer, marque notre culpabilité au regard d'une loi qui nous est complètement inconnue, et de ce fait même nous condamne.

Au fond, on se dit qu'on n'a même pas besoin de comprendre pourquoi il s'est livré à cette comédie jusqu'au bout si c'était pour nous voir capturés à la fin. Nous acceptons notre destin d'êtres piégés, de naïfs, d'imbéciles faciles à berner. Les regards entre nous continuent à être mauvais, le campement s'est scindé en au moins deux groupes qui se détestent, des mains se tendent pour arracher, aux membres du clan ennemi, les masques imbibés de la gelée maintenant sèche, qui se détache en épaisses pellicules du tissu ; ils gisent à terre rigidifiés, au bord du chemin nous les abandonnons comme les derniers témoignages de la farce que nous avons interprétée contre notre gré, sous les ordres de notre metteur en scène machiavélique.

Seule Pauli, le ventre arrondi et lourd qu'elle soutient de ses deux mains, garde la tête haute et un regard de défiance inquiète : Mona fait partie des fuyards, et peut-être qu'elle a encore un semblant d'empathie pour elle. Ou peut-être s'inquiète-t-elle de l'invisibilité soudaine de Jonas, lui qui était si présent depuis quelques semaines. Ou encore de l'enfant qu'elle porte – la certitude l'a emporté sur les rumeurs, Pauli est bien enceinte (ça se voit maintenant) et l'identité du père ne fait aucun doute. Elle rajoute même à notre infamie collective.

Non, ça paraît impossible, et pourtant si : des cordes ont été tendues entre les deux premières maisons du hameau, et le cadavre de l'une de nos chèvres s'y balance lentement. Sur nous qui passons en dessous coule un sang à peine liquide, déjà coagulé en paquets dans sa robe rêche, c'est violacé ou noir, épais. Un gémissement monte du groupe, nous nous retournons en nous cachant les yeux pour apercevoir quand même un instant la carcasse déjà dénuée de toute identité, et que pourtant nous avons choyé de son vivant en tant qu'individu vrai. L'animal est déjà méconnaissable. Il est retourné à la matière indistincte qui forme le monde. Je crois que cette mort ne sert qu'à nous humilier, ce que confirment les cabanes détruites à la pelleteuse, le campement tellement ravagé qu'il semble avoir été abandonné il y a des mois et pas la veille seulement. Des caisses en bois et en métal trônent au milieu de la place, des rouleaux de bâches et de toiles appuyés contre leurs parois. Le barnum de plastique blanc est à nouveau monté à l'endroit où à leur dernière visite les intrus avaient creusé le trou. De nos maisons, celles en dur qui étaient déjà là lorsqu'on s'est installés, entrent et sortent des individus en uniforme ou en combinaison (des combinaisons d'or cette fois-ci qui éblouissent en renvoyant les rayons du soleil). C'est là qu'ils habitent à présent. On nous mène à la prairie derrière Tabor, chargés des bâches, des toiles, et on nous prie sans méchanceté de monter des tentes. En fuyant, nous avons abandonné toute légitimité à vivre dans ces maisons, qui, d'ailleurs, ne nous appartiennent pas, ne nous ont jamais appartenu, nous explique un grand type en uniforme, sa cagoule roulée jusqu'à la moitié de son visage, son masque de protection pendouillant audacieusement autour de son cou : ceci afin que nous voyions bien sa bouche qui articule exagérément chaque mot. Nos maisons sont occupées, nos cabanes détruites, c'est ici que nous vivrons désormais, dans les tentes, dans le champ, entourés de nos plantations qui n'ont jamais vraiment pris. Les végétaux pendent tristement autour de nos corps qui s'activent. Le type portant l'uniforme de la sécurité nous a dit : peut-être qu'on nous autorisera à aller récupérer quelques affaires, mais ils doivent d'abord envoyer une demande à la division 8, et il est vraiment impossible de savoir quand elle formulera une réponse. Elle est loin et elle croule sous les requêtes, la paperasse. À la rigueur, nous pourrons peut-être faire appel dans six mois révolus mais les appels sont souvent déboutés d'emblée, car non-légitimes. « Après, conclut le colosse avec un haussement d'épaule, c'est à vous de voir. »

On entend les vrombissements de machines invisibles, au loin un hélicoptère fait des tours au-dessus de la forêt où nos amis ont disparu ; et alors que la nuit tombe, un projecteur s'allume, balayant les feuilles noires, les chemins dissimulés. « Il faut sécuriser les individus non présents » disent-ils ridiculement dans leurs talkies. Je ne prends pas encore vraiment la mesure de ce qui est en train de se produire, mais je sais que c'est le début de la fin, ou que la fin est déjà sérieusement entamée, qu'on nage en plein dedans, qu'on n'a rien vu venir, comme les cons que nous sommes.

Et c'est d'ailleurs ce que vient nous dire Jonas en rigolant, désormais grimé lui aussi d'un uniforme noir que ne met pas en valeur sa carrure médiocre, les pouces dans les passants de sa ceinture, ses petits pieds dansent sur le sol dans ses chaussures farfelues. Nous ne lui répondons pas mais je suis tout de même traversée, même maintenant, par un frisson de désir qui me donne la gerbe. « Ah, au fait, vos copains malades, ils sont morts cette nuit. *Mesure préventive* », ajoute-t-il en faisant des guillemets avec ses doigts. « Comme ça on verra un peu à l'autopsie ce que c'était que cette maladie, hein, parce *qu'on se pose bien la question* ! » ricane-t-il. Il met des guillemets et des italiques partout. « Vous pouvez aller les regarder, ils sont là-bas vers la grande tente blanche. Enfin si on vous y autorise... Mais si vous êtes sages, y a pas de raison. Enfin peut-être qu'il faudra faire une demande écrite à la division 8. » Il a l'air de se trouver merveilleusement drôle (c'est non) et ponctue chacune de ses phrases d'un « ha ha ha » théâtral. Malgré sa dureté affectée, son visage est toujours aussi absurdement mou et il me fait de la peine. Ses yeux, comme à chaque fois qu'il endosse son personnage public, que ce soit celui de curieux, de prophète, ou de pseudo-militaire endurci, sont vides. Lorsqu'il était dans mes bras, lorsque je surprenais du coin de l'œil son visage pensif, il n'était pas ainsi. Il y avait au moins deux Jonas alors, il ne semble plus y en avoir qu'un seul.

Sans m'adresser un regard il s'éloigne nonchalamment vers un groupe de mecs en combinaisons dorées avec qui il converse un temps assez long, puis repart. On ne le revoit plus de la journée. D'ailleurs, on ne le revoit que très rarement dans les semaines suivantes. Il se cache, il se terre, il fait autre chose.

On est soumis à toutes sortes de tests plus ou moins humiliants et intrusifs, des prélèvements de sang ou de selles, des examens internes poussés où de minuscules caméras sont introduites dans nos gorges ou nos anus à l'aide de tubes souples qui nous font mal. Je subis d'interminables séances d'échographie, la sonde est passée et repassée pendant ce qui semble être des heures dans le gel épais étalé sur mon ventre. On se rassemble autour de l'écran, on se gratte la tête, on ne me dit rien. Je ne sais pas s'ils s'amusent à mes dépens ou si cela a un sens. Je m'inquiète parfois. On a droit aussi à des épreuves absurdes (nous passons de longues après-midi à tourner en rond dans le champ, équipés de petits appareils qui clignotent ; ou à grimper puis à redescendre de façon répétée sur des dispositifs étranges, des empilements de boîtiers électroniques, sous le regard relativement inattentif d'individus en combinaison, qui, discutant à voix basse entre eux, nous jettent de temps à autres des regards amusés) ; toute une série de mesures mystérieuses, enfin, prises à l'aide d'appareils inconnus. Les forages ici ou là continuent. On ne sait pas ce qu'ils cherchent.

De temps en temps, nous entendons à nouveau l'hélicoptère qui, au début, a tourné pendant trois jours et trois nuits au-dessus de nos têtes, désespérément à la recherche des disparus. Une infâme odeur de merde règne sur tout le campement. C'est le vent nauséabond dont on a l'habitude, et puis c'est le fait que tout le monde chie n'importe où. Des ruisselets malpropres coulent le long des pentes. Dans la promiscuité des tentes, on continue à tomber malade. Ceux qui le sont reçoivent des injections qui semblent les prémunir contre la mort, tout en les maintenant dans un état d'agonie prolongée. Ils déclinent lentement, couchés sur les matelas de mousse aux couleurs vives que l'on nous a distribué (bleu turquoise, vert menthe, rose shocking). Leurs râles traversent les nuits, nous flanquant les pires cauchemars. Ils ont toute l'attention des combinaisons, qui finissent par les emmener dans la grange qui fut la maison commune. On ne les revoit plus. Ils sont morts, leurs corps disparus. On suppose.

L'été est splendide, vénéneux, fertile. Nous rôdaillons dans les champs, drapés dans des volutes d'effluves excrémentiels, on nous interdit de travailler et le fruit un peu triste de notre labeur de ce printemps dépérit sur pied, et ce qui reste d'à peu près vivant est prélevé : pour l'étude, soi-disant, mais plus probablement par pure malveillance, ou par jeu, ou autre chose d'inimaginable. Je comprends rien. Nous mangeons un gruau gris et insipide distribué chaque jour dans des gamelles de plastique mou. Vivre empilés nous ôte le goût de la vie, nous ôte toute individualité, tout désir. Les dissensions nées dans les dernières semaines avant notre captivité sont restées comme un rythme imposé à l'existence, mais elles n'ont plus aucun sens ni aucune profondeur. Les parties prenantes de la discorde se détestent sans raison, se jugeant responsables de l'état de servitude général, s'adressent peu la parole, s'ignorent, finissent, enfin, par zoner côte à côte sans rien dire.

Jonas désormais est généralement considéré comme un imposteur et un traître méprisable, mais je sais aussi d'expérience, pour en avoir fait les frais, que ça peut être dur et même insurmontable de se défaire de ce en quoi on a cru, même à tort. Les fervents de la puissance magique de Jonas sont sans doute encore parmi nous ; sans doute croit-on encore que, soudainement, secrètement, au moment opportun, il retournera théâtralement sa veste une dernière fois pour nous sauver, rejetant son masque de cruauté comme on se débarrasserait d'un vêtement encombrant, s'éveillant enfin à son identité de sauveur, revêtant enfin les atours du souverain dissimulé, endormi, mort et ressuscité qu'il nous a décrit tant de fois.

J'aimerais bien en rigoler, mais je n'ai plus le courage de plaisanter. Je me sens responsable du malheur qui nous accable, même si personne ne s'en rend compte, même si personne n'y pense ou n'y croit. L'échange de fluides et de force vitale avec Jonas le traître : ça, c'est quelque chose qu'il n'aurait pas fallu faire, qui nous a entraîné dans la merde, vers la vraie catastrophe, les différents résultats qui nous tiennent captifs dorénavant.

L'un des résultats, c'est ce bébé qui grandit dans moi et qui en est le symbole le plus évident et la triste réalité, la réalité biologique, la conséquence d'actes et de décisions qui ont ruisselé jusqu'à mon corps en particulier (et pourquoi pas un autre ?) et parfois je me retiens de ne pas rouer mon propre ventre de coups, pour me débarrasser de ce problème qui commence à m'affaiblir. Après les premières semaines de vigueur, je suis maintenant épuisée, douloureuse, je crains que mon utérus ne renferme pas un enfant mais un mutant, un monstre qui me pompe mon énergie, qui peu à peu grignote mes muqueuses, mes entrailles, mes organes. Je repense aux chatons difformes d'Agnès. Pourquoi ça ne serait pas possible ? Tout est possible. Surtout avec ces tests dont on ne nous dit rien, la perplexité des scientifiques autour de mon ventre gonflé. Tout est devenu possible. Je m'efface petit à petit derrière mon corps qui grossit et m'effraie, mais aussi derrière les autres, leurs souffrances et leur colère ; je ne ressens plus rien, je ne cherche plus à ressentir quoi que ce soit, comme autrefois lorsque je buvais jusqu'à ne plus rien penser. C'est la même chose, mais je crois qu'à présent mon chagrin est si violent qu'il opère tout seul.

Pourtant, si je voulais boire, par exemple, ce serait facile : un stock immuablement bas mais continuellement alimenté, au fil des semaines, d'un alcool âcre et brûlant, une sorte de vodka particulièrement agressive, est échangé parmi les tentes. Après avoir fini les bouteilles des caves qui en étaient garnies – les premières semaines à Tabor s'étaient déroulées dans une grande beuverie expiatoire dont nous avions émergé les yeux vitreux dans un coaltar de tous les diables – on n'avait plus jamais bu, tout simplement parce qu'on n'avait plus rien à boire, et on n'y pensait guère. La possibilité même de l'alcool s'était doucement évaporée jusqu'à ne plus être envisageable. Et puis ça ne cadrait pas avec ce qu'on imaginait devoir être, à cette époque-là. On était alors dans l'ouverture et la découverte, pas le flou déprimant d'après-dînées vagues. Mais maintenant, évidemment, c'est différent. Aucune idée de ce qu'on s'imagine, ou de ce qu'on ne s'imagine pas, d'ailleurs. D'avoir à nouveau la tentation de la picole fait frémir le camp d'excitation. Les bouteilles sont mystérieusement mises en circulation par un ou une inconnue : chacun tient la sienne de son voisin qui lui-même l'a troquée avec sa sœur contre une ration de gruau supplémentaire, par exemple. On raconte que les barbouzes ont fait fonctionner l'alambic de Kader, mais à des fins de production d'eau-de-vie cette fois (l'ironie ne nous échappe pas). Ou qu'ils se font livrer par caisses entières, que ce sont les hélicos qui planent au-dessus de nous qui larguent discrètement les cargaisons maudites. Je pourrais donc boire, si je le voulais. Et je le veux, parfois, juste pour arrêter de penser et de sentir. Mais j'ai goûté une gorgée de tord-boyau et j'ai été saisie d'une nausée punitive, qui m'a fait m'aliter toute la journée dans la tente où je suffoque. L'enfant m'a frappé inépuisablement pendant des heures. Un vrai sauvage. Vicieux, méchant. Je n'essaye plus.

Parfois des agents isolés, dans le secret de la nuit, viennent nous proposer de cette gnôle, ou de la nourriture, ou des médicaments, ou même du vrai champagne et de la cocaïne paraît-il, en échange de faveurs sexuelles. Certaines acceptent, et elles sont emportées dans les maisons obscurcies, elles reviennent le lendemain matin, ou plus tard, ou jamais : parfois on ne revoit plus l'imprudente, plus du tout, et son corps rejoint ceux des malades dans un charnier que l'on suppose profond sans l'avoir vu. Pourtant, il se trouve toujours des imbéciles pour accepter. Elles y vont, elles y retournent. Elles prennent de la coke au milieu de nulle part, au milieu de cette montagne dégueulasse, n'importe où, elles adorent ça, d'un coup leur vie pourrie s'agrandit, je les comprends et je les envie, mais n'empêche qu'elles sont imbéciles.

L'imbécilité nouvelle des Taborites m'estomaque mais je ne dis plus rien. Les imbéciles disparaissent, elles ne laissent pas plus de traces qu'une tête de bétail perdue, puisqu'elles ne gesticulent plus parmi nous, nous oublions leur existence. Nous regardons droit devant nous, pas besoin d'œillères, nous tendons la nuque vers les tâches ineptes qu'on nous ordonne d'accomplir, imbéciles. Imbéciles, nous tous. Nous mangeons, nous nous reposons, nous buvons l'alcool qu'on nous fournit ou nous ne le buvons pas, pour ce que ça change – notre troupeau l'a bu, le boit, notre troupeau a été ivre, nous le sommes tous, ou personne ne l'est, peu importe, il fait chaud.

C'est dans les moments de plus intense chaleur que Jonas me réapparaît. Il vient quelquefois me trouver dans ma tente, seule, alors que je me repose du soleil de midi.

Je n'arrive pas à repousser Jonas, à lui dire non, aucun son ne franchit mes lèvres, j'ignore en vérité si je sais encore parler – le monde se présente à moi en images et non plus en mots. Je ne ressens pas non plus de bonheur à ce qu'il s'intéresse encore à moi, salie, triste et reléguée dans un arrière-monde sale et triste lui aussi. Je laisse faire. Je n'ai aucun désir. Son sexe est brûlant contre le mien. Il me communique une fièvre fade. Ce n'est que le dernier versement de ce que j'ai attendu depuis toujours, d'une dette secrète et dégueulasse.

Jonas est déçu que je ne veuille pas renouveler les habitudes brutales que nous avions prises ensemble (il le formule comme ça, mais ce qu'il veut dire, c'est: pourquoi tu ne me frappes pas?) ; alors que c'était il y a un siècle au moins, et j'aimerais lui dire que je ne suis même plus assez humaine pour être une brute. Jonas est désappointé apparemment car il me le dit, mais je l'entends à peine. Je ne m'étonne pas qu'il ne comprenne pas que nous ne luttions plus sur un pied d'égalité. Il pose mes mains autour de son cou, tend la joue pour recevoir la torgnole, la raclée de sa vie. Mes mains retombent.

Il se désintéresse enfin de moi, mais je le vois errer autour des tentes la nuit, écouter les murmures. Entre les tentes aussi, chaque nuit ou presque, la silhouette voûtée d'une vieille femme qui souffle et caquette, trottine aux heures de la pénombre la plus dense. Nous ne la voyons plus, terrés sous nos abris, toujours tremblants de peur ; mais nous l'entendons, ou croyons l'entendre, et nous la sentons répandre une pestilence mortelle.

L'été passe, nos nombres s'amenuisent peu à peu. En face vivent ces individus anonymes qui nous ont volé nos vies mais dont nous ne savons rien. Parfois ils se réunissent pour nous regarder en riant, puis repartent à leurs expériences. Ils tapent des notes sur des ordinateurs à batterie solaire, ils continuent à prendre, brin par brin, des échantillons de tout ce qui nous entoure, de ce qui les entoure, ils sont prêts apparemment à cataloguer la terre entière. Les gros bras traînent dans des coins, ne disent pas grand-chose, ou alors juste entre eux, ils ont une manière secrète de se mouvoir et de se parler, derrière des mains portées jusqu'à la bouche mais sans qu'ils aient l'air de faire des cachotteries, et toujours virilement. La cohabitation entre ces deux groupes est un peu perturbante, c'est difficile de savoir ce qu'ils veulent, ce qu'ils cherchent à obtenir les uns des autres ou de nous ; nous existons tous parallèlement mais inconséquemment, sans points de rencontre. On avait imaginé que nos actions servaient à refonder un nouvel univers meilleur, mais en fait, non. C'est toujours pareil. On se fait couillonner à la fin. C'est toujours aussi nul d'être en vie.

Quant à eux, les autres, les intrus, ils existent fièrement et avec continuité, remplacés et substitués les uns aux autres, impossible à distinguer, distribués encore et encore, engendrés dans un endroit secret qui nous les présente bien nourris et bien propres, à bord de leurs 4x4 rutilants avec leur cargaison d'armes, d'instruments de mesure, de champagne et de cocaïne. Bien sûr, on se rend compte que ce genre de douceurs ne vient pas de nulle part, qu'eux-mêmes ne sortent pas de nulle part : le monde n'a pas été détruit, il existe encore des vignobles, des manufactures d'armes, des plantations de coca, des forages de pétrole et des pompes à essence, des routes et des salles de bain. Tout n'a pas été détruit, et peut-être même que rien n'a été détruit du tout, que tout continue exactement comme avant, et qu'on n'a rien compris ? Comment savoir ? Qu'est-ce qui a été vrai ? Parfois on marmonne entre nous, on évoque la possibilité de la continuité du monde d'autrefois mais on ne se résout pas à l'accepter, non, on a tellement vécu dans l'attente et la célébration de ce qui allait être notre millénium, que si tout s'effondre à nouveau, c'est intolérable. Impossible de se défaire de nos croyances, de ce qui a fait notre vie même, ce serait définitivement crever.

L'été se termine enfin. Mais il a duré des mois et des mois et des mois. La chaleur tropicale qui s'est abattue sur nous a fait pousser des plantes inconnues, des fleurs aux pétales épais, aux pourpres vibrants, aux oranges sinistres. Des lianes pendent aux branches des arbres, dans la forêt on entend les cris métalliques d'animaux inconnus, des vignes aux pampres de fruits vénéneux recouvrent les maisons, les rochers, les carcasses de voiture. Les feuilles grasses des végétaux de jungle pullulent sur les pentes douces. Plus bas, par contre, la rivière s'est asséchée et les étendues herbeuses, virant au jaune puis au brun, se sont finalement fanées, couchées, mortes sur le sol sec. Les nuages, répandant les pluies fines qui nous réveillent chaque nuit, s'arrêtent au-dessus de notre montagne, se dissolvant toujours dans la chaleur sèche qui plane au-dessus de la vallée avant qu'ils ne puissent l'arroser.

On a relâché par défiance le troupeau de chèvres, on les aperçoit gambader parmi les lianes et les cailloux, elles s'éloignent de plus en plus de Tabor, et au fil des semaines, on ne les voit presque plus du tout, sauf au loin, des nuages de poussière soulevés alors qu'elles galopent en masse. Nous, on les regarde les bras ballants, à errer dans les champs vides, à ne rien faire, on devient fous dans notre loisir forcé, on tourne en rond, respirant mal à travers les masques de protection en papier qu'on nous force à porter (alors qu'eux se baladent avec sur la tête des masques lourds à cartouches, qu'ils retirent cependant pour un oui ou pour un non et qui finissent généralement à pendre autour de leurs cous, ou repoussés sur leurs fronts où les bandes élastiques laissent des traces rouges).

Souvent, nos tentes ne sont même plus surveillées la nuit, et au matin certaines d'entre elles sont vides. J'envie les fugitifs mais je ne me sens pas la force de les suivre. Pour aller où de toute façon ? Même si quelque part, des villes attendent et palpitent, je ne peux pas.

Parfois, dans des jours de torpeur plus ardente, je sens cette vie bouger dans mon corps, mais lentement cette fois-ci, comme un très vieil animal, une créature déjà fatiguée par l'existence, qui me pompe obscurément une énergie brûlée à perte. Comme Jonas aux deux visages, sa progéniture possède un corps double qu'elle cache encore au monde, qui me dépouille et m'attendrit en même temps. Je sens les regards du campement, des agents sur mon ventre. Il y a à nouveau des rumeurs, qui se répandent entre surveillants et surveillés, sur la teneur éventuellement surnaturelle de la créature que je porte, sur la destinée inédite qu'elle ouvrira peut-être. Je n'écoute pas.

Surtout, je pense beaucoup à Mona, je l'espère morte ou vive mais libre, je crois parfois discerner dans les arbres sur les pentes nous surplombant du mouvement, et apparaître entre les branches un visage, peut-être le sien, mais c'est impossible, et je tourne la tête vers la terre sèche de la vallée, où rien ne pousse plus que des plantes toxiques. On reste oisifs et désœuvrés, assis parmi les tentes sous le soleil infernal. Je suis seule, j'ai envie de hurler de douleur et d'ennui. Je suis constipée et j'ai mal aux pieds.

Je fais des vœux, je brûle parfois des feuilles enduites d'huile (dérobée selon un rituel précis dans les cuisines gouvernementales), enterre des mégots de cigarettes blondes (qu'incroyablement fument les agents) trempés dans mon sang, lie des bouts de tissu avec la tige de fleurs mortes, tout ça pour faire revenir Mona mais je reste désespérément seule dans les ruines de ce monde. À la puissance qui m'avait été échue dans ce que nous avions inventé ici, à cette puissance qui nous avait été échue à tous, par la naissance même de ce cosmos que nous créions peu à peu en y habitant, s'oppose une volonté de saccage que je n'ai jamais tout à fait cessé de connaître et de reconnaître. C'est le mal qui a structuré nos vies. Le mal, qui a gouverné nos désirs les plus vigoureux : cet enfant que je porte, quoi d'autre que le mal aurait pu l'inspirer ? Et cette passion destructrice, le délitement de mon amour vrai, le triste état actuel des choses ? Peut-être même que l'amour qui m'a liée, dès le début à Mona qui m'a emmenée ici participe au mal, parce que le mal, s'il entraîne dans sa suite la chute de l'univers, prépare aussi son passage par des sillons tracés à l'avance, dans lesquels on tombe comme dans une ornière dont il est impossible de s'extirper.

Mon irrépressible envie de mourir, c'est ça le mal ? Son visage est-il unique, un rocher, un volcan qui irradie ? Ou le mal est-il des sommes, des multiplications à la logique particulière ? Est-il identique pour chacun d'entre nous ? Je m'endors lourdement sur le flanc, je ne veux même plus penser. C'est ça le mal ?

Le mal est une passion qui met en branle les choses et les êtres, et qui les lance sur des circuits qui les foutent en l'air. Il n'en a pas fini de nous, il n'en a fini de rien, jamais. Il a enveloppé Tabor dès ses origines. La terre était déjà pourrie ici, dure et sèche. Toxique. Mauvaise.

La situation semble changer, imperceptiblement. Il y a du mouvement chez 6AB. Une tension, des chuchotements, des conciliabules.

Si les premières semaines, deux plantons au moins nous surveillaient en permanence, maintenant de très longues heures passent sans qu'ils nous lancent même un regard, se contentant parfois de nous humilier par un moyen ou par un autre (nettoyage de leurs répugnants lieux d'aisance ; ménage des grands chapiteaux où reposent (surprise !) dans des caissons de verre pressurisés, les cadavres de certains de nos amis, et dans des bocaux embués, leurs organes divers ; vol systématique de tout ce qui nous appartient puis exhibition de nos possessions sur le mode du burlesque – sous-vêtements utilisés comme de théâtraux mouchoirs ou numéro larmoyant devant une photographie personnelle précieusement conservée qui finit ostensiblement jetée sur le tas d'ordures ou comme torche-cul, etc.). Ils sont bien installés, et entretiennent de longues conversations avec des interlocuteurs lointains, peut-être le commandement général, qu'ils joignent par ondes radio : le campement est alors baigné de crépitements électriques lancinants, pendant des heures. On imagine les satellites qui pendant tout ce temps n'ont jamais cessé leur orbite autour de la terre, qui ont maintenu tout ce temps un filet (mille réseaux, mille mailles, mille liens, mille croisements, mille nœuds, mille miroirs) d'espionnage et de savoir, d'informations, d'aides. On se dit pour se rassurer que ce sont ces ondes qui nous surveillent en planant au-dessus de nos têtes. Que les occupants aient arrêté de nous épier est plus terrifiant qu'autre chose. Si on ne nous surveille plus directement c'est qu'il y a pire, ou qu'ils s'en foutent, ou que nous sommes condamnés.

Jonas revient me voir. Il est nerveux, « le vent tourne » me souffle-t-il. De fait, je le vois de plus en plus seul, marchant aux limites du campement la tête baissée, visiblement tourmenté. Il a maigri, son visage est émacié, comme rongé de l'intérieur. « M'as-tu jamais aimé ? » me demande-t-il et je dois me pincer (très discrètement, sous mon tee-shirt) pour être sûre d'avoir bien entendu. Sa voix n'a plus ses tonalités batraciennes, c'est sa voix plate et presque blanche, sa voix d'homme faible. Il tremble, accroupi dans ma tente, et ses yeux se plissent sous la douleur de l'attente de ma réponse, la peur du rejet. Je marmonne quelque chose que je n'entends pas.

Il pose sa tête sur mon épaule. « Tout ça c'était pour vous aider, tu sais. Je suis venu pour vous aider. Je croyais que j'en étais capable. » Sa tête glisse jusqu'à mes genoux où il l'y laisse, le visage enfoncé entre mes cuisses. Le moment n'a rien d'érotique, nous sommes tous les deux déchirés de tristesse.

« J'étais une sorte d'arpenteur, ou d'espion, si tu préfères, mais ce serait injuste de me décrire comme ça. Je venais prendre la mesure de ce qu'il se produisait ici pour le compte du gouvernement. Parce que oui, il y a un gouvernement. Tout existe encore, tu sais ? Tu devais bien le savoir, au fond. Les structures sont encore là, même si ça a été franchement ébranlé par tout ce qu'il s'est passé. On m'a contacté parce que j'étais un membre de 6AB, enfin je travaillais sur leur système informatique. Avant. Le gouvernement faisait de plus en plus appel à eux, c'était moins cher que de payer des soldats ou des policiers, ils cassaient les prix. C'cst 6AB qui a mis en place et opéré le programme Évacuation et Mise à l'Abri au moment des problèmes. Pratiquement tous les employés de 6AB ont été protégés à l'échelle internationale, et pas mal de pontes aussi. Je veux dire des pontes de la vie, des gens qui n'avaient rien à voir avec la sécurité privée. Des dirigeants, des industriels, le gratin, tout ça. Leur collaboration était logique. Sauf que maintenant on ne sait plus tellement qui emploie qui. Enfin peu importe. »

Qui sait pourquoi, je demande, comme si ça comptait encore : « Cette histoire d'hôpital, c'était pas vrai, alors ? » Nous sommes comme un très vieux couple que les mensonges laissent maintenant indifférent, qui ne ressent qu'une infinie lassitude à l'idée du temps à passer encore ensemble, qu'il *faut* pourtant passer encore ensemble. À ma surprise, il répond :

« Si. C'était vrai. Mais ça ne s'est pas passé exactement comme ça. C'était il y a longtemps. Je t'ai jamais menti. Ou pas beaucoup. Si peu. Pas plus que ce que je devais. Je déteste mentir. Je *déteste* ça », martèle-t-il de manière véhémente et pas tellement appropriée étant données les circonstances. « Il y a eu des coïncidences étonnantes, reprend-il. Ce type, le dealer dont je te parlais, est mort pratiquement sous mes yeux. J'étais fasciné. Ses assassins étaient impunis. Je les voyais patrouiller tous les jours. Eux ou des autres. Je les suivais du regard. Et quelques temps après, une semaine ou dix jours, j'ai été approché par le recruteur de 6AB. J'avais mis mon CV en ligne, ils cherchaient quelqu'un pour leurs services IT. J'avais fait des études d'informatique, c'est pour ça. J'ai été recruté. Comme ça. Il s'agissait de plus en plus souvent de mener des attaques informatiques. Sur des groupes, des concurrents, des États plus tard. Des commandes privées ou des commandes gouvernementales mais plutôt secrètes. Évidemment, j'étais juste un ouvrier, je ne faisais que des tâches mineures. Mais je suis monté en grade. Ce que je faisais me semblait innocent, plus innocent que les activités de mes collègues. Et je ne nettoyais plus la merde des mourants. Je faisais le travail le plus propre qui soit. Tout passait par des câbles et des satellites, si on regardait pas, ça existait même pas. Après les problèmes, les catastrophes, les choses ont changé. J'ai fait un bilan de compétences, on travaillait étroitement avec le gouvernement fédéral d'urgence, j'étais plus utile ailleurs que derrière un ordinateur, apparemment. De toute façon, à ce moment-là, au tout début, l'électricité ne fonctionnait que six heures par jour, c'était des moments de folie, tout le monde devenait fou, toutes nos vies étaient tournées vers ces six heures pendant lesquelles elles reprenaient du sens parce qu'elles avaient été grossies par la technologie, parce qu'il y avait des interactions qui auraient jamais été possibles sinon, parce que malgré tout, on était drogués à ça, à la vie magique de la technologie, et puis en même temps ça nous semblait pas si bien, un pacte avec le diable, ça allait trop loin, même moi, même tout le monde, on se disait ça parfois. Je continuais à faire des trucs pas nets, de l'espionnage, du piratage. J'empêchais les gens de s'organiser, je bloquais toute résistance. Enfin j'aidais à ça. J'étais un petit exécutant de rien du tout, mais j'avais l'impression d'être maléfique. Ça a pas duré si longtemps. Quelques mois. C'était pendant la mise en place du gouvernement fédéral d'urgence. Mais enfin ça te dit rien. Vous êtes tellement protégés. Tout ça n'existe pas pour vous parce que vous avez décidé de pas le savoir. Et donc ça existe vraiment pas, vraiment pas » – Jonas marmonne des trucs dans sa barbe que je n'entends pas, il regarde tout autour de lui. Il reprend, plus fort, il me reparle : « En tout cas on m'a proposé autre chose. J'ai accepté, car la cause me semblait noble. Le gouvernement m'a envoyé ici pour vous surveiller, enfin plutôt pour vous aider. Juste voir que vous partiez pas trop en couille. C'était plus simple de faire comme ça. Le gouvernement a pas les moyens de réguler et d'expulser tous les gens comme vous, partis fonder vos utopies médiévales parce que ça vous semblait trop compliqué de rester avec la société, de l'aider à repartir. C'est pas le choix que j'ai fait, bon. Chacun sa vie. Je vous juge pas, au fond. L'idée, c'était juste de voir que ça restait à peu près sous contrôle, checker que vous ne partiez pas dans des délires violents ou dangereux ou quoi. Vérifier que vous n'étiez pas des vecteurs de maladie, pas des clusters, tout ça. Pas trop illuminés. Et puis parce que vous refusiez les mesures prises pour votre bien, pour vous protéger. Je devais en savoir plus sur vous. Les épidémies ne se sont pas arrêtées comme par magie, tu sais. Y a des trucs inconnus, ingérables, complètement imprévisibles. Hallucinants. C'est les produits diffusés pour les tuer qui sentent la merde, je crois. Il paraît. À moins que ce soit les virus eux-mêmes qui puent. J'ai entendu ça aussi. À vrai dire je sais pas trop. Des villes entières sont vides, juste parce que l'odeur est intenable. Certains racontent qu'il y a des esprits portés par les vents toxiques, des esprits maléfiques qui passent comme des souffles et répandent la désolation. On vous protège de tout ça, autant qu'on peut. On a protégé vos bêtes de l'épizootie. Si elles sont atteintes, il faut les égorger...

...Je suis tellement fatigué, putain.

...Vous rendiez tout compliqué, en vous enfuyant, en vous cachant. Alors que c'était pour votre bien, pour que l'humanité ne disparaisse pas, ne disparaisse jamais. Il faut que nous soyons tous unis sous la bannière de notre commune humanité, récite-t-il sagement, derrière les mesures d'urgence, il faut que nous croyions en l'idée de l'humanité et de la nécessité de sa perpétuation. C'est primordial. Nous mettons au point des moyens de survivre. Vous nous aidez. Nous vous aidons ; nous vous aidons à survivre. Vous avez besoin de nous comme nous avons besoin de vous. »

Je repense à Mona et à sa fatigue de l'humanité. « C'est pour ça que tu m'as mise enceinte ? Pour perpétuer l'espèce ? Ça faisait partie du plan ? » Je suis de mauvaise foi et je le sais. Je n'ai même pas envie d'avoir cette conversation. Ça m'est égal ce que Jonas faisait parmi nous, ce qu'il nous voulait ou ce qu'il nous veut. Sérieusement, je m'en fous.

« Non, tu sais que non, Pauli. Nouer des relations intimes était recommandé par les directives parce que ça permet de récolter davantage de confiance et d'informations. Mais tu sais qu'il y avait autre chose entre nous. Tu m'as sorti de moi-même. Avec toi, je redevenais qui j'étais avant. Tu m'as aimé, je le sais, en vrai Pauli je le sais, ton amour m'a apaisé. Tu étais le bien dans ma vie, ce qu'il y avait de bien ou de bon, ce qui me sauvait de l'horreur. Je fais des cauchemars toutes les nuits. Et c'est par amour pour toi que j'ai essayé de vous protéger, de vous sauver. Pauli. De vous protéger de tout ça. Ils ont essayé de m'empêcher de vous aider, ils m'ont retiré de la mission, Pauli, ils m'ont dit que j'étais hors de contrôle, mais j'avais compris quelque chose auprès de vous. Regarde-moi. Pauli. Quelque chose s'est emparé de moi, Pauli, quelque chose d'effrayant. De magique. Tu ne le sens pas, parfois ? Pauli.

– Ce serait pas ta mauvaise conscience ? Ou juste ta dégueulasse fascination pour l'autorité ? » je réponds méchamment et comme si je maîtrisais encore assez mon cerveau au point de faire de l'esprit, mais je sais très bien ce qu'il veut dire. « Laisse-moi tranquille. Tu me dégoûtes. »

Peu à peu, je suis devenue plus attentive aux mouvements et aux activités des occupants de notre campement. J'entends les conversations sur le compte de Jonas. On dit de lui qu'il est maudit, qu'il est possédé. Ou plus prosaïquement qu'il a perdu la boule. Qu'il est revenu parmi nous contre les instructions de ses supérieurs. On lui avait ordonné de partir parce que le commandement ne le contrôlait plus. Il était lui-même parti dans le délire mystique, la dérive sectaire, dont il devait nous prémunir. Il s'était enfui, il était revenu ici. L'occupation est nécessaire pour stabiliser la situation, calmer l'exaltation religieuse qui met en danger le contrôle gouvernemental, endiguer l'épidémie qui a commencé à se répandre.

Mais pour Tabor, c'est plus complexe. De prophétiques, les liens de Jonas avec le surnaturel sont devenus maléfiques. Ce n'est pas une présence divine qui l'habite et le guide mais bien le mal cruel qui nous tourmente depuis le début. Ses identités, ses jeux, ses rôles, se dédoublent à l'infini. On le fuit. Il est craint et méprisé en même temps. Plus personne n'ose l'approcher, et ça déteint quelque peu sur moi, qui porte sa progéniture, qui se fait tout naturellement antéchrist. Personnellement, je m'en fiche. Mais pas lui. Sa solitude sans doute l'aura poussé à venir me livrer cette confession inattendue.

« Non, Pauli », reprend-il, et sa manière de répéter mon nom de manière obsessionnelle me donne plus envie de le gifler que toutes ses supplications érotiques. « Je n'ai jamais voulu te faire un enfant pour le compte du gouvernement. Quelle idée absurde ! Mais méfiez-vous de 6AB, je ne sais pas ce qu'ils manigancent, je les sens pas. Ils préparent quelque chose, et ils sont tellement shootés à la violence que ce sera rien de bon. »

Sa tête est toujours allongée sur mes cuisses, il a à peine bougé. Je me sens triste mais pas tellement intéressée par ce qu'il me raconte. Je me sens triste parce que tout s'achève, se replie. Sa tristesse me rend triste. Je repousse sa tête. Il sort de ma tente à quatre pattes en murmurant : « Mais je vous sauverai, je vous sauverai. Je lèverai une armée, je vous sauverai. »

Les chuchotements le soir se sont fait plus véhéments parmi nous. L'automne embrase les couchers de soleil et je vis en suspens. Les femmes qui reviennent des parties fines parlent de tunnels dans la montagne, d'un réseau souterrain que l'une d'entre elles au moins aurait visité, emmenée par un agent peu scrupuleux des consignes le tenant en principe au secret.

De manière générale, il semblerait que la politique de 6AB ne soit pas particulièrement fondée sur la verticalité : pas de grades, juste un P.D.D (preneur de décisions) par unité de dix hommes ; un commandement distant et élusif, et des décisions sur le terrain, en réseau avec d'autres groupes postés à proximité. Les agents semblent jouir d'une certaine liberté dans leurs actes et leurs mouvements, néanmoins tous placés sous le signe d'une commune passion martiale. D'ailleurs des bagarres éclatent régulièrement entre les agents pour des broutilles, mais donner la mort à un camarade est puni de mort également : ils évitent donc de s'entre-tuer. La règle d'or semble être : « comporte-toi comme un homme en toute situation », ce qu'ils s'appliquent à faire avec diligence, très virilement. Ils partent faire des battues sanglantes dans la forêt, traînant derrière eux des cadavres de bêtes inconnues. La relative fluidité de leur groupe, où chacun des membres appelle les autres « mon frère », et qui ne semble pas régi par une quelconque idéologie si ce n'est celle d'une masculinité brutale à toute épreuve, leur permet de maintenir un contrôle beaucoup plus pernicieux et total sur nous. Ils s'infiltrent partout, par un moyen ou un autre, leur absence de discipline agit comme un amplificateur de contrôle. Leur comportement dissipé est une stratégie.

C'est pourquoi, lorsque je vois un agent rouer de coups de pied un type en combinaison à terre, je ne m'étonne pas excessivement. Je me dis qu'il s'agit encore d'un débordement individuel, qui sera réprimé en grande pompe, mais qui servira en fait à assurer encore davantage la terreur née de l'imprévisibilité de leurs actions. Mais rapidement je comprends, et nous comprenons tous – un par un ou tout d'un coup peut-être – qu'il s'agit d'une attaque préméditée, d'un truc sur lequel tous se sont mis d'accord, plus ou moins à l'avance : à mon signal, la dérouillée commence, tu frappes celui qui est le plus proche de toi, à l'heure dite, tu ouvres le feu. On le comprend parce que dans les minutes qui suivent d'autres bastonnades éclatent, se succèdent et se multiplient. C'est la cohue, tout le monde hurle. On tremble de tous nos membres, on a la nausée, on veut se cacher mais où ?

Bientôt on suppose qu'il y a un mort, deux morts, trois, six. Un massacre a lieu sous nos yeux. Les types en combinaison fuient, en 4 x 4, à pieds, sur nos vélos. On est impuissants, nous autres. On ne reste pas les bras croisés, ce n'est pas ça, mais on ne veut pas se faire tuer, on n'ose rien. Et les types en combinaison, après tout, c'était aussi nos tortionnaires, ne serait-ce que parce qu'ils ne nous aidaient pas. Est-ce qu'il faudrait les protéger ou les défendre au nom d'un principe de commune humanité ? On se sent à peine humain, pour tout dire ; de moins en moins humains.

Toute la journée, on entend des coups de feu en rafale qui se confondent les uns aux autres, les bruits mous des corps qui tombent, que l'on frappe, des hurlements. Ceux qui n'ont pas réussi à s'échapper sont massacrés à coup de feu, de poings et de pieds, de couteau, de hache, de barre à mine. Les corps tombent sur les pierres, sur l'herbe, sur d'autres corps, sur des planchers, sur les chaussures des agents. Le sol de Tabor est imbibé de sang, le sang ruisselle jusqu'à nous, en contrebas dans nos tentes d'urgence. On patauge dans le sang. L'odeur du sang règne sur le campement.

On entend des bruits inédits pour nous autres, des chairs qui explosent, brûlent, éclatent, se répandent. Partout flotte la conscience effroyable de la violence sans fin. Nous nous terrons dans nos tentes, terrifiés. On est comme des bêtes traquées et impuissantes. J'entends murmurer : « Jonas nous avait prévenu. Il nous avait prévenu. Il avait dit que l'avènement du nouveau monde passerait par la mort ou même par une tuerie. On y est, on est sur le seuil des temps nouveaux. » Jonas par ailleurs est invisible, est-ce qu'il se cache, est-ce qu'il est derrière tout ça, est-ce qu'il est parti pour la montagne pour fonder le royaume nouveau ?

Pendant ce temps-là, les brutes de 6AB, qui n'ont plus grand monde à frapper, puisqu'apparemment nous devons être épargnés, commencent à mettre le feu à nos affaires.

D'abord ils se sont dirigés vers le gros tas que nous avions fait avec tous les appareils électriques, toutes les voitures et les autres vestiges de l'ancien temps. Ils sont allés vers le tas, et tout excités, ils ont commencé à faire n'importe quoi. À taper le tas avec leurs barres de fer, à tirer dessus en rafales. Ça faisait ricocher les balles vers la nuit, où elles s'enfonçaient dans l'acier, et donc encore des bruits inconnus, sous les étoiles bizarres. Ils ont finalement compris que mettre le feu serait plus efficace en termes de destruction, même si c'était moins fun. Une fois que les flammes ont pris à grand renfort de carburant (parce qu'eux en ont du carburant, pas de problème, pour faire tourner leurs voitures, leurs hélicos, leurs groupes électrogènes, et même au point de le dépenser inutilement juste pour être désagréables), une fois donc que le feu fait rage, à brûler surtout les arbustes, les fleurs et les épineux qui ont poussé là dans la ferraille, ils ont regardé un moment les fumées toxiques, puis ils sont rentrés dans les maisons et en ont sorti tout un fatras (nos affaires) qu'ils ont commencé à jeter sur le feu avec le reste : leurs visages trahissaient le bonheur excessif qu'ils ressentaient. Ils ont pris les cadavres, les ont balancé dans les flammes aussi. Ils ont tout brûlé, tout ce qui pourrait nous rattacher un peu à nos existences précédentes, anté- ou post-diluviennes. On est revenus à l'état d'individus indéterminés, mais ça n'a rien d'excitant. Nous sommes laissés à la dérive.

À la tombée de la nuit, lorsque les arbres bruissent dans le vent du soir, et que le vacarme du massacre s'est estompé, j'aperçois soudain, à travers la fumée noire de leur stupide feu de joie qui empeste le camp, un mouvement qui me rappelle quelque chose de très distant et de très émouvant, de nombreux corps, couverts par la pénombre, qui se précipitent d'un commun accord, comme un seul être, vers un point précis. Je revois l'émeute, la manifestation au moment du Sommet pour la Transition Verte. Je vois des ombres courir dans tous les sens, et je ne pense qu'à Mona, sans laquelle je ne serais pas ici, sans l'amour de qui je serais morte ou ailleurs ou pire, Mona absente de ce paysage agité. On entend des cris étouffés, les pas qui à nouveau tambourinent sur la terre sèche, plus lourdement cette fois-ci, des chuchotements à moitié parlés, le bruissement continu des arbres, dans le vent qui pue la merde et désormais également la fumée et la mort charriées dans ses roulis ; puis plus rien. Est-ce que je suis la seule, au milieu des tentes d'urgence, à avoir perçu quelque chose ? Je suppose que les agents doivent être réunis à discuter des suites à donner à leur journée sanglante, à boire du champagne ou de leur affreuse eau-de-vie : maintenant qu'ils ont le champ libre, débarrassés de l'État, ou de l'une de ses représentations (du moins momentanément, et si tant est qu'eux-mêmes ne forment pas une manifestation de l'État – mais qu'est-ce que j'en sais) ; maintenant que vont-ils faire ? Le silence après le fracas assourdissant de la journée est presque effrayant.

Je me faufile hors de ma tente, je marche en direction du bruit. Des rires alcoolisés s'échappent des maisons. Les agents ivres, donc, émus de leur victoire, entonnent des chants soldatesques ou de supporters de foot. D'une minute à l'autre, ils pourraient se ramener pour chercher des femmes à violer, ou décider de pisser sur nos tentes, ou nous massacrer nous aussi, pourquoi pas. Mais tout autour d'eux dans la pénombre des silhouettes s'agitent qu'ils ne voient même pas, parce que leur vision s'est réduite au petit tunnel de la soûlerie sûre d'elle.

Les causes et les effets s'enchaînent, et la violence est une longue ligne continue, se prolongeant par sa grâce même. Le temps est compté avant qu'ils ne viennent s'occuper de nous. Je m'approche encore de la forêt, effrayée, je me dis que peut-être c'est ce qu'il faut que je fasse, m'enfuir, échapper à tout ça, comme les autres, que c'est le moment, que je vais m'enfoncer dans les bois et mettre bas là-dedans, dans la jungle, qu'on verra bien, qu'il faut que je profite de l'agitation générale ; et tout d'un coup je suis soulevée de terre par les aisselles, comme happée par les branches d'un arbre. Je me retrouve à califourchon sur une branche basse, face à Mona, enfin, enfin, enfin.

Mes organes s'effondrent les uns sur les autres, doucement. Je suis hors d'haleine. Je suis paralysée. Mona me sourit de soulagement, nous nous étreignons, enfin ; respirer brûle nos poumons, nos trachées, nos narines ; nos membres tremblent les uns contre les autres, nos poitrines se rejoignent, enfin. Son corps après ces mois d'absence est comme le plus douloureusement tangible des rêves, ceux dont on se réveille avec mélancolie, ceux qui font qu'on préférerait dormir pour toujours sans s'arrêter. J'appuie ma tête contre son épaule et je ne veux jamais m'en relever. Mona !

Je lui dis de ne plus bouger, dans notre étreinte je lui couvre même la bouche de ma main, presque par jeu. Presque par jeu, déjà : les gestes qu'on a eu l'habitude d'accomplir ne disparaissent donc jamais ? Jusque dans l'urgence ou les retrouvailles, les coutumes de la tendresse ne s'effacent pas, tous les mouvements, même les plus minuscules, restent bien ancrés, solides. On peut les retrouver quand on veut. Ils n'ont pas bougé.

Kader, qui m'a aidé à soulever Pauli (qui pèse maintenant son poids de femme enceinte, il semblerait qu'elle soit bientôt à terme), s'est éclipsé en courant le long des branches, courbé et souple, comme un chat malgré sa taille imposante. J'entends que ça s'agite à Tabor, il est temps de partir. J'entraîne Pauli avec moi, à travers les mousses, les lianes et les feuilles. Même en cette saison tardive, des fleurs inconnues continuent à éclore, leurs pétales épais poussent contre les troncs d'arbre, semblent menacer de les renverser. La forêt, que nous traversons en courant aussi silencieusement que possible, est constellée de floraisons pourpres, jaunes ou oranges. Je vois Pauli regarder autour d'elle étonnée.

On m'a dit que des rumeurs circulaient sur mon compte.

Lorsqu'ils sont venus nous piéger dans la grotte, j'ai réussi à fuir. J'avais cru être la seule à m'échapper, et que les silhouettes que je voyais galoper autour de moi étaient celles des fantômes sylvestres que mes co-taborites craignaient tant – ça y est, à mon tour je cède aux hallucinations collectives, je suis fichue, avais-je confusément pensé, et j'avais couru de plus belle, jusqu'à les semer, ce qui me paraissait la meilleure solution pour me débarrasser des autres sprinteurs, qu'ils soient imaginaires ou non. Je fus rapidement tout à fait seule, loin, entourée d'un grand silence. La pénombre s'en approfondissait, et dans ce désert sensoriel, les odeurs de l'humus, des écorces et des lichens montaient à moi comme des oasis.

Je passai ainsi plusieurs semaines, jours ou années. Combien de temps en vérité, impossible de le savoir : le temps était déjà insaisissable avant, mais il passe d'autant plus imperceptiblement sans le calendrier des regards amis ou des désirs pour se guider – je n'avais aucun ami, évidemment, et je n'avais aucun désir. J'errais dans un temps aussi épais et opaque que la nuit dans laquelle je m'étais d'abord perdue. J'étais entièrement, sensoriellement, dans le monde. Les jours qui passaient coulaient comme de la glu sur mes bras. Je pouvais rester assise des heures sur une souche morte à ne penser à rien, je pouvais me plonger dans la conscience météorique des pierres, j'éprouvais sous ma langue quand je les goûtais leur identité énigmatique. Mon corps s'amaigrissait – dans mon état érémitique j'étais capable de me nourrir uniquement de racines, de feuilles mortes et de glands, j'étais capable de ne pas me nourrir du tout. Il allait juste falloir recommencer à s'alimenter plus tard, ça m'ennuyait d'avance, la dépense d'énergie m'ennuyait, à quoi bon ? Je ne mangeais pas. Je mangerai après, je mangeais plus tard. Mes yeux y voyaient de moins en moins clair et mes prostrations mystiques me laissaient plus faible et plus triste. Je sombrais dans l'abjection, je souhaitais guérir de tout, et guérir ainsi le reste. J'étais triste. Je me traînais à plat ventre comme un serpent, à quatre pattes comme une bête, ma peau était couverte des plaies laissées par les épines lorsque je passais aveugle parmi elles.

J'avais compris, enfin, qu'il avait été impossible de changer les choses. Les filaments de l'injustice ne s'étaient pas rompus, ils ne rompraient pas. On avait face à nous un dispositif qui fonctionnait depuis trop longtemps, qui se nourrissait de lui-même, qui nous écraserait toujours, indifféremment, parce que c'était nécessaire à son maintien, parce qu'il n'y avait pas moyen de faire autrement. Autrefois j'y pensais en termes matériels, il y avait des structures de pouvoir, les dominations s'exprimaient de manière concrète et c'était là leur seule existence. À présent que je n'avais plus de lien avec rien, je croyais voir qu'il y avait par-dessous tout ça une force désincarnée, une volonté qu'il aurait été impossible de saisir si on en avait eu envie, à laquelle sûrement pas grand monde ne pensait mais qui ne cessait pas, et jamais. C'était un pouvoir presque chimique, des vapeurs de roche, un minerai souterrain, l'un des composants de l'univers, quelque chose qui pourrait figurer dans le tableau périodique des éléments : quelque chose d'indestructible. Ce qu'on avait essayé de faire ne servait à rien, impossible de quitter le monde même par le biais de l'amour. On était coincés, on ne pouvait qu'attendre de crever.

Et bien sûr, il y avait la maladie, qui était le même problème au fond, qui venait de la même source, la mort de Valérie, la défection de Pauli – toujours le même problème, le même problème partout : c'était la merde. J'étais triste parce que j'étais seule, qu'il aurait fallu que j'apprenne à n'être que seule, toujours.

J'étais triste, et c'est cette tristesse qui m'a réveillée, car, je ne sais pas comment, j'ai fini par reconnaître en elle le désir que j'avais de revoir Pauli avant ma mort, que je sentais à la fois proche et certaine. À ce moment-là, je ne voyais plus de possible que la mort, la mienne, qu'on n'en parle plus enfin. Je n'avais plus aucune raison de vivre parce que vivre c'est vivre pour les autres et je n'avais plus d'autres. Ma meute, mon troupeau, avait disparu.

C'est le moment qu'ont choisi mes amis pour me retrouver – ils me cherchaient depuis des semaines (paraît-il), ils craignaient de ne trouver de moi qu'une carcasse, des os déjà nus, la viande d'un cadavre quelconque rongé par les animaux. Peut-être, c'est ce qu'on raconte, dans ces rumeurs et ces récits qui tournent autour de mon retour à la vie, qu'ils avaient secrètement senti que le temps était bon, mon esprit mûr, que j'étais mûre après ma retraite à revenir au monde, purifiée et forte, prête à mener l'assaut. C'est ce qui se dit, c'est ce qu'ils m'ont dit. J'avais la peau sur les os et je n'étais plus grand-chose, mais de revenir au commun, à une existence prolongée dans celles des autres, et rendue possible justement ainsi, voilà qui me redonnait de la force, le combat semblait à nouveau possible, des vies cachées me semblaient possibles, on n'était pas condamnés, peut-être, à vivre sous diverses coupes.

Alors ils m'ont amenée dans le nouveau campement, le campement de brigands, où de plus en plus de déserteurs nous ont rejoints, venus d'ici, d'autres endroits dans la vallée, ou de plus loin encore. Certains s'étaient enfuis en même temps que moi, mas je ne les avais pas vus, certains s'étaient enfuis de Tabor occupée. D'autres lieux que le nôtre vivaient le même sort, des occupations militaires, et on avait fui de là-bas aussi, où que ce soit. On avait erré, cherché, essayé, on était tombé sur ce camp de fortune dans un monde de camps de fortune, bis repetita. Et on y était resté, sans trop savoir ce que cet endroit réserverait aux fuyards, si ce n'était une existence paumée, hors de ce nouveau contrôle, qui paraissait inouï mais qui finalement n'était pas si différent de celui que nous connaissions dans nos vies d'origine, avant tous nos exils. La seule vraie différence étant qu'alors la domination était plus diffuse et secrète, donc moins gênante, disons qu'elle se fondait dans un quotidien qui semblait somme toute acceptable, un travail vraisemblablement choisi, des relations vraisemblablement choisies, avec bien sûr une surveillance permanente mais très discrète, celle d'internet, de nos téléphones, des drones et des caméras, mais ça ne dérangeait pas trop et on ne s'en rendait pas compte, contrairement à ce pêle-mêle affreux sous la férule de paramilitaires à la solde d'un pouvoir inconnu. Pourtant, si on y réfléchissait, donc, ce n'était pas si différent et je le disais. On m'écoutait alors, le soir, dans ce camp qui était essentiellement composé de cabanes miteuses (encore plus miteuses qu'à Tabor où elles étaient déjà assez pourries pourtant) dans les arbres ou dans des grottes, on baissait les yeux et on m'écoutait, et puis on allait se coucher en pensant au lendemain et à son lot de moments désagréables ou pas, et puis on hochait la tête, comme ça en partant, on me donnait raison sans parler et je savais que c'était vrai, que rien n'avait changé, simplement les rapports de force étaient plus directs et on avait peut-être une chance de s'en sortir. On était arrivés à un moment de l'histoire où il était plus facile de s'opposer à des mitraillettes qu'à des caméras de vidéosurveillance.

La partie la moins intéressante de mon récit, et à la fois la plus palpitante, c'est l'ordinaire de notre vie, doublement rescapés, encampés. Le campement est resté, fort heureusement, anonyme, je veux dire que personne n'a jamais cherché à lui donner de nom, contrairement à Tabor dont je me suis dit qu'il avait été maudit par ma volonté de le rattacher à quelque chose, et notamment à un imaginaire biblique de déluges et de prophéties... Une fois installés dans notre Arche, il n'était plus nécessaire d'accoster nulle part. Parfois il vaut mieux partir de rien, me disais-je alors, laisser venir les choses et lutter à partir de l'existant. Ce campement, c'était simplement un lieu quelque part dans la forêt, une concentration de forces, quelque part, nulle part. On s'est organisés. On a parlé, cherché, planifié, espionné.

Je te voyais, Pauli, en bas assoupie parmi les autres, je te voyais malheureuse, je craignais à chaque fois te voir au bras de Jonas. En observant le campement, notre campement originel, Tabor que j'avais tant aimé sûrement pour des mauvaises raisons, Tabor devenue ennemie, je t'épiais cachée entre les branches, accroupie dans les arbres. Ma vie et mon amour se déployaient derrière un masque de feuilles. Une fois de plus, encore. Tu étais toujours plus grosse et mélancolique et je t'appelais de toutes mes forces, mais tu ne venais pas, et il aurait été trop dangereux de venir te chercher. Enfin cette nuit tu es venue, et cette nuit tout va pouvoir recommencer. En me soustrayant au monde seule dans le bois, puis comme capitaine d'une compagnie secrète, je me suis sublimée, j'ai été si intouchée pendant ce long temps de ma solitude que je n'en reviens que pure volonté. Je sais ce que je dois faire – je le ferai. Par ma vie d'ermite, je suis absoute par avance, de tout. Je n'ai fait qu'une avec la nature, je suis devenue chaleur, écorce, paille sèche, fruit ; mes gestes étaient ceux de la croissance inéluctable des plantes, du circuit des planètes. C'est ainsi qu'à présent j'agis, je crois. C'est pourquoi j'ai pu te retrouver.

*

Nous sommes accroupis à flanc de montagne, surveillant Tabor en contrebas. Enfin, l'explosion prévue retentit, un tumulte de flammes s'élève dans la nuit, d'abord désordonnées, des gros ballots de feu qui pirouettent entre les maisons, puis l'incendie prend plus sûrement dans un rugissement grave, gagnant le foyer allumé par les soldats.

Des silhouettes accourent. L'agitation est totale. Les agents ont revêtu, comme des trophées, les combinaisons de ceux qu'ils ont tué. À l'étroit dans les costumes bruissants et dorés qu'ils n'ont pas fermé et qui laissent paraître par l'ouverture des fermetures éclair en plastique leurs uniformes noirs, ils scintillent dans la pénombre, à la lueur du feu. Ils sont dépassés par la situation. S'imaginant désormais maîtres du campement, ils se sont laissés aller à une certaine nonchalance et ne s'attendaient pas à devoir éteindre un véritable incendie. Ils sont éméchés, agités par la cocaïne, courent de manière désordonnée et plus qu'incidemment titubante parmi les flammes.

« Et là ils vont se rendre compte que Jonas a disparu...

– Hein ? Mais comment ça ?

– Oui ! Jonas est avec nous. On vient de l'enlever. Il est ficelé dans un coin, là-bas. En plus de permettre aux derniers prisonniers de s'échapper, on espère que l'explosion de l'alambic provoquera un incendie assez important pour que ça les emmerde de rester ici pour reconstruire. Mais si jamais l'envie leur en prenait, nous, on a Jonas en otage, qu'on ne relâchera pas tant que leur dernier camion n'aura pas pris la route. On a laissé un mot sous la tente, près des cadavres. On leur a donné rendez-vous pour négocier. Il faut qu'ils partent.

– Mais ils s'en foutent de Jonas ! Ils partiront pas. Maintenant qu'ils ont tué tout le monde et qu'ils sont seuls à commander, je vois vraiment pas pourquoi ils abandonneraient le campement à cause d'une pauvre explosion. C'est sûr. Ils sont bien plus forts que vous. »

Pauli est inquiète, c'est sans doute justifié. Mais comment ne pas agir ? Il était impossible d'attendre passivement. Même si c'était inutile, il nous avait fallu agir, ou au moins accomplir les gestes de l'action, avant que nos gestes s'éteignent et disparaissent tout à fait. On a pu observer les petits complots ourdis par Jonas. On lisait en lui comme dans un livre, et on savait comment tirer parti de la zizanie interne qu'il avait organisée.

Le feu a déjà détruit la grange de Kader. J'espère qu'il n'est pas malheureux de voir son travail partir en fumée. Nous n'avons presque jamais envisagé de récupérer le campement. Nous voulons simplement en chasser ceux qui n'ont rien à y faire, quitte à détruire notre lieu de vie même. Soudainement je suis frappée par l'absurdité de notre plan, mais j'en conçois une joie paradoxale, teintée de peine.

Mais comme d'habitude, maintenant que la mécanique est lancée, je n'ai presque plus d'intérêt pour la succession des évènements – ils peuvent se déployer sans moi. Je n'ai plus qu'une envie, emporter Pauli dans mes bras jusqu'à un endroit sûr et silencieux. J'aimerais l'étreindre et l'embrasser mais ce serait inconvenant : tous les visages sont tournés vers le campement, tous les corps sont sous tension, y compris celui de Pauli. Son visage exprime une sorte de crainte frénétique, elle est agitée de tics nerveux. Elle fouille l'obscurité du regard, cherche à comprendre ce qu'il se passe en bas, le progrès ou le recul de l'incendie, cherche l'emplacement secret où nous avons caché Jonas, se tord les doigts, passe comme sur un talisman sa main le long de son ventre énorme. Je réalise que prise dans la joie de la revoir, je l'ai à peine regardée. J'avais observé ses changements de loin mais la proximité immédiate de nos corps me la présente sous une lumière plus urgente. Ses membres sont épais, et je suis légèrement choquée par la circonférence de ses chevilles et de ses mollets gonflés, où la peau distendue est marquée par des pores rouges et élargis. Elle est affublée d'un ventre grotesque, enceinte jusqu'aux yeux, et pendant un instant je suis triste de ne pas retrouver la Pauli d'autrefois, dure et caustique dans son apparence même. Chacun de ses seins fait pratiquement la taille de sa tête, et je suis parcourue d'un sentiment proche de l'effroi. Pourtant derrière ce costume de femme gravide, je reconnais encore le regard de ma Pauli, perdue pendant si longtemps, retrouvée dans la nuit de lutte et de feu. Cette nuit.

Plus bas, au campement, je vois des silhouettes s'activer près des tentes, transporter de grands contenants de métal qui brillent aux flammes dans des camions. Près des maisons, ils ont commencé à maîtriser le feu, mais la panique est palpable. Ils courent de tous côtés, les bras chargés. J'entends une machine être mise en route sous la tente, des éclats de lumière blanche. Nous attendons longtemps.

Pauli n'en peut plus, elle fait les cent pas. Je crois voir dans l'obscurité son ventre tendu parcouru de frissons. La lune se lève, c'est le signal que nous avions indiqué pour notre rendez-vous de pourparlers, il est temps de nous rendre au point que nous avions fixé dans notre lettre de menaces : à l'orée du bois, près des latrines, dès que la lune se montrera. Nous nous y avançons à pas feutrés, cachés dans l'ombre. Molo tire Jonas ligoté avec nous, comme si c'était un vieux chien au bout d'une laisse. Jonas baisse les yeux, traîne des pieds. Il n'a plus rien de son assurance agaçante. Il est penaud et misérable et c'est bien fait pour lui. Il me semble que plus personne ne croit en lui. Son comportement a d'ailleurs été si désordonné qu'il est impossible désormais d'y voir quoi que ce soit d'autre que les agissements d'un fou, un jeune type qui n'avait pas les épaules pour sa mission et qui a craqué. Je sens Pauli frémir mais je la garde près de moi, et si sa démarche se ralentit je mets cela sur le compte de sa grossesse.

Personne. Nous attendons. Personne. Ils n'ont pas vu le mot que nous leur avons laissé, ou pas daigné même envoyer un messager pour nous dire qu'ils se contrefoutent de nos conditions. Nous restons là dans la pénombre près des toilettes portatives, sans parler, sans bouger, bouillonnant de colère et d'indignation. Molo balance des coups de pied à Jonas de temps en temps. Un bruit mou suivi d'un gémissement étouffé. La violence nous paraît évidente et justifiée, inévitable dans cette journée de brutalité, et au fond c'est Jonas lui-même qui a ouvert cette possibilité, par sa venue, par sa facilitation de la domination, par ses tromperies et ses ruses. Nous attendons. L'incendie là-bas n'est toujours pas éteint, nous entendons encore des cris. Tout est confusion et promesse de brutalité. Nous nous y préparons comme à l'inévitable, comme à la conséquence logique de ce que nous avons mis en marche.

Voici Molo qui sort son couteau qui scintille brièvement à la lumière de la lune.

Les étoiles au-dessus de nous, toutes désordonnées qu'elles soient à présent, ne peuvent réprimer un frisson alors que jaillit le sang des mains de Jonas pendant que Molo lui tranche les doigts. De chaque petit bourgeon pointe l'os de la phalange. Son hurlement de douleur n'est étouffé qu'à grand peine par son bâillon et les mains qui lui couvrent la bouche, lui maintiennent la tête. Molo brandit les trois doigts de Jonas comme un petit bouquet sanglant et il court vers le campement, vers le nœud même de l'agitation. Il hurle en se précipitant, comme fou, il jette les doigts au visage de l'un des colosses, en hurlant « Les voilà les sales doigts de votre mouchard ! On continue à le découper au détail si vous vous cassez pas. Partez maintenant, partez ! On veut pas de vous ici, partez ! » Molo est complètement hystérique et sa voix part dans des aigus inattendus. Mais le type se détourne sans même le regarder, pendant que trois autres agents tombent sur Molo pour le tabasser. Kader, Mumu et Sarah courent pour le récupérer mais ils se prennent des coups en pluie sur le crâne. Leurs visages sont rougis par la lacrymo mais ils continuent à lutter, à coups de bâton. Je suis captivée par le spectacle, paralysée, galvanisée par les silhouettes de plus en plus nombreuses qui accourent hors du bois pour porter secours à nos amis, et je vois à peine Pauli qui en profite pour se jeter sur Jonas dont les moignons sanglants sont déjà couverts de poussière mais qui continuent néanmoins à faire rythmiquement jaillir du sang sur le sol, comme une petite fontaine plantée au milieu des feuilles.

Elle commence, en lui chuchotant je ne sais quoi sur un ton désespéré, à couper ses liens avec le couteau resté par terre à côté de lui. Je le vois et je ne le vois pas, comme dans ces dessins animés où le personnage marche dans le vide au-dessus d'un précipice avant de dégringoler. C'est l'absurdité même de cette image qui me ramène à moi et dans un hurlement je me jette à mon tour sur le couple plus ou moins enlacé. Ça suffit maintenant ! Pauli lutte avec moi et ses bras sont remarquablement forts qui me poussent inéluctablement vers le sol, me clouant entre ses cuisses dans le sang de Jonas qui, profitant de cet instant de grâce, se relève en dérapant et commence à courir en semant derrière lui des gouttes rouges. Pour un instant, sa silhouette se confond avec celle, voûtée, d'une vieille revêtue de fourrures mitées. Repoussant le corps pesant de Pauli qui s'effondre tremblante, je me précipite à la suite de Jonas le couteau à la main. Il est affaibli et je le rattrape rapidement, le pousse et le fais choir, et, sur son lit de mousses et de feuilles mortes, avec dans mes oreilles un bourdonnement incompréhensible, je lui plante le couteau en plein cœur pendant que des éclats de lumière explosent derrière mes yeux ; je titube en me relevant et regarde à peine le cadavre car je sais presque pour sûr qu'il n'y aurait rien à regarder. Plus bas au campement nos amis se font tabasser, tuer, d'autres se dispersent, pendant que l'incendie détruit tout.

Quelques secondes plus tard, trois agents surgissent, attirés par le bruit. Ils ont des bouts de rubalise noués autour du crâne, le visage barbouillé de suie, les mains tâchées de sang. Ils lorgnent du côté de Pauli, gonflée et vacillante, ils ont un regard fervent et mystique, ils ont encore envie d'en découdre avec l'au-delà, continuer leur ruée sacrificielle. Jonas, c'est fait, pourquoi pas son enfant? C'était des choses qui se murmuraient au camp, l'enfant maléfique ou béni, c'était selon, et comment gérer ce problème à venir. Je grogne le couteau à la main. Ils finissent par se diriger vers Jonas, circonspects. « C'est pas trop tôt. »

Ils grondent doucement, rejoints par d'autres, qui sortent des ténèbres. Accroupis autour du cadavre, psalmodiant des phrases quelconques, ils s'amusent d'abord à arracher les vêtements de Jonas, puis ses cheveux, puis ses ongles, tailladent sa peau, lui coupant les doigts, le nez, le sexe. Ça va très vite. Qui sait si ce ne sera pas à notre tour maintenant qu'ils sont repartis sur leur lancée.

Je me mets à courir, Pauli à mes trousses les jambes trempées, j'ignore si elle s'est pissée dessus de rage ou si elle perd les eaux, le monde entier est un vrombissement qui m'enserre le crâne et le remplit, je titube encore et Pauli me soutient, elle me regarde et elle me dit « ça commence », et parcourue de contractions elle m'entraîne par la main dans la plus profonde et la plus sombre des forêts, dans la plus haute des montagnes, dans des chemins noirs où je l'aiderai dans la poussière à mettre au monde l'enfant monstrueux qu'elle a conçu, l'enfant promis, l'enfant du nouveau monde, au milieu des lianes tropicales et des fleurs vénéneuses, sous les étoiles malodorantes, à l'abri de la fumée de l'incendie.

Si on a envie, on peut rester debout, obstinément. Mais ça n'avance pas à grand-chose et dans la jungle qui recouvre maintenant les flancs de la montagne, c'est même moins confortable. On se prend les branches basses dans la gueule, on s'empêtre les pieds dans l'infinité de choses, animales ou végétales, qui rampent au sol, bref, à quatre pattes, comme on dit – c'est-à-dire en posant la paume de ses mains sur le sol et en s'aidant de ses bras pour se propulser en mouvement, les bras poussent et appellent, et la croupe répond, avec ces deux longues jambes à la vérité pas du tout commodes – à quatre pattes c'est quand même tout à fait autre chose (malgré les légers inconvénients dus aux tailles respectives des membres qui ne sont pas du tout adaptées à ce genre de course, et qui nous donnent un air un peu grotesque, un peu con, avec les fesses en l'air que ratissent et fouettent au passage les feuilles et les tiges rigides des branches, qu'arrosent dans un bruit triste les aiguilles des pins qui flétrissent et meurent, saupoudrant invisiblement le sol grouillant, pour se perdre à jamais, sans souvenir possible, dans le bazar sombre et humide qui existe sous la végétation basse). À quatre pattes, donc, on s'en sort pas trop mal, et ça a l'avantage non négligeable de nous muscler les bras, ce qui nous donne la force nécessaire pour grimper aux arbres de manière tout à fait confortable : c'est pas mal non plus, et c'est important.

Les pins meurent parce qu'il fait trop chaud, parfois déjà au loin on entend s'abattre le cadavre d'un conifère peut-être centenaire, ça écrase aussi pas mal de choses au sol, des végétaux, ça fait un sacré bruit, mais c'est loin, toujours loin, le pourrissement accéléré par l'humidité ambiante, les pluies et les champignons de dingue qui poussent maintenant partout. Nous, indifférents, on galope ensemble, on va à peu près partout dans la forêt, où nos pas (quadrupédiques) nous mènent, nos mains sont couvertes d'une corne épaisse et brune, et si nous les amenons doucement jusqu'à nos visages parfois nous ne les reconnaissons plus, la paume devenue le cuir doux des coussinets (d'un chien, par exemple), parfois ça nous prend une seconde pour se souvenir comment saisir une mèche de cheveux pour l'ôter de devant nos yeux, ou gratter la crasse sur nos joues ou la chassie de nos yeux, mais heureusement ça revient presque tout de suite, et c'est bon, la sensation est simplement un peu différente mais rien de grave, ça va, on a quand même des pouces opposables, on sait faire, on n'oublie rien. Seulement galoper comme ça le long des crêtes ou dans la forêt la plus profonde, la plus humide, c'est mieux, ça nous semble mieux comme ça maintenant, flanqués par la chaleur rassurante de tous nos amis, leurs mouvements rythmés et sages qui forment multipliés par les nôtres propres, le tout confortable et parfait que nous sommes, qui se poursuit de nos membres jusque dans la terre, les feuilles et les fleurs, les pas des renards, les fantômes des souris.

Depuis qu'on ne porte plus nos narines au vent, là-haut près des cimes asexuées, du ciel, etc. – du moins pas tout le temps (enfin oui, bien sûr que parfois on se lève et qu'on marche, on joue à se mettre debout, on s'amuse appuyés sur nos jambes à se donner de grandes claques avec les bras, les membres mous de rire, on retombe sur le flanc, on se roule un peu, hilares, on se relève) – depuis que nos appareils respiratoires rasent le sol, nos perceptions ont pris un tour franchement plus dense, on se dit que ça tient à pas grand-chose, l'épaisseur ou l'insondabilité : maintenant on décèle des relations, des affects, des inimités et même des entités, organiques ou non, là où avant on ne voyait rien, rien, avec notre dépendance excessive et proprement débile à la vue, ou, à la rigueur, à l'ouïe. Ça s'est ouvert, tout s'est ouvert, ça a une logique perturbante mais noble quand on s'y est habitué, on circule dedans, dans des nœuds, des flaques, des fils invisibles et des courbes d'amour, on hume des trucs pas possibles là entre les tiges des plantes, et même si on lève la tête maintenant, si on la porte, comme avant, tout au sommet de notre colonne vertébrale, il y a de quoi renifler là-haut aussi. Avant on n'y pensait pas, voilà tout.

On est pris tous ensemble dans des filets et des réseaux d'amitié et de besoin, on a oublié nos noms, on galope avec nos longs cheveux derrière nous comme des crinières, nos omoplates maigres, nos dos bosselés ou droits dans la demi-pénombre, on porte sur nos ventres, sur nos dos, à nos mamelles, des petits, des objets peut-être magiques, des fourrures, de la nourriture. On colloque avec les chiens errants, on court avec eux, on mange leur chair, ils mangent la nôtre, on se bat. Il y a d'autres troupeaux, ceux des chèvres (nos amies), avec qui on gambade, aux pis desquelles parfois les plus téméraires s'abouchent, se traînent dans la poussière, c'est un jeu. Et il y a aussi des troupeaux d'humains ou assimilés (qui ne sont pas toujours nos amis).

On fuit les armes, les pas lourds, les odeurs désagréables des gros humains qui nous veulent du mal, qui nous en ont causé, déjà, il n'y a peut-être pas si longtemps ou peut-être des siècles, impossible de savoir : quelles générations se sont déployées puis dissoutes entretemps ? Est-ce que ce sont des souvenirs qu'on nous a racontés, ou les nôtres, ou ceux de nos parents ? Ou est-ce que ce sont des souvenirs de personne, des choses qui se disent, qu'on se raconte, qui ont un reflet dans la réalité ? On n'a pas le temps de penser à tout ça, on galope.

Mais si on sent leur présence proche, on se cache, on s'embusque, on les tue avec nos armes secrètes qui sont des pierres, des bâtons et nos pouvoirs, on les dépèce, on jette une partie par-dessus les précipices, on en enterre une autre ; enfin, on en mange, pour que notre puissance ne faiblisse pas, pour renouveler dans les arbres et sur le sol la consommation première, celle qui a tout ouvert, mais qu'on ne doit mentionner qu'à peine, celle du prophète, un animal humain ou pas (mais qui sait vraiment jamais et peu importe) qui nous avait promis l'état des choses actuel, la pureté et la justice vraies, celles qui fondent parfois sous les dents comme les organes mous de nos ennemis, qu'on crache ou qu'on avale, ce qui doit être fait c'est mettre dans la bouche, y penser, oublier, continuer à vivre, tous ensemble dans le fouillis de la forêt et du monde.

C'est cette cruauté : l'acceptation du tort fait, de la douleur provoquée, et même de la mort, c'est-à-dire de ce qu'il y a d'irréversible (ou presque) dans le monde, qui ont permis l'avènement de ça. De ce qu'on est. Le royaume dans la montagne. Nous, l'assemblage de nos corps, et puis aussi celui de toutes les autres créatures végétales ou animales, d'ici sur les flancs des montagnes, ou même d'ailleurs, pour ce que ça peut nous faire, on est pas sectaires. On est allés jusqu'au bout de l'abject. Ça se peut que c'était juste parce que c'était la seule voie qui nous restait. Mais ça non plus on peut pas être sûrs. De toute façon on n'en parle pas. On ne parle plus tellement. On a les odeurs et les feuilles qui bruissent et tous nos liens secrets, ça nous suffit. On a réussi à être cruels, à se plonger dans les effusions et les instincts, dans ce qu'on n'avait plus le choix, oui voilà, on est des sauvages, on a enterré des bouts de la chair pour qu'elles retournent sous terre, on en a mangé, peut-être qu'on a recraché, pour ce que ça peut faire. On a goûté mais à quoi bon ne pas goûter, toujours il faut agir, c'est quoi l'idée du monde si on reste passifs comme des bouts de verre brisé ou des galets loin de tout ? Si on a réussi pleinement à vivre et à faire des trucs, même si ces trucs sont presque rien, ne sont que courir sans fin et sans fin dans la montagne, c'est parce qu'on a abandonné l'idée de l'attente et de la crainte, on est allé au combat même si c'était rien, ou alors comme si c'était rien, enfin on y est allé. Il n'y a plus que ça, courir, courir, pendant des heures et se sentir dans sa course porté et contenu partout par la nasse merveilleuse que sont toutes les choses ensemble, et nous qui suivons notre inclination naturelle, celle de l'amour et de la cruauté, on est débarrassé de tout le reste sauf du service dû à chacun, et la nécessité d'être brutal, ça et rien d'autre, donc on galope, là à quatre pattes, et ça va.

Merci à Agathe, Alice, Antoine, Esther, Lulu, Morgane N. et Orlando pour leurs lectures attentives, leur aide et leur soutien. À Franz, Max, Morgane M. et Ravachel pour leur incroyable talent

Éditions
Le Sabot

11, rue Gabriel Péri
59370
Mons-en-Barœul
France
www.le-sabot.fr
contact.lesabot@gmail.com

Conception graphique:
Maxime Delavet,
Franz Dureigne,
Morgane Masse.

Illustration:
Ravachel

Imprimé en février 2021
sur les presses
de Martins the Printers
en Écosse.

Papier:
Munken Print
Cream 80gr,
Constellation
Snow Lime 240gr

Tirage:
1000 exemplaires

Né en 2017, *Le Sabot* est un collectif mouvant qui s'est construit autour d'une revue éponyme dédiée au sabotage littéraire et artistique : intervenir sur le monde et le dire sans passivité.

Paru aux éditions
Le Sabot :

Le Sabot 1-5,
ouvrage collectif

Tabor,
Phoebe Hadjimarkos
Clarke

L'Endormi,
Paul Gourdon

Publié par nos complices
des éditions du Sapin :

Au confinement des mondes,
Roland Devresse

*L'ivresse des sentiments
est comptée*,
Amir Ben Abdelmoumen